人民共和國文化與文學叢書

九 編

李 怡 主編

第 9 冊

我和舒蕪先生的網聊記錄
（第一冊）

吳 永 平 編著

花木蘭文化事業有限公司

國家圖書館出版品預行編目資料

我和舒蕪先生的網聊記錄（第一冊）／吳永平 編著 -- 初版
-- 新北市：花木蘭文化事業有限公司，2021〔民110〕
序 8+ 目 2+188 面；19×26 公分
（人民共和國文化與文學叢書 九編；第 9 冊）
ISBN 978-986-518-507-7（精裝）
1. 舒蕪 2. 學術思想
820.8   110011117

特邀編委（以姓氏筆畫為序）：

吳義勤　孟繁華　張　檸
張志忠　張清華　陳思和
陳曉明　程光煒　劉福春
（臺灣）宋如珊
（日本）岩佐昌暲
（新西蘭）王一燕
（澳大利亞）鄭　怡

ISBN-978-986-518-507-7
9 789865 185077

人民共和國文化與文學叢書
九 編 第 九 冊　　　　　　　ISBN：978-986-518-507-7

我和舒蕪先生的網聊記錄
（第一冊）

編　　著　吳永平
主　　編　李　怡
企　　劃　四川大學中國詩歌研究院
總 編 輯　杜潔祥
副總編輯　楊嘉樂
編　　輯　許郁翎、張雅淋、潘玟靜　美術編輯　陳逸婷
印　　刷　普羅文化出版廣告事業
出　　版　花木蘭文化事業有限公司
發 行 人　高小娟
聯絡地址　235 新北市中和區中安街七二號十三樓
　　　　　電話：02-2923-1455／傳真：02-2923-1452
網　　址　http://www.huamulan.tw 信箱 service@huamulans.com
初　　版　2021 年 9 月
全書字數　556951 字
定　　價　九編 12 冊（精裝）台幣 30,000 元　　　版權所有 · 請勿翻印

我和舒蕪先生的網聊記錄
（第一冊）

吳永平　著

作者簡介

吳永平，男，1951 年生，湖北武漢人。1984 年獲文學碩士學位，1992 年和 2001 年兩度赴法國進修文化人類學。現任湖北省社會科學院文學所研究員，兼任湖北省文藝理論家協會副主席等。長期從事中國現、當代文學研究，曾主持國家和省社科課題多項，撰寫論文百餘篇，出版著作《李蕤評傳》《小說家老舍》（譯著）《隔膜與猜忌：姚雪垠與胡風的世紀紛爭》《〈胡風家書〉疏證》《舒蕪胡風關係史證》等多部。

提　　要

　　本書收錄了筆者與舒蕪先生三年多的網聊記錄。

　　從 2005 年 9 月至 2009 年 2 月，我與舒蕪先生保持著密切的電郵（email）聯繫。頭兩年，先生還健旺，我們幾乎無日不網聊，多是我以「小文」麻煩先生，而先生則耐心作答，有時一日間來往郵件十餘通，間或也有中斷；第三個年頭某一日（2007 年 8 月 4 日），先生忽然自訴不適，旋住院治療月餘，出院後再網聊時，先生竟稱：「大文拜讀，甚好。小意見也許有，但關係不大，沒有力氣提出了。」其後年餘，我不敢再頻頻以「小文」勞煩先生，先生則不時寄來各種「材料」以助談資。直到某一日（2009 年 2 月 14 日）收到先生寄來的一封主題為「材料」的空白郵件，去信叩問而無回覆，始知情況有變。不久，其子女便來信通知：先生病重，先生上呼吸機……纏綿半載，竟至不起。嗚呼！

　　在這三年多的時間裏，我們網聊的話題很多，主要圍繞著先生與胡風的交往及恩怨，偶而涉及「胡風派」諸人的為人和為文。在此期間，先生整理、注釋、發表了《致胡風信》（2006）和《參加胡風文藝思想討論座談會日記抄》（2007）等重要史料，還撰寫了一些憶舊的文章；我則完成了兩部著作：《舒蕪胡風關係史證》和《〈胡風家書〉疏證》；如上種種，都在網聊記錄中有記錄。

　　時光真如白駒過隙，不知不覺間，先生辭世已十餘載。謹以此數千則網聊記錄，敬獻於先生靈前！

研治文學史的方法與心態——代序

李　怡

　　我曾經以「作為方法的民國」為題討論過中國現代文學研究的「方法」問題，最近幾年，「作為方法」的討論連同這樣的竹內好－溝口雄三式的表述都流行一時，這在客觀上容易讓我們誤解：莫非又是一種學術術語的時髦？屬於「各領風騷三五年」的概念遊戲？

　　但「方法」的確重要，儘管人們對它也可能誤解重重。

　　在漢語傳統中，「方」與「法」都是指行事的辦法和技術，《康熙字典》釋義：「術也，法也。《易‧繫辭》：方以類聚。《疏》：方謂法術性行。《左傳‧昭二十九年》：官修其方。《注》：方，法術。」「法」字在漢語中多用來表示「法律」「刑法」等義，它的含義古今變化不大。後來由「法律」義引申出「標準」「方法」等義。這與拉丁語系 method 或 way 的來源含義大同小異——據說古希臘文中有「沿著」和「道路」的意思，表示人們活動所選擇的正確途徑或道路。在我們後來熟悉的馬克思主義哲學中，「世界觀」與「方法論」的相互關係更得到了反覆的闡述：人們關於世界是什麼、怎麼樣的根本觀點是「世界觀」，而借助這種觀點作指導去認識世界和改造世界的具體理論表述，就是所謂的「方法論」。

　　在我們的傳統認知中，關於世界之「觀」是基礎，是指導，方法之「論」則是這一基本觀念的運用和落實。因而雖然它們緊密結合，但是究竟還是以「世界觀」為依託，所以在「改造世界觀」的社會主潮中，我們對於「世界觀」的闡述和強調遠遠多於對「方法」的討論，在新中國改革開放前的國家思想主流中，「方法」常常被擱置在一邊，滿眼皆是「世界觀」應當如何端正的問題。這到新時期之初，終於有了反彈，史稱「1985 方法論熱」，

一時間，文藝方法論迭出，西方文藝社會學、心理學、語言學、原型批評、接受美學、結構主義、解構主義、新批評、現象學、存在主義、解釋學、以及借鑒的自然科學方法（系統論、控制論、信息論、模糊數學、耗散結構、熵定律、測不準原理等等），這些令人眼花繚亂的「新方法」衝破了單一的庸俗社會學的「舊方法」，開闢了新的文學研究的空間。不過，在今天看來，卻又因為沒有進一步推動「世界觀」的深入變革而常常流於批評概念的僵硬引入，以致令有的理論家頗感遺憾：「僅僅強調『方法論革命』，這主要是針對『感悟式印象式批評』和過去的『庸俗社會學』而來的，主要是針對我們把握世界的『方式』而言的。『方法論革命』沒有也不能夠關注到『批評主體自身素質』的革命。」〔註1〕

平心而論，這也怪不得 1985，在那個剛剛「解凍」的年代，所有的探索都還在悄悄進行，關於世界和人的整體認知──更深的「觀念」──尚是禁區處處，一切的新論都還在小心翼翼中展開，就包括對「反映論」的質疑都還在躲躲閃閃、欲言又止中進行，遑論其他？〔註2〕

1960 年 1 月 25 日，日本的中國研究專家竹內好發表演講《作為方法的亞洲》。數十年後，他已經不在人世，但思想的影響卻日益擴大，2011 年 7 月，溝口雄三《作為方法的中國》在三聯書店出版。〔註3〕 此前，中文譯本已經在臺灣推出，題為《做為「方法」的中國》。〔註4〕而有的中國學者（如孫歌、李冬木、汪暉、陳光興、葛兆光等）也早在 1990 年代就注意到了《方法としての中國》，並陸續加以介紹和評述。最近 10 年的中國思想文化與文學批評界，則可以說出現了一股「作為方法」的表述潮流，「作為方法的日本」、「作為方法的竹內好」、「亞洲」作為方法，以及「作為方法的 80 年代」等等都在我們學術話語中流行開來，從 1985 年至 1990 年直到 2011 年，「方法」再次引人注目，進入了學界的視野。

這裡的變化當然是顯著的。

雖然名為「方法」，但是竹內好、溝口雄三思考的起點卻是研究者的立場和研究對象的特殊性。中國何以值得成為日本學者的「方法」總結？歸

〔註1〕吳炫：《批評科學化與方法論崇拜》，《文藝理論研究》，1990 年 5 期。
〔註2〕參見夏中義：《反映論與「1985」方法論年》，《社會科學輯刊》，2015 年 3 期。
〔註3〕溝口雄三：《作為方法的中國》，孫軍悅譯，北京：三聯書店，2011 年。
〔註4〕林右崇譯，國立編譯館，1999 年。

根結底，是竹內好、溝口雄三這樣的日本學者在反思他們自己的學術立場，中國恰好可以充當這種反省的參照和借鏡。日本學人通過中國這樣一個「他者」的來參照進行自我的批判，實現從「西方」話語突圍，重新確立自己的主體性。竹內好所謂中國「迴心型」近現代化歷程，迴異於日本式的近代化「轉向型」，比較中被審判的是日本文化自己。溝口雄三批評那種「沒有中國的中國學」，其實也是通過這樣一個案例來反駁歐洲中心的觀念，尋找和包括日本在內的建立非歐洲區域的學術主體性，換句話說，無論是竹內好還是溝口雄三都試圖借助「中國」獨特性這一問題突破歐洲觀念中心的束縛，重建自身的思想主體性。如果套用我們多年來習慣的說法，那就是竹內好－溝口雄三的「方法之論」既是「方法論」，又是「世界觀」，是「世界觀」與「方法論」有機結合下的對世界與人的整體認知。

事實上，這也是「作為方法」之所以成為「思潮」的重要原因。在告別了 1980 年代浮躁的「方法熱」之後，在歷經了 1990 年代波詭雲譎的「現代—後現代」翻轉之後，中國學術也步入了一個反省自我、定義自我的時期，日本學人作為先行者的反省姿態當然格外引人注目。

如果我們承認中國當代學術需要重新釐定的立場和觀念實在很多，那麼「作為方法」的思潮就還會在一定時期內延續下去，並由「方法」的檢討深入到對一系列人與世界基本問題的探索。

在中國現當代文學的領域中，我堅持認為考察具體的國家社會形態是清理文學之根的必要，在這個意義上，「民國作為方法」或「共和國作為方法」比來自日本的「中國作為方法」更為切實和有效。同時，「民國作為方法」與「共和國作為方法」本身也不是一勞永逸的學術概念，它們都只是提醒我們一種尊重歷史事實的基本學術態度，至於在這樣一個態度的前提下我們究竟可以獲得哪些主要認知，又以何種角度進入文學史的闡述，則是一些需要具體處理、不斷回答的問題，比如具體國家體制下形成的文學機制問題，國家觀念與民族意識的互動與衝突，適應於民國與共和國語境的文學闡述方法，以及具體歷史環境中現代中國作家的文學選擇等等，嚴格說來，繼續沿用過去一些大而無當的概念已經不能令人滿意了，因為它沒有辦法抵近這些具體歷史真相，撫摸這些歷史的細節。

「民國作為方法」是對陳舊的庸俗社會學理論及時髦無根的西方批評理論的整體突破，而突破之後的我們則需要更自覺更主動地沉入歷史，進

入事實，在具體的事實解讀的基礎上發現更多的「方法」，完成連續不斷的觀念與技術的突破。如此一來，「民國作為方法」就是一個需要持續展開的未竟的工程。

對文學史「方法」的追問，能夠對自己近些年來的思考有所總結，這不是為了指導別人，而是為自我反省、自我提高。自我的總結，我首先想起的也是「方法」的問題，如上所述，方法並不只是操作的技術，它同樣是對世界的一種認知，是對我們精神世界的清理。在這一意義上，所有的關於方法的概括歸根到底又可以說是一種關於自我的追問，所以又可以稱作「自我作為方法」。

那麼，在今天的自我追問當中，什麼是繞不開的話題呢？我認為是虛無。

在心理學上，「虛無」在一種無法把捉的空洞狀態，在思想史上，「虛無」卻是豐富而複雜的存在，可能是為零，也可能是無限，可能是什麼也沒有，但也可能是人類認知的至高點。是一個複雜的概念。在今天，討論思想史意義的「虛無」可能有點奢侈，至少應該同時進入古希臘哲學與中國哲學的儒道兩家，東西方思想的比較才可能幫助我們稍微一窺前往的門徑。但是，作為心理狀態的空洞感卻可能如影隨形，揮之不去，成為我們無可迴避的現實。這裡的原因比較多樣，有個人理想與社會現實感的斷裂，有學術理念與學術環境的衝突，有人生的無奈與執著夢想的矛盾⋯⋯當然，這種內與外的不和諧本來就是人生的常態，對於凡俗的人生而言，也就是一種生活的調節問題，並不值得誇大其詞，也無須糾纏不休。但對於一位以實現為志業的人來說，卻恐怕是另外一種情形。既然我們選擇了將思想作為人生的第一現實，那麼關乎思想的問題就不那麼輕而易舉就被生活的煙雲所蕩滌出去，它會執拗地拽住你，纏繞你，刺激你，逼迫你作出解釋，完成回答，更要命的是，我們自己一方面企圖「逃避痛苦」，規避選擇，另一方面，卻又情不自禁地為思想本身所吸引，不斷嘗試著挑戰虛無，圓滿自我。

這或許就是每一位真誠的思想者的宿命。

在魯迅眼中，虛無是一種無所不在的「真實」，「當我沉默著的時候，我覺得充實；我將開口，同時感到空虛」（《野草》題辭）「絕望之為虛妄，正與希望相同」（《希望》）「於浩歌狂熱之際中寒；於天上看見深淵。於一

切眼中看見無所有；於無所希望中得救。」(《墓碣文》)所以，他實際上是穿透了虛無，抵達了絕望。對於魯迅而言，已經沒有必要與虛無相糾纏，他反抗的是更深刻的黑暗——絕望。

虛無與絕望還是有所不同的。在現實的世界上，盼望有所把捉又陡然失落，或自以為理所當然實際無可奈何，這才是虛無感，但虛無感的不斷浮現卻也說明在大多數的時候，我們還浸泡在現實的各自期待當中，較之於魯迅，我們都更加牢固地被焊接在這一張制度化生存的網絡上，以它為據，以它為食，以它為夢想，儘管它無情，它強硬，它狡黠。但是，只要我們還不能如魯迅一般自由撰稿，獨自謀生，那就，就注定了必須付出一生與之糾纏，與之往返。在這個時候，反抗虛無總比順從虛無更值得我們去追求。

於是，我也願意自己的每一本文集都是自己挑戰虛無、反抗虛無的一種總結和記錄。

在我的想像之中，每一個學術命題的提出就是一次袪除虛無的嘗試，而每一次探入思想荒原的嘗試都是生命的不屈的抗爭。

回首這些年來思想歷程，我發現，自己最願意分享的幾個主題包括：現代性、國與族、地方與文獻。

「現代性」是我們無法拒絕卻又並不心甘情願的現實。

「國與族」的認同與疏離可能會糾結我們一生。

「地方」是我們最可能遺忘又最不該遺忘的土地與空間。

「文獻」在事實上絕不像它看上去那麼僵硬和呆板，發現了文獻的靈性我們才真的有可能跳出「虛無」的魔障。

如果仔細勘察，以上的主題之中或許就包含著若干反抗虛無的「方法」。

2021 年 6 月於長灘一號

弁　言

　　從 2005 年 9 月底至 2009 年 2 月中，我與舒蕪先生保持著電郵聯繫。頭兩年，先生還健旺，我們幾乎無日不網聊，多是我以「小文」麻煩先生，而先生則耐心作答，有時一日間來往郵件十餘通，間或也有中斷，或是公差外出，或是郵箱故障，或是偶染小恙；第三個年頭某一日（2007-08-04），先生忽然自訴不適，旋住院治療月餘，出院後再網聊時，先生竟稱：「大文拜讀，甚好。小意見也許有，但關係不大，沒有力氣提出了。」其後年餘，網聊的節奏減慢，我不敢再頻頻以「小文」勞煩先生，先生則不時寄來各種「材料」以助談資。直到某一日（2009-02-14）收到先生寄來的一封主題為「材料」的空白郵件，去信叩問而無回覆，始知情況有變。不久，其子女便來信通知：先生病重，先生上呼吸機……纏綿半載，竟至不起。嗚呼！

　　有幸的是，我和舒蕪先生這幾年的網聊記錄大都還在。

　　那些年，我收發郵件用的是國產軟件 foxmail5.0。這個軟件很好用，它能夠自動接收郵件，並能把來往郵件保存在本地磁盤上。它還是個綠色軟件，不需安裝，拷貝到任何電腦裏都能運行。上個月，我從舊電腦（winxp 系統）硬盤裏找到這個軟件，連帶所有文件包拷貝到新電腦（win10 系統）裏，竟然還能正常收發，而且所有的舊郵件幾乎全都在。我和舒蕪先生的網聊記錄，就是這樣保存下來的。

　　感謝 foxmail 的設計者張小龍先生。

　　重溫與舒蕪先生網聊的起始經過，似是巧合，也似是命定。起初，我可沒敢想去結交這樣的名人，只是由於科研情勢所迫，不得不如此。後來竟至一發而不可收，不能收，也不願收。過程曲折，說來話長。

2000 年，我開始涉足胡風研究。當年 5 月，寫成一篇六萬字的長文，題為《姚雪垠與胡風》，交給本省的一家大型刊物，被退稿。2001 年初，改題為《是非任人評說——胡風猛批姚雪垠的前因後果》，收入中國青年出版社編輯的《雪垠世界》，該書雖正式出版，卻未進入市場。當年 9 月，我又將該文寄往「新語絲」網站，以原題《姚雪垠與胡風》全文發表。2002 年，《南方週末》編輯劉小磊先生在網上讀到該文，來電話索要，並稱報紙篇幅所限，要求壓縮至萬字以內。同年底改定寄出，一審二審皆通過，終審時被總編槍斃。劉小磊先生很覺抱歉，遂推薦給《炎黃春秋》編輯吳思先生，改題為《胡風「清算」姚雪垠始末》，載於該刊 2003 年第 1 期。

那幾年，胡風研究如火如荼，輿論幾乎一邊倒。《姚雪垠與胡風》雖不是有意逆風而上，但也無意自尋煩惱。好在學術界容忍度尚可，給了這類文章生存的機會。驚喜之餘，便決定繼續做下去。接下來的兩年，又連續發表了如下幾篇文章：

> 胡風與第一次文代會，載 2004 年 7 月 1 日《南方週末》
> 胡風為什麼要寫「三十萬言書」，載《文史精華》2004 年第 9 期
> 細讀胡風「給黨中央的信」，載《書屋》2004 年第 11 期
> 胡風為什麼提議召開「胡風文藝思想討論會」，載《傳記文學》2005
> 年第 5 期

思路打開了，文章就好寫了。

接下來，又寫了篇《細讀胡風「三十萬言書」之「關於舒蕪問題」——兼及「將私人信件用於公共事務」問題》，主旨是辨析「將私人信件用於公共事務」問題。那幾年人們熱衷於追究舒蕪「交信」事，譴責其喪失了「知識分子做人的底線」，逼著要他「懺悔」。但我總覺得似乎有什麼不對，以「私人信件」入文，魯迅做過，胡風做過，何必獨責舒蕪；更何況，「知識分子做人的底線」，歷朝歷代，何曾有過。文章寫好後，仍寄給劉小磊先生，請他看看。幾天後他來信說很喜歡，只是擔心過不了總編那一關，答應盡量爭取。〔註1〕

等了一週，杳無音訊。無聊之餘，便在網上閒逛起來。偶然進入「天涯社區」之「天涯論壇」的「閒閒書話」，讀到署名「晚餐魚」的一篇書評《揭開文化的傷疤——舒蕪〈哀婦人〉閱讀劄記》。書評下面附有許多讀者的帖

〔註 1〕該文終未能獲准在《南方週末》發表，後載于《江漢論壇》2005 年第 12 期。

子。有位讀者寫得很有意思：

　　　　我對舒蕪的感覺是非常複雜的。最初看到舒蕪的文章，是在一
　　本讀書筆記集——《串味讀書》中，《哀婦人》中收到的這幾篇文章
　　——《亂離最苦是朱顏》、《男借女屍還魂》、《古中國的婦女的命
　　運》，在這本書裏便已經有，當時便非常佩服他的婦女觀念，後來看
　　他《從秋水蒹葭到春蠶蠟炬》，直接導致我在學年論文裏寫李商隱
　　無題詩的愛情觀念，進而埋頭到古代中國文學中反映的女性觀念裏
　　去。可以說，我對女性主義的興趣，最早是由他激發起來的。

　　　　但後來知道了他和胡風之間的公案，他的形象便在我心目中一
　　落千丈。以至我知道他是方孝岳先生的兒子的時候，心裏竟不知是
　　什麼滋味。

　　　　漸漸地，我在眾人的口誅筆伐，各人的不能原囿中，覺得他有
　　點可憐。中間的種種事情，我總覺得難以索解。從「奸人妻女」的
　　說法中看出的觀念，不能不說他的眼光是非常銳利的。

緊挨著還有一位讀者的帖子，寫得更有意思，而且涉及到了我的舊文：

　　　　我就是為舒蕪此書作序的周筱贇。其實對胡風的那椿公案，也
　　不完全是你想像的那樣。可以參看吳永平《細讀胡風「給黨中央的
　　信」》，看來胡風也高尚不了多少。

　　　　我的郵箱 showing@sohu.com

　　那時，我與上述第一位讀者一樣，對舒蕪先生的感覺同樣是「非常複
雜」，對他的遭遇也覺得「難以索解」；而對於能「為舒蕪此書作序」而且推
崇拙作的周先生，當然更多點好奇，好在此人的電郵地址公開了，於是便寫
了幾句話表示問候：

　　周筱贇先生：您好！

　　　　我是湖北吳永平，看到網上你與某人爭鳴文章中提到我的舊
　　文，也提及您為舒蕪文所寫的序。

　　　　很想讀讀您的這篇序，能否賜下。

　　　　祝一切好！

　　　　湖北省社會科學院：吳永平

　　　　2005-05-18

大概就是在這一天，劉小磊先生來電話，稱新作又被總編給斃了，其原

因自不待言。這麼有影響的媒體，竟然如此謹小慎微，真讓人好氣又好笑。

又過了好幾天，不意間收到了周先生的覆信，措辭非常客氣，如下：

> 吳永平先生：
>
> 　　前一階段出差近十天，去鄭州接高耀潔教授參加天津書市簽售活動（我是她的新著《中國艾滋病調查》的策劃兼責編），剛回到上海，故而遲覆為歉。
>
> 　　數月前我確曾在某人網頁上留言論及舒蕪先生，提及您的大作《細讀胡風「給黨中央的信」》，此文真得段戴錢王之妙矣。拙文實不值一提，不過重複一些常識而已，該書早已出版，不如我寄您一冊吧？能否告知詳細地址？
>
> 　　從邵燕祥先生處得悉，您另有一文《細讀胡風「三十萬言書」之「關於舒蕪問題」》，更是石破天驚。我早就覺得，文革後知識分子為了樹立一個不畏政治強權的偶像，不免將胡風先生神化了。我已將此事告知舒蕪先生。據說此文早已投給《南方週末》，卻至今未發，是否又有變故？
>
> 　　周筱贇　敬上
>
> 　　2005 年 5 月 26 日晚

這信裏有著豐富的信息，讀後不能不吃驚：一是沒想到舊作竟能產生如此強烈的反響，二是沒想到新作尚未面世就已經在圈內傳開，三是胡風研究真敏感，才寫了幾篇「細讀」文章，就鬧得沸沸揚揚的，竟然連邵燕祥和舒蕪老先生都被驚動了。唉，《南方週末》，怎麼這樣沒膽呢！我情緒複雜地寫了覆信。

> 周先生：您好！
>
> 　　那天在網上逛，偶然看到您的留言，心有所感，因此寫了那封信。後來我去福建開了一個會，也是剛回來不久。回來後就收到南方週末劉小磊先生的信，說是稿件被主編斃了。我有點納悶，也有點鬱悶。我寫文章惟重史料，對人對事不抱成見，不知為何發表時總是受阻。
>
> 　　過了幾天，嘗試著將此文改寫了一下，寄給《中華讀書報》等幾個報刊，迄今也無消息。我試著想了一下其中的原因：拙文無非是披露胡風利用私人書信早於舒蕪一年，意在說明當年文化人並

不把這事當作一件嚴重的違背法理的事，也有建議大家不必窮究舒蕪先生當年作為的意思。劉小磊先生說這文章若發表，胡風研究界要鬧地震，也許說得有點過頭，於是總編就不敢發了。您也知道，有幾個並不算胡風朋友的朋友對這樣的文章是很反感的。我一直等待他們的論辯文章，但他們不肯寫或不願寫，我只能寂寞地走下去了。

　　近年來，為胡風事確實寫過幾篇文章，手頭也還有幾篇發不出去。世事大概總是如此，好在我也有耐心。

　　老兄既對胡風問題有興趣，又與舒蕪先生有聯繫。那麼，我就把文章寄給您看看吧，也請轉給舒蕪先生。請多批評，請多指教。請不要發在網上，畢竟這文章還沒有公開發表呢！

湖北吳永平上

2005，5，27

　　過了幾天，周先生又來信了，仍然是那麼有條有理，仍然是那麼出人意表。

吳先生：

　　這幾天檢點存書，發現最後一本《哀婦人》樣書也找不到了，我已經要求安徽教育出版社將我的序言稿費折算成樣書寄給我，等收到後馬上寄給您。

　　舒蕪先生早已經看到兩文，但不是我傳給他看的，而是邵燕祥先生傳給他看的。當時我和邵燕祥先生電子郵件談其他事情時，他轉發給我劉小磊郵件，其中提及您的文章，是劉請邵對文章提出意見，我就把此事告訴舒蕪先生，讓他等著看《南方週末》，並叮囑他別說是我說的。不料他大概是急於看到文章，竟然發郵件向邵先生索要，並說了是從我那裡聽說的。這讓我有點不快，這樣我在邵先生面前會很尷尬，此前他曾將我的郵件轉發他人也讓我頗難堪。大概對於作家而言，書信是作為文章來寫作、來看待，而根本不屬私人文件。所以 1949 年前很多作家動不動就在報刊發表書信，把書信結集出版。如此來看舒蕪與胡風互引私人信件就不奇怪了。

　　您的文章在公開發表前我不會在網上貼出來的，這點請您放心。舒蕪先生的電子郵件是 bikonglou@163.com，您可以直接和他

聯繫。不過我建議您還是別和他直接聯繫為好，因為胡風的那些徒子徒孫對您文章自然很惱火，無法反駁就會造謠是舒蕪指使，您就可以反駁說我根本和他不認識。但您一旦和他有了直接聯繫，這個事情就說不清楚了，會給人以口實。不知您以為然否？

周筱贇　敬上

2005 年 6 月 6 日凌晨

周先生不建議我與舒蕪先生直接聯繫，我相信他完全是出於好意，當時我也沒有非要與舒蕪網聊什麼不可的欲望。於是，我便答覆如下：

周先生：您好！

您的提示極好，我不會直接與舒蕪先生聯繫的，這樣對他對我對研究都不利。這也是我一貫的研究作風。

寄書的事情請不要著急，以後有了再寄給我。其實，你的相關文章，關於女性問題的，我早已在網上讀過了。非常敬重你在這方面所作的研究工作。

我現在才知道邵先生和舒先生是如何看到我的那篇文章的。小磊徵求意見是正常的，因為他畢竟年紀不夠大，對這事有點把握不住。這文章其實也沒有寫什麼，只是把被人疏忽的事情點了出來，既不是有意貶損胡風，也不甚有利於舒蕪，所謂客觀研究是也。令人不解的是，這文章至今沒有刊物願意或敢發。

算了，我打算先把這文章擱置半年，然後再修改一下。

順頌

文安！

湖北吳永平

05-06-06

事情似乎就這樣解決了。當時我就是這樣安慰自己的：研究者應該與研究對象保持距離，而距離產生客觀性，產生真實性，產生美感……等等，諸如此類的。

把這文章交給本院主管的刊物《江漢論壇》後，繼續細讀胡風的「三十萬言書」。越是細讀，疑問越多。只要涉及到舒蕪，不是雲遮霧罩，就是政治黑洞：

1950 年冬他來北京開會，還是想我介紹他到北京來工作，意思

頂好是做理論工作。閒談的時候，他對「毛澤東思想的化身」的老幹部取了嘲諷的態度，而且對於一些工作方式也取了尖刻的嘲笑態度。我感到失望。他走了以後，和路翎同志談到他，才知道了他在四川參加過黨，因被捕問題被清除出黨以後表現了強烈的反黨態度的情況。這出乎我意外，怪路翎同志也來不及了。過後回想，才明白了他的一些表現並不簡單是一個封建家庭子弟的缺點和自私的欲望而已……

　　（1952 年）在發表了舒蕪的《致路翎的公開信》的當天下午，林默涵同志和我談話的時候，因為林默涵同志似乎很誠懇，我當時說了一點感覺。我在日本的時候，日本黨內常常發現「破壞者」，有的時候甚至打進了中央領導部；當時我不大理解敵人為什麼有這麼巧妙，黨內的同志們為什麼這樣沒有警惕性。現在看了舒蕪的做法，我在實感上才似乎懂得了破壞者是什麼一回事，是通過什麼空隙打進黨的。……我鼓起最大的勇氣向林默涵同志點明了舒蕪是「破壞者」。

所謂「反黨」（叛徒），所謂「破壞者」（敵特），都是極為重大的政治罪名。記得綠原先生曾說過：要研究胡風乃至中國知識分子問題，非研究舒蕪不可。有這兩頂政治大帽子在，怎麼研究，又何必研究。有段日子，我時時為此煩擾，坐臥不安。胡風「三十萬言書」中專設「舒蕪問題」一節，是敦促中央對政治敵人舒蕪作出處理。如果舒蕪確有這些政治問題，胡風怎麼說都是對的；但如果舒蕪沒有這些政治問題，胡風這樣說又算什麼？

三個月後，焦頭爛額之下，只得寫信給周筱贇先生，託他向舒蕪先生求教，我必須弄清這個政治大前提，否則一切相關研究無從談起。

周筱贇先生：您好！

久疏音問，近來可好！

我有一事想託你問問舒蕪先生：胡風在「三十萬言書」中指責他是「叛黨分子」。舒蕪先生是否已有文章談及此事，或者是否打算在回憶錄中談談那段歷史。

另外，我那篇《細讀胡風「關於舒蕪問題」》投稿《江漢論壇》，這是個學術刊物，大概要發在第 12 期。

祝願國慶節愉快！

吳永平

2005-09-30

當天，竟然直接收到了舒蕪先生的回信。

永平先生：

周君轉來大札，所問歷史問題，我早向組織做了明確交代，組織結論與胡風所言不同。他那樣隨口說人家的歷史問題，是不合原則的，詳情非簡單可盡，不可能在此奉答。乞諒，為感。

致禮！

bikonglou@163.com

2005-09-30

我與舒蕪先生的網聊就這樣開始了，一直持續到先生最後一次離家住院。

在這三年多的時間裏，我們聊的話題很多，主要圍繞著舒蕪與胡風的交往及恩怨，舒蕪的人生道路及其與胡風事件的關連，偶而涉及胡風的為人和為文。在此期間，舒蕪先生整理、注釋、發表了《致胡風信》（2006）和《參加胡風文藝思想討論座談會日記抄》（2007）等重要史料，還撰寫了一些辨誣的文章。或許，這其中有我的些微勸勉之功吧；我自己則先後完成了兩部著作：《舒蕪胡風關係史證》〔註2〕和《胡風家書疏證》〔註3〕。當然，這其中浸潤著先生的涓涓心血。

時光真如白駒過隙，不知不覺間，先生辭世已近十載，我亦進入耳順之年，前塵往事，縈繞於心。謹以此數千則網聊記錄，敬獻於先生靈前！

2018/5/4

〔註2〕該書於2017年12月由臺灣花木蘭出版公司出版。
〔註3〕該書於2012年由中國社會科學出版社出版。

目

次

第三冊

第四冊

編輯凡例

一、來往電郵均按照時間順序編排。

二、電郵內容基本保持原始面貌，或有刪除，但無添加。

三、電郵格式不拘一格，與書信格式不盡相同；抬頭與落款，大都為系統設定；問候語與祝頌語，亦無深意。

四、電郵日期後的簡短提示，如「x 月 x 日　舒蕪談對『歷史問題』的態度」，是筆者整理時隨手標記的，並不能概括當日聊天的全部內容。

五、筆者奉上請教的「小文」大都刪去，僅保留有先生「批註」的部分段落。

六、先生寄來的「附件」（網文）極多，只收錄了極小部分標題。

七、筆者整理時在必要處加有注釋。

八、網聊中偶而涉及他人，皆為無心，如有冒犯，敬希原宥。

網聊正文

一、2005 年 9 月 30 日至年底

2005-09-30　舒蕪談對「歷史問題」的態度

周筱贇先生：（主題詞〔註1〕：湖北吳問好）

　　久疏音問，近來可好！

　　我有一事想託你問問舒蕪先生：胡風在「三十萬言書」中指責他是「叛黨分子」。舒蕪先生是否已有文章辯白，或者是否打算在回憶錄中談談那段歷史。

　　另外，我那篇《細讀胡風「關於舒蕪問題」》投稿《江漢論壇》，這是個學術刊物，大概要發在第 12 期。

　　祝願國慶節愉快！

　　吳永平

永平先生：（主題詞：舒蕪答）

　　周君轉來大劄，所問歷史問題，我早向組織做了明確交代，組織結論與胡風所言不同〔註2〕。他那樣隨口說人家的歷史問題，是不合原則的，詳情非

〔註 1〕「主題詞」是郵件系統設置的一個小框，可填寫，以作提示。下同，不另注。

〔註 2〕舒蕪先生後來沒有再談過這個「政治歷史問題」，我也就沒有再問。直到讀到 2017 年《新文學史料》第 2 期陳早春的《折翅仍在飛翔的舒蕪》，我才對這事有了基本瞭解。陳文寫道：「所謂的『叛徒』，是他在讀高中時，曾參加過中共。後來叛徒把他供出來了，他不得不承認。而當時是國共第二次合作時期，有些共產黨員的身份是公開的。所以他的『叛徒』未被追究。」

簡單可盡，不可能在此奉答。乞諒，為感。

致禮！

bikonglou@163.com

2005-10-01　舒蕪建議筆者研究《論主觀》公案

舒蕪先生：您好！

事情固然如您如說，但也有必要澄清。

胡風先生的三十萬言書公開出版，學界皆已知此事，如您始終緘口，一味迴避，恐怕日後以訛傳訛，再也沒有人能說得清楚了。

因此，我建議您通過適當的形式將那段經歷公諸於世。至少讓後人知道，胡風先生的表述與事實有出入。

順頌

節日快樂！

湖北吳永平上

永平先生：（主題詞：舒蕪覆）

承教，盛意極感。我以為個人政治歷史，只需在組織考查場合講，不需要在一般場合講，至少個人有選擇怎麼講的場合方式的自由。至於信口隨意給別人加上嚴重政治帽子，沒有任何根據，是違法行為。只因情況特殊，我不與他計較而已。組織上信不信他的話，從我歷來所得到的待遇（包括一切好和壞的待遇）可以看出，不必我自己說。相信大家也會公正理解的。自從拜讀大作，對先生的深入細緻的研究非常欽佩，早想求教，希望以後經常賜教。

專此布覆，順頌文安。舒蕪

舒蕪先生：（主題詞：覆函並致謝）

先生對個人政治歷史的看法，細細思襯，也不無道理。

近年我做胡風研究，主張持獨立的立場和態度，一意在原始史料上用功，注重還原一定歷史時期的政治文化環境，不太相信當事人事後的回憶及研究者據此而作的推演。也許拜此原則（立場、態度和方法）所賜，能有一點不同於他人的看法和觀點。

系列文章發表後，有些人很惱火，到處追問我的來歷，據說也正在組織文章反攻，只是他們的文章始終不出來，讓我等得有點心焦。

您是當事人之一，我自然久有趨前承教之心。研究中也遇上一些迷惑不解的問題，待系統整理後再向先生請教。

專此，並頌

健康！

湖北吳永平上

舒蕪先生：您好！

附件中是我的一篇文章，題為《姚雪垠出黨始末》。姚雪垠先生在世時與我談過這一「歷史問題」，因事涉王闌西，他不讓我馬上寫出來發表。

姚雪垠去世後我才寫這文章，寫好後一直放在抽屜裏，等待最佳的發表時機。

您的事情也許與姚雪垠類似，最好能留點文字資料，讓後來的研究者能在這事情上有說話的憑據。頌健康！

湖北吳永平

永平先生：（主題詞：收到大作）

剛才收到大作《姚雪垠出黨始末》，謝謝。待細讀請教。

bikonglou@163.com

永平先生：（主題詞：舒蕪致敬）

大劄奉悉，先生的研究，我極為佩服。關於給黨中央信的那篇，老實說，起初我並未讀，看題目，誤會是講三十萬言的，以為這類文章，不可能有什麼新意。後來是邵燕祥先生特地以 E-MAIL 通知，說是細緻深入，值得讀，我才拜讀了，極為佩服。接著兩篇，無一不佳。曾按照文末電郵地址發信致敬，皆退回。我想也好，我與先生本不相識，就保持不相識關係也可以避免瓜田李下之嫌。來信說有人調查先生的身份，大概就是要查出和我是不是認識吧。現在有幸通信了，那麼就在瓜李中通下去吧。一笑。對於先生的研究，我當然盡力相助。建議對於拙作《〈回歸五四〉後序》加以注意，當然是指《新文學史料》上發表的本子，不是我書上被迫刪去胡風信原文的本子〔註3〕。關於《論主觀》的寫作和發表前後的真相，關於當時胡風與「才子集團」的關係，似乎都可以探討。因為這不僅關係胡風，而且關係當時思想界大勢，可以通過《論主觀》一案切入。先生以為如何？專此布覆，順頌文安。舒蕪

〔註3〕舒蕪：《〈回歸五四〉後序》（修訂本），收入《舒蕪集》第8卷。

舒蕪先生：您好！

極為感謝您的盛情。

我不知道您曾給我發過電子郵件，我想，這大概是由於郵箱後綴變更之故。我原來的郵箱是 163.net，後來這公司被收購，統統改為 tom.com。您按那個郵箱寄信，我當然就收不到了。

我那篇細讀給黨中央的信的文章，主要論述的問題只有一個，胡風以其完全政治化的思維企圖修正解放初的文藝路線，是不現實的，如果他的目的達到，對文藝界並不是福音。

有人調查我的身份，其中當然有想查出我與您是否有關係的意圖，或許還想查查我是否有政治背景。他們通過湖北的人來問，恰好問到我的一個朋友。我這朋友說，吳只是個專憑史料寫文章的夫子，你們如果想與他爭鳴，最好多看點史料，不然恐怕開不了口。據說，他們後來的意見是：隨他去罷。後來，也有一點爭鳴，寫過一篇文章，質疑我的《姚雪垠為什麼無緣第一次文代會》（載《炎黃春秋》），又有一人寫文章質疑我的《胡風與第一次文代會》（載《文學自由談》），而我寫的答覆文章，這兩個刊物都不發。我知道，我的研究碰上了吳思所說的「潛規則」了。吳思是《炎黃春秋》的編輯，他發過我的一篇文章，而不發我的答辯文章，我以「潛規則」責問過他，但他不回答。這裡也許觸及到「自由知識分子」的忌諱，他們把胡風捧為自由知識分子的代表，我碰了他們的偶像一下，他們不高興了。

您建議我研究「關於《論主觀》的寫作和發表前後的真相」及「關於當時胡風與『才子集團』的關係」，我對此也是極關心的。您的《〈回歸五四〉後序》（有胡風書信的）我讀過多遍，對《論主觀》的寫作及發表前後的情況也有所瞭解，我當然不同意胡風所謂「供批判」的說法。

寫到這裡，我想起了一個問題。你在《〈回歸五四〉後序》中曾引用過 1943 年 11 月 22 日《中宣部關於〈新華日報〉、〈群眾〉雜誌的工作問題致董必武電》，其中提到「現在《新華》《群眾》未認真研究宣傳毛澤東同志思想，而發表許多自作聰明錯誤百出的東西，如 XX 論民族形式，XXX 論生命力，XXX 論深刻等，是應該糾正的。」我注意到，您在文中並未指出其中的「XX 論民族形式」就是胡風的《論民族形式問題》。然而，後來黎之、胡學常、林賢治、王麗麗、周正章諸人在轉引這段文字時，都乾脆地將其說成是批評胡風。我對此頗有疑惑，因為，電文中說得很清楚，所批評的是最近「發表」在《新華

日報》和《群眾》上的文章，而胡風的《論民族形式》從未在這兩家報刊上發表，況且胡風的這本專著寫於 1940 年 10 月，曾分為上下兩篇在《中蘇文化》和《理論與現實》上發表，就此而論，攀附胡風是毫無道理的。我為此也查過中國社會科學院新聞研究所編《中國共產黨新聞工作文件彙編》，發現您的引用是尊重原文的，原文確是「XX」。我又查了《新華日報》和《群眾》，沒找到《論民族形式》這文章，至今也不知道這「XX」究竟指的是誰。由於這個困難無法克服，我不敢涉足胡風與才子集團關係的研究。如果能找到一個人，能在中央檔案館裏看到原始檔案就好了。

目前，學界對 40 年代後期那場初露端倪即告終止的思想運動頗有興趣，您曾是這場運動的積極參與者，《論主觀》《論中庸》都是您的實踐。我還以為，胡風當年雖然非常欣賞您，有借助您的理論來打擊「客觀主義」的意圖，但他並不懂您的文章，他的學識限制了他對您的理解。我還曾想過，如果這場思想運動持續得更長一點，您與胡風的分道也是遲早的事情。從某種角度而言，胡風與您的關係更像是編輯與作者的關係，而不是師生關係，您的學問體系和興趣範圍不是胡風的「文藝理論」所能囿範的。

以上只是我隨便說說，沒有作深入的研究，說錯的地方萬望見諒。

以後再請教。順頌

健康！

湖北吳永平上

2005-10-02 舒蕪談「交信」事

永平先生：中午來信收到。

這幾年，一些論者的霸權話語中，「論定你沒商量」，我久已習慣。要說客觀材料，本來已經不少，但是無如其還是硬要那麼論定。例如，所謂「交信」，根本不存在，事實是，有甲乙丙丁四個人：乙向甲借了信去，呈送與丙，丙在甲與乙都不知道情況下呈送與丁，根本不是甲「交」給丁的。可是，論者硬要說是「交信」，而且是「主動交信」，或者說「借」與「交」區別不大，云云。在這樣霸權話語之下，還有什麼可說？所以先生的只憑材料說話，真是這個領域內的第一隻燕子，不能不佩服。關於延安來電所指《論民族形式》，我也懷疑未必指胡風那個小冊子，除了發表時間刊物不對，來電是專指黨員的問題，那時還不會涉及黨外人士。我懷疑，電文所說新華日報和群眾雜誌，

只是概略言之。於潮（喬冠華）的《方生未死之間》也是重點批判的，就發表在郭沫若主編（實際是徐遲主編）的《中原》上。您是否把範圍擴大些再找找？關於胡風與才子集團的關係，文字材料恐怕只是從《論主觀》開始，那是有意識地在才子集團失敗後，為他們打後衛戰的，是我與胡都清楚的。以前，他們的關係還限於私人交往中，好像沒有文字材料。另外，我懷疑，延安來電是在周恩來回延安參加整風期間打到重慶來的，是不是矛頭針對著南方局的工作？您以為如何？匆匆，祝好！

    bikonglou@163.com

永平先生：延安來電所指《論民族形式》不是指胡風，還有一個旁證。重慶接電報，黨內開了批評會，董必武主持。當時周恩來回延安，董是南方局第二把手，所以由他主持。董做的結論，印出油印本，胡風得到一本。估計是陳家康給胡風的。胡又給我看，結論本身老生常談，不必細說。但其中沒有批評胡風的內容，只有批評「才子集團」三人的內容。拿黨內文件給黨外人看，當然違反紀律，此亦可見「才子集團」與胡風關係的密切。此事我從未在任何地方談過。舒蕪上

2005-10-03　舒蕪說當年未讀過「萬言書」全本

舒蕪先生：您好！

    誠如您如說，您當時並沒有把信交給林默涵。事實本來是非常清楚的，如果存心交信，就不必寫那篇論宗派主義的論文，編輯部看了論文，要核對引文，於是索信，這也是正常的。至於以後的事情當然就脫出您及編輯部的控制了。

    我寫《細讀胡風之「關於舒蕪問題」》，是從另外一個角度入手的。即如俗話所說，揚湯止沸不如釜底抽薪。

    這點體會來自我對資料的細讀，您也知道，現在的研究者們比較浮躁，大都不認真讀原著，更不願花費力氣查原始資料。胡風的三十萬言書我讀過多遍，始終覺得摸不清頭緒，後來我索性將全本掃描，編成文本文件，利用檢索技術進行研究。我用「舒蕪」為關鍵詞進行檢索，發現在某一節中出現甚為頻繁，這便是「關於舒蕪問題」。在這一節裏，胡風花了很大的工夫向中央揭露您的政治問題和品質問題，然而他所依據的材料除了信便是流言，這使我產生很大的疑惑，研究興趣也由此而產生。於是我再用「信」為關鍵詞

檢索全書，又發現胡風不僅在這節中大量摘引他人書信，在其他部分也這樣做。把這些細節弄清楚後，我的心裏也就明白了。當年的文化人對引私人書信入文並沒有什麼忌諱，他們沒有考慮過什麼法理問題，再把眼光拓大一點，便看到魯迅先生也如此做過。其次，便是時間，胡風撰寫「關於舒蕪問題」時，早於您寫作《論胡風的宗派主義》一年；再其次，便是互加的罪名，胡風指責您「叛黨」，而您指責他「反黨」，彼此相當。搞清了這些問題，文章就寫成了。當然，文中的用意還有批評胡風家屬只知責人而不知自責的意思。

寫到這裡，我想到一位研究者的文章，他披露您在寫作《論胡風的宗派主義》之前，還寫過兩篇文章，他因此懷疑您在寫作前讀過胡風三十萬言書的全本（尤其是「事實部分」）。當年，據說三十萬言書的全本印刷過，但在一定範圍內發送。您是否通過什麼途徑讀到了呢？

您為延安來電所指《論民族形式》不是指胡風所提供的旁證，是很有價值的。我當繼續擴大範圍尋找，因《中原》我院圖書館沒有，須得上外地，短期內無法完全弄清。

電文來時，周總理確在延安。也如您所說，周在延安受到批評，據我查閱的資料，內容大概是「經驗主義」之類，周作過檢討，經過毛澤東的干涉，處理是從寬的。

附件中是未完成的論文，寄給您看看，我考慮這課題已經有些日子了。

祝健康！

後學吳永平上

（附件丟失。吳注）

永平先生：（主題詞：舒蕪答問）

一、論民族形式，不是指胡風，可以肯定，大概指群眾雜誌上關於民族文化的討論。（延安對於胡的民族形式問題的理論不會喜歡，那是另一問題）

二、黨內對陳家康等的批評，陳等對胡並未保密，董必武結論的油印本，我就從胡風很快看到。三、我寫論主觀，是有意識地為失敗了的陳家康等作再接再厲之戰，胡風對此完全清楚。四、論主觀寫好，希望雜誌還沒有眉目，胡風多方介紹不出去，又值希望雜誌成功，才決定在希望雜誌上登。五、三十萬言，我哪裏能夠預先看到？六、大作未完稿，取得必要資料後，值得寫完。匆匆，祝好！

bikonglou@163.com

2005-10-07　舒蕪談毛澤東讚揚《七月》事

舒蕪先生：您好！

再請教您一個問題。下面這段文字引自曉風的《雖九死其猶未悔》，裏面有毛澤東讚揚《七月》的一段話：

> 沒有人會預料到，胡風的文藝理論家的獨立思考和文藝觀點，他的耿直而倔強的性格，他和魯迅及馮雪峰的友誼，他和周揚之間的矛盾，都會影響到他後來的命運。而毛澤東四十年代的熱情讚揚還猶響在耳：「胡風同志我知道，你的《七月》辦得很好，我是你的忠實讀者！你為我們做了很多有益的事，你辛苦了！我敬你一杯！」

這段話未見於胡風自傳，最早的出處是賈植芳先生引述您解放前在上海和他的談話〔註4〕。

您是聽胡風自己說的，還是聽別人說的？

祝健康！

湖北吳永平上

永平先生：（主題詞：舒蕪答問）

承問毛對胡的談話。賈先生所述我的轉述，我不記得這樣對賈說過，也不敢否認說過，反正我現在的記憶中是沒有，是否確曾說過而現在忘了呢，也不敢說。我現在記憶中，胡對我是這樣介紹與毛相見情況：「介紹之後，他說，『哦，胡風同志』，＿稱『同志』哩＿『有些問題，可以多談談』哩。」我理解是胡對於稱他為同志很高興，對於要多談談一些問題也覺得不錯。舒蕪

舒蕪先生：您好！

非常感謝您的回覆。我問這個問題是有原因的。當時毛澤東參加重慶談判時，《七月》已停刊多年，而《希望》已經出版。毛澤東如果非常關注胡風，應該不僅提到《七月》，也應提到《希望》。而胡風在自傳中語焉不詳，應該被認為毛澤東並不太重視與胡風的見面，也沒有關注胡風最近的動向。

看了您的回覆，我的心中似乎有了底。

湖北吳永平

〔註4〕賈植芳：《在這個複雜的世界裏》，載《新文學史料》1992年第4期。

永平先生：（主題詞：小文呈教）

我想說明三點：第一、我是否對賈先生那樣說過，我根本懷疑，他善於不斷改寫歷史，我有一篇《賈拒納舒版本考》，一直無處發表，附呈一覽。第二、即使我曾經那樣說過，來源也只可能聞之於胡本人，我當時自然沒有資格在場，也不認識胡之外其他在場的人。第三、如果毛當時確實讚美《七月》而不涉及《希望》，我以為這倒不成問題，因為《七月》第一次公開發表毛紀念魯迅的講演，大大擴大了毛在文藝界的影響，毛自然會銘記不忘的。匆匆，祝好！

bikonglou@163.com

永平先生：（主題詞：紀念胡風冤案五十年特輯）

聞《隨筆》第6期將有紀念胡風冤案五十年特輯，請留意。

bikonglou@163.com

舒蕪先生：（主題詞：胡風）

兩信都收到，文章也讀了。賈植芳這樣做，當然是不對的。何滿子做得更加出格，網上有議論，在此就不提了。

《隨筆》第6期我會注意的，我想即使紀念文章再多，大概也與周正章的《胡風五十年祭》差不多，想像多於事實，不足徵信。

祝好！

湖北吳永平上

舒蕪先生：您好！

我讀過李輝的〈永遠尷尬著，或者隱痛──從舒蕪與賈植芳的見面談起〉，他是賈的學生，自然只能那樣寫。如今學生靠著老師安身立命的不少，學界中有這樣的幫派。請不要在意他們怎麼說！

湖北吳永平上

永平先生：（主題詞：何滿子）

所謂網上有關於何滿子的議論，不知是哪個網上？請見示。

bikonglou@163.com

舒蕪先生：您好！

網上有對何滿子的議論，說他在談到你時用詞過於尖刻，我不記得出自

哪個網站。下面這個鏈接是山師大某教授批評他對待無名氏的態度，請閱：

http://www.sdnuwyx.com/newest/shownews.asp?newsid=656

wu yongping，您好！謝謝。此文曾經見過。舒蕪上

舒蕪先生：您好！

　　附件中是我前幾年寫的一篇文章，寄《文學自由談》，針對何滿子的一個觀點，他們沒有發。湖北吳

　　（附件：《從「他若勝利又該如何」說起》）

wu yongping，您好！

　　大作拜讀。對其他人其他事，未必想到，惟獨對胡等，大家總想到倘若他們勝利會如何。這現象本身就反映出他們的特點，不是什麼偽命題。為什麼大家不談倘若巴金老舍勝利了會如何呢？舒蕪上

2005-10-08　舒蕪談「胡風上臺會怎樣」

舒蕪先生：您好！

　　誠如您說，胡風上臺後會怎樣，這不是個假命題，從抗戰後期文壇上就有種種議論。我是在研究其他作家時發現胡風理論及其批評活動的排它性的，慢慢對胡風產生研究興趣。

　　您對網上情況很清楚，佩服佩服。

　　祝好！

　　湖北吳永平上

永平先生：

　　關於上臺以後會如何如何，我要說能說的很多，現在都不便說。在他眼中，整個文藝界，除了本派幾個人外，都是臭茅廁，全該一掃而空。我本來不是想搞文藝的，與路翎等文藝青年來路不同，感受不同，對他這一點起初實在難以接受，後來既然「入夥」，也勉強緊跟，隨聲附和，但內心仍然不安，第一次流露就是我在信中說我們不應該太孤立自己，惹起他不快，回信質問我爭取什麼人聯絡什麼人？直到後來應人民日報約稿寫關於宗派主義文章，還是這個思路，一以貫之。稱之為「宗派主義」，其實還是客氣，至少，這個宗派主義有最強烈的「逆我者死」的特色，是非常顯然的。

　　bikonglou@163.com

舒蕪先生：您好！

我深有同感。

最近我在著手寫一本書，題目初定為《停滯的時間》。從 1948 年胡風準備去香港說起，一直寫到 1955 年。以胡風的活動為主線，以他周圍的人為輔線，描述他及他的流派的命運。關於胡風解放後的活動，我已寫了幾篇文章，基本上可以涵蓋這個時間段，現在在補充的是他周圍人的經歷和心路歷程。

當然也要寫到您。在寫到您和其他人的活動時，將採用補述和插述的手法把歷史脈絡交代清楚。你在抗戰後期就發現了胡風的自我孤立，勸過他，由此而引起了胡風的不滿，後來的分手是自然發生的過程。從這個角度而言，我極不贊成李輝的觀點，他說您在解放初並沒有什麼壓力的情況下與胡風分手，這更不可原諒。這是個奇怪的邏輯！其他人也有過與您類似的經歷，如魯煤，他在《新文學史料》上發表的回憶錄我讀過，有些真心話他並沒有寫出。

要寫成這本書，須查看的資料很多，還會經常向您請教的。

我發表過的關於胡風解放後的文章有如下幾篇，不知您是否全看過？

《是非任人評說》，載《雪垠世界》中國青年出版社 2001 年出版

《胡風「清算」姚雪垠始末》，載《炎黃春秋》2003 年第 1 期

《胡風與第一次文代會》，載 2004 年 7 月 1 日《南方週末》

《胡風為什麼要寫「三十萬言書」》，載河北《文史精華》2004 年第 9 期

《細讀胡風「給黨中央的信」》，載長沙《書屋》2004 年第 11 期

《「胡風文藝思想討論會」與胡風》，載《傳記文學》2005 年第 5 期

wu yongping

吳先生：

《雪垠世界》《南方週末》河北《文史精華》這三家報刊，我經常沒有接觸，因此上面所載大作均未曾拜讀。

bikonglou@163.com

永平先生：發來大作兩篇都拜讀，獲教極多，特別是周恩來「以觀後效」的批示，真是重要文獻。胡當時雖然不可能知道有此批示，但他大概一向引周為知己，把他已經知道的周的表示，全部按照自己需要來理解，而對於周的明顯批評他的話，也視而不見。心態定了格局，沒有辦法改變了。周給胡

的信，那天林默涵和嚴文井先來看我時，先給我看過。然後去看胡，送信給胡。周信末關於我的檢討文章的話，我一向不便引用。胡看了周這些話，仍然無動於衷，可見一斑，但另外，在黨內，周好像的確為了胡的問題，受到過指責。記得周關於知識分子問題的報告中，答覆「對知識分子信任不夠」的批評說：「是有這樣缺點，但是也有信任過了，錯了，例如對胡風。」你聽過這話麼？

bikonglou@163.com

永平先生：（主題詞：中學校長）

李輝發明了我為了不甘心只做中學校長，而後如何如何，一語定乾坤，大家跟著津津樂道。其實情況是，1949 年末，南寧解放，確定為省會，把原來由桂林遷來的桂林師範學院，遷回桂林，（師範學院的遷走有一些內情，這裡且不談，）反正全體師生浩浩蕩蕩地走了。於是南寧沒有了高等學校，只剩下以南寧高中為首的幾個中小學校。但師範學院教授方管，張景寧，助教葉生發三人沒有隨學院去桂林，而是被南寧市委堅決留下來，任命方管為南寧高中校長，市人民政府委員，任命張景寧為南寧市一中校長，市人民政府委員，任命葉生發為南寧師範校長。這是解放後南寧文教界第一個大舉措，萬眾矚目。這三位校長其實等於人民政府派出來接管南寧整個教育界的三位接管大員。其中，南寧高中本來是百年老校，現在南寧又確定為省會，南寧高中便似乎成了全省首席中學。而市人民政府委員，還是政務院通過，周恩來署名任命的。如果說地位，這個中學校長可不一般。李輝那一點知識，自然不可能瞭解這些。我又不會公開誇我的校長如何不一般，今天是第一次談起。你瞭解就行了。讓他們說去吧。

bikonglou@163.com

2005-10-09 舒蕪談《生活唯物論》

先生：您好！

我在一篇文章找到如下句子：

胡風為青年哲學家舒蕪的《生活唯物論》寫的廣告這樣說道：「本書是為青年讀者寫的一本哲學講話，但卻是用全力把最高的原則揭示了出來。因為是從現實生活要求提出問題的，所以毫無難懂之處。用小說式的對話體，活潑而生動，有很高的獨創性。每章附

有討論題目，書後附有詳細索引。」

但不知這書是何時出版的。

吳永平上

舒蕪先生：您好！

您的《生活唯物論》是哪年出版的，哪個出版社，胡風為您寫的序，我想知道序的全文。

我對此感興趣，是因為張中曉非常讚賞您這本書。

祝好！

湖北吳永平

永平先生：

《生活唯物論》根本沒有寫成，沒有出版，不知道張中曉怎麼說他喜歡這書。胡風並沒有為此書寫過什麼序言。

bikonglou@163.com

舒蕪先生：

您的《生活唯物論》是寫成了的。不是指最初那個小冊子，而是指後來你重新寫的那本書。您在《〈回歸五四〉後序》中明確寫道：

> 「臨近解放前夕，我寫成了《生活唯物論》，算是完成了胡風第一次給我的信中建議的工作。全稿約二十五萬字，共八章。第一章是『導論』，其他七章，是按照斯大林的《辯證唯物主義與歷史唯物主義》所論的唯物論三大特徵與辯證法四大原則，每條各寫一章。」

書稿寫成後，你曾想在南寧出版，未成，將此事告訴了胡風。胡風在回信（1950 年 3 月 29 日）中說：

> 「我沒有什麼稿子可介紹。《生活論》（舒蕪按：指我的《生活唯物論》），南寧能出就在南寧出，有效果，將來外面還會出的。經港派一鬧，書店看見你的名字就搖頭的。如果絕對無法出，那就寄來，但也不過看機會而已。」

這也是您在《〈回歸五四〉後序》中明確寫到的。至於胡風讓您把書稿寄去，您是否寄出，卻沒有寫到。根據張中曉的信，我想，您收到此信後，也許將稿子寄給胡風了。

此書沒有出版。問題是，如果張中曉沒有讀過原稿，沒有聽過胡風對此

書的介紹，他為什麼那樣評價呢？張中曉對《生活唯物論》的評價見於他給胡風的書信，載《新文學史料》2005 年第 2 期，第 83 頁〔註5〕。他是這麼說的（1950 年 11 月 15 日）：

> 「我希望你能把舒蕪先生的《論主觀》等設法印一印。假如不從整個文化運動著手，光是文藝是比較不能奏效的。群眾假如被這種機械論的思想方法佔據下去，實在無法龐大的匯合起來，生發起來的。譬如《生活唯物論》是一本非常切實的書，現在是非常需要。現在，熱情時間已過去，是非常需要這類切實的書的。正如舒蕪先生所批評的一樣，大多數的追求者本來並不怎樣強，全靠切實的書誘發他們起來。尤其是文藝，真假之間一張紙！」

> 「照我底想法，總該在整個思想領域上發動，至少能夠使舒蕪先生也能說話，不然，假如讓機械論獨佔下去，即使有偉大的作品出世，人們也是沒有力量感受的。現在似乎是舊趣味加機械論最吃香的時候，無論任一領域！」

因此，我揣測：張中曉如此說只有兩種可能，一是他通過胡風讀過書的原稿；二是他從胡風的信中讀到過胡風對這本書的介紹和推薦，並知道這書出版之艱難。

胡風為此書作廣告之事見於范軍《胡風的書刊廣告藝術》一文。如下：

> 「（青年哲學家舒蕪的出現，在後方讀者社會中造成了一個驚奇。他的每一篇論文都深深刺入了現代中國的思想狀況的要害，因而引起了廣泛的討論。）本書是為青年讀者寫的一本哲學講話，但卻是用全力把最高的原則揭示了出來。因為是從現實生活要求提出問題的，所以毫無難懂之處。用小說式的對話體，活潑而生動，有很高的獨創性。每章附有討論題目，書後附有詳細索引。」

括號內的文字是我根據《胡風全集》〔註6〕第 5 卷，第 383 頁加的，編在《《七月文叢》介紹九則》的總題目下，編者說這是出自《希望》各期的。

這事已經清楚了，胡風當年在《希望》上發表《生活唯物論》的第一講《論「實事求是」》（《希望》第二集第三期）時，就已經把這本書列入出版計劃，正如您在《《回歸五四》後序》中說的那樣，他鼓勵您將此書寫出來。但

〔註 5〕路莘整理：《張中曉致胡風書信》，載《新文學史料》2005 年第 2 期。
〔註 6〕《胡風全集》（共 10 卷），湖北人民出版社，1999 年版。

這廣告並不是為您後來寫成的這本書所作的。

簡單的結論是：您寫成此書後，由於不能在南寧出版，遂寄給了胡風，胡風讀過書稿，並向張中曉作了介紹。張中曉見胡風非常推薦您的《論主觀》及《生活唯物論》等，於是在回信中極力贊成胡風出版此書的想法。

請您回憶一下，此書的原稿是否寄給胡風了！

吳永平

永平先生：一、《生活唯物論》，始終沒有寫成，沒有出版。他那個廣告，我也記不起，好像沒有見過。胡風與我通信一開始，就建議我寫一本馬克思主義哲學入門書。我很快寫成了對話體的《生活唯物論》初稿，他那個廣告大概可能就是那時寫的。後來我自己覺得要修改，後來轉而擴大規模寫了《論主觀》等等，改來改去，始終沒有完成。二、周恩來關於知識分子的報告，我聽過傳達，他舉胡風為「信任過頭」之例，聽了這話我自然印象深，可是現在說不清傳達的時間地點和誰人傳達的了。bikonglou@163.com

舒蕪先生：您好！

你在信中提到：記得周關於知識分子問題的報告中，答覆「對知識分子信任不夠」的批評說：「是有這樣缺點，但是也有信任過了，錯了，例如對胡風。」

這個資料極為重要，我過去沒有聽說過。待會我去查查書，但也許沒有記載在正文中。

文章中如有什麼地方說得不對，請千萬指出，以後在修訂入書時更正。

謝謝！

湖北吳上

先生：您好！

我在周恩來 1956 年關於知識分子問題的講話中找到如下句子：

> 知識分子對於我們所給予的信任和支持，一般地是滿意的，但是我們仍然應該看到我們工作中的缺點。在對於知識分子的信任問題上，如前所說，一種傾向是在政治上和業務上不加區別地過分地信任，以至把一些國家的機密沒有必要地告訴給一些不相干的人或者浅露給一些不可靠的人，或者對於完全不稱職的人加以重用，使工作遭到損失。

文中應該有例子，可能是整理過程中被刪去了。

湖北吳

永平先生：事情大概是，廣告所云「小說體的對話形式」，決不是指口述自傳中所說已經於解放前夜完稿的那部，那根本不是對話體。解放前夜完稿的，是否寄給胡過，記不清楚了。此稿還在，前些時翻過，非驢非馬，完全不成樣子。張中曉看過的，也許指我發表過的《論實事求是》，副標題是《生活唯物論之一》吧。至於胡的序言，根本沒有。讀了幾篇大作，我已經明白解放初期，胡的戰略部署，就是把我甩開，只保留搞創作的幾個核心力量。說來話長，以後再談。bikonglou@163.com

舒蕪先生：您好！

我又想了想，大概如您所說，張中曉看的是《希望》上刊的那一篇。他對你的文章稱讚有加，這只說明他當時對思想文化方面的興趣大於對文學的興趣，後來的發展也是這樣。胡風當時雖不太贊同他的這番話，也沒有去糾正他，因為當時他們並不熟悉。

解放初，胡風也是想扔掉《論主觀》這個負擔的，他建議你重新出版時不是說過嗎？他要重寫一個東西附在後面，解釋當年的一些做法。我想，大概要把「引起討論」改為「為了批判」吧。

以後再請教。順頌

健康！

湖北吳永平上

永平先生：查了舊信，《生活唯物論》全稿，的確沒有寄給胡。解放後，我只將一本書集《走向今天》（包括《論主觀》在內）寄給他。後來南寧有書店說要出書，我問胡有什麼書稿可介紹。1950 年 3 月 13 日他回信說沒有什麼書稿可介紹，並且把《走向今天》寄還，建議就在南寧出。同一信上，他說：「《生活論》，南寧能出就在南寧出，有效果，將來外面還會出的。經港派一鬧，書店看見你的名字就搖頭的。如果絕對無法出，那就寄來，但也不過看機會而已。」我 4 月 6 日回他這封信，根本沒有提及《走向今天》和《生活唯物論》兩稿的事，只是在大談我對於要去擔任「全省首席中學」校長的設想和計劃之類。而再次給他信，則在 7 月 21 日，又是三個多月之後，更隻字未涉及那兩部書稿。所謂南寧有書店要出書，固然只是泡影，絲毫沒有實

現。我自己也覺得《生活唯物論》太不合拍，根本拿不出去了。張中曉所指，肯定是《論實事求是》那一篇。所謂胡為《生活唯物論》做序言，實無其事。至於他那則廣告，當然只是為最初那個小冊子，不是為後來二十五萬字稿而作的。以上資料，可供參考否？您這樣一絲不苟的研究求證，使我非常欽佩。

bikonglou@163.com

2005-10-11　舒蕪談整理舊信

先生：你在《〈回歸五四〉後序》中寫道：

> 我一九五二年九月七日到北京，十二月二十七日離京返南寧。我到京之前，已經開過一次會。我在京期間，一共開過三次會，這三次會的參加者先後共有二十一人：周揚、林默涵、何其芳、胡繩、邵荃麟、陽翰笙、馮雪峰、艾青、田間、王朝聞、葛琴、王淑明、周立波、陳企霞、張天翼、蕭殷、陳湧、胡風、路翎和我，始終由周揚主持。胡風的《一段時間，幾點回憶》和我的《向錯誤告別》、路翎的《答我的批評者們》三文打印稿在與會者中散發。

這三篇文稿都很重要，但迄今未見當事人談過具體內容。你手頭是否還保存有，或者你還能回憶起一些內容。

永平

永平兄：我的《向錯誤告別》，本來說發表，後來好像被認為不夠，要修改，改來改去，終於不了了之，我也沒有存稿，內容也完全忘掉。胡與路的，則毫無所知，他們的文集裏沒有麼？bikonglou@163.com

先生：您好！

我想，這個事情終於搞清楚了。

張中曉所看到的確實是《希望》刊物所載文章，他到處搜集《希望》和《七月》雜誌，對您的文章評價甚高。他與胡風通信之初並不知道胡風對您的真實態度，因此在信中那樣寫，而胡風在回信中對此避而不談。

麻煩您了。

您手頭存的舊信，為何不整理發表呢？您寄給胡風的信，他的家屬後來都退還給您了嗎？

祝好！

湖北吳永平上

永平先生：舒蕪致胡風信，胡家已經將複印件給我。我已經輸入電腦，略加注釋，沒有完工，就病了。從醫院回家後，恢復極慢，沒有精力繼續這項工作。但最近即由於與先生的通信，感到此事必須在我有生之年完成，決定立即繼續工作。從目前情況看，還要努一把力才行。bikonglou@163.com

舒蕪先生：（主題詞：身體第一）

真對不起，我不知道您在病中，如此頻繁通信，會讓你受累的。

請您務必將身體放在第一位，整理舊信雖然重要，但還是可以緩一緩的。

祝好！

此信不必覆。

湖北吳永平上

永平先生：與朋友通信，特別是這樣討論切實問題的通信，正是我在精神上恢復的重要途徑之一，從中略感自己與這個世界還是有關，不是留命待死之行屍走肉而已，先生務必不要有任何顧忌，盡管暢談一切吧。bikonglou@163.com

先生：我們之間什麼都可以談，只是不要這麼客氣。

以後你可以直呼我的名字「永平」，而我則稱你為「先生」。你看可好？從這封信開始，我以「你」代替「您」，這在法語中是朋友之間的稱謂。

我可以感受到你鬱積於心、無法傾訴的痛楚，因而更加理解聶紺弩先生對你的態度和評價。

永平

永平兄：我倒不一定有多少鬱積要傾訴，這些年來，老友雖然日漸凋零，總還絡繹結交到一些年輕朋友，如周曉雲兄等，他們對情況大概都有正常理解，不待多言。但專門研究這個問題，完全是科學態度，沒有任何偏見的，吾兄乃第一人。對於這樣的研究者，盡量提供資料，是我的責任。我願意盡力幫助這樣的研究者完成這個課題。這就是區區的心意，十月三日與家人合照二張，是最近的照片，附上存覽。

bikonglou@163.com

先生：今日重陽，憶起杜牧登高詩，「塵世難逢開口笑，菊花須插滿頭

歸。」以此為先生祈壽祈福。永平

舒蕪先生：您好！

看了先生的近照，祝願先生健康長壽！

寄上本人去年的一張照片，與恐龍骨架合影。我頂喜歡這種氛圍。

我會努力寫作的，不敢說沒有絲毫成見，但儘量讓史實說話，以還原歷史真相。我以為每個人都有追求自我、發展自我、實現自我的權利，這也許是人權的最初含義。

我與小周也通過幾次信，覺得他頂真誠，學問也好。

祝好！

永平

2005-10-12　舒蕪談「史學家的心願」

永平兄：與恐龍骨架合影收到，謝謝。人類本來渺小短暫，但渺小短暫的能夠以理智的力量理解認識控制那巨大長遠的，這種獨特功能，為其他任何生命所無有。願與恐龍骨架為徒，這就是史學家的心願吧？bikonglou@163.com

先生：除了你說的意思之外，還有挑戰龐然大物的意味。這龐然大物就是「保護胡風先生作為一個受難的思想鬥士的形象」的社會輿論。永平

2005-10-14　舒蕪談《聶紺弩全集》〔註7〕和《舒蕪集》〔註8〕

先生：請讀以下文章。我對文末提到的聶紺弩的那句話感興趣。我正在託人買聶紺弩全集，如果買到，可以查查他到底是怎麼說的。wu yongping

「舒蕪有才」

2005 年 09 月 13 日 04：58 深圳商報

一位老先生有一次和我閒聊，問我，錢鍾書去世後，誰的學問最好？我想了一下回答說：金克木。他說他也這麼認為。後來金克木去世後，據說這個老先生認為健在的學者中，舒蕪的學問最好。

說起舒蕪，胡風和他的朋友們至死或至今都咬牙切齒，他們一致認為五十年前「胡風反革命集團案」的罪魁禍首是舒蕪，正是舒

〔註7〕《聶紺弩全集》（共 10 卷），武漢出版社，2004 年版。
〔註8〕《舒蕪集》（共 8 卷），河北人民出版社，2001 年版。

蕪交出了一批胡風的信件，才導致了他們以後的悲慘遭遇。儘管舒蕪在《回歸五四》一書的「後序」中已經把當年交信的來龍去脈講得很清楚了，並表示「對他們的苦難，有我應負的一份沉重的責任」。夏承燾日記一九五五年九月十七日載，某某來，「謂肅反委員會欲調閱予所藏信札，即交與七、八束」。所幸夏承燾交出的信札沒有造成悲劇。可見，當時「組織」上要你交出私人信件，你是不得不交的。

胡風和他的朋友們以及學生們，還認為舒蕪此舉是出賣朋友。其實，在這之前，胡風已經不把舒蕪當朋友了。最近出版的《自誣與自述——聶紺弩運動檔案彙編》，聶紺弩一九五五年的交代材料中，不止一次提到，有一次他與舒蕪和另一個朋友去看胡風，胡風對舒蕪說我這地方不許混蛋來，把舒蕪趕了出去。舒蕪在回憶文章中也提到過此事，他事後聽聶紺弩說，胡風生氣，是因為舒蕪寫關於《論主觀》的檢討，把他給連累了。舒蕪當時就覺得冤枉，後來舒蕪交出私人信件，可能也有為自己澄清的心理在焉，但他怎麼也不會想到事情會發展到那麼嚴重的地步。

聶紺弩可說是胡風終生不渝的好朋友，卻也是舒蕪的朋友。他的兒子不理解，曾問過聶紺弩，聶說舒蕪有才，在不少學術問題上他們有共同的見解。聶還說，那是歷史，在特定歷史條件下，有些人犯了錯誤，但是這麼多年，他們已經付出了太多的代價。「胡風案」過後兩年，舒蕪也被打成右派。聶紺弩一九五七年九月二十三日的交代中提到有人問他對舒蕪的看法，他表示「這人有些聰明，可不很正直」之類的意思。

作者：安迪

wu 兄，你好！（主題詞：聶公全集）

聶公全集大可一讀。是武漢出版社出版的，應該不難買到。其中關於我的材料極多。第一、他的交代檢討材料裏涉及我的。第二、他給我的許多信。本來我想加以注釋或說明，但無此精力。您若能加以研究，我當盡力提供協助。

bikonglou@163.com

先生：

聶公早年與胡風關係密切，中年後與你的關係也甚密。研究界對聶公與胡風及你的關係有許多議論，我想深入研究，自然繞不過聶公。此書是武漢出的，能夠買到，我託朋友只是想便宜一點。

你手頭存有的聶公書信，應注釋出版。如精力不及，我建議，首先將全部書信複印一份，既有利於原件的珍藏，也便於以後的注釋工作。另外，你可以口述，由親屬筆錄，這樣比較省力。

月底我要到北京開會，也許有時間登門求教，能告訴詳細住址和家庭電話嗎？

到北京後再與你聯繫，我的手機號是 1354525xxxx

祝好！

永平

wu，你好！

聶公給我信，已經全部收入全集。數量不少。彭燕郊還說這是我習慣收集信札，以備某種時候之用。我說注解，是說自己另外加以注解，但實在沒有這個精力了。來京開會，務必見過為要。

地址：北京　皂君廟 xx 號 12-1-6。

電話：6211xxxx

bikonglou@163.com

先生：您好！（主題詞：整理信札、日記等等）

我明白你說的是親自為信件加注。

你亟需做的事情還有許多，如整理手頭的所有信件、日記、舊稿，聯繫出版文集或全集，等等。

你的精力有限，需要有人幫忙，至少需要有人先幫你將這一切輸入電腦。然後，你就可以從容地開始工作。

我計劃本月 28 日抵北京，開三天會議，然後見幾個非見不可的朋友。我會先打電話給你的，請不要作任何準備。

祝好！

永平

永平兄，你好！歡迎來寒齋小聚，難得當面暢聆雅教。《舒蕪集》已經

出版，吾兄似尚未見，手頭已無餘存，不克呈正。附上材料一件備覽。以後又出版《哀婦人》一種（安徽教育出版社），為關於女性問題之專集。另《舒蕪口述自傳》一種（中國社會科學出版社），我口述，許福蘆筆錄。此外需要整理注釋的，主要是舒蕪致胡風信札。已經做了一半，一定做完，待時機出版。聶公給我的信，已經全部收入聶集，本來也有許多可注，但精力實在來不及了。

　　bikonglou@163.com

先生：（主題詞：舒蕪集）

　　說來慚愧，因社科院工資不高，科研經費有限，我已經有多年不能放開手腳購書了。所閱書籍大都為院圖書館藏書，他們不購進，我就讀不到。《哀婦人》承周兄贈送了一本，《舒蕪口述自傳》從網上看了一部分。

　　抵京後，一定趨前請教。

　　永平

永平兄：（主題詞：舒蕪集）

　　《舒蕪集》武漢有兩套，一是姜弘，一是徐敏，都是我贈送的。姜弘處不必說。徐敏女士是王先霈教授的博士生，畢業後留武漢師大任教，她的論文是關於周作人的婦女思想，因而與我通信。但自從她生小孩以後，我們久已沒有聯繫。我想，如果找到她，向她借閱《舒蕪集》，大概還是可以的。您認識王先霈教授麼？他與我的關係不錯。您能直接找王轉找徐敏借書麼？

　　bikonglou@163.com

先生：您好！

　　華師大的王先霈先生我是認識的，但不熟。徐敏女士不認識，借書也不方便，因為不是只看一兩個月就行了。

　　姜弘先生也是認識的。

　　我會直接向出版社函購一套書，勿念。

　　永平

2005-10-15　舒蕪說「向來沒有日記習慣」

先生：您好！

　　舒蕪集中沒有書信卷和日記卷。永平

wu，你好！（主題詞：日記、書簡）

日記從來不記。書信，另有《碧空樓書簡》，在《開卷文叢》中。

bikonglou@163.com

先生：您好！

我記得你在《〈回歸五四〉後序》中曾引用解放初的日記片斷。

不記，也許是後來的事吧。

wuxuyu@tom.com

wu，你好！那是解放初期，一段時間一段時間內，當時以為有特別意義，才專門記下的，數量很少，總的來說，還是向來沒有日記習慣。

bikonglou@163.com

先生：原來是這樣。但即使是片斷記錄，也是非常珍貴的。永平

2005-10-16　舒蕪推薦《聶紺弩舊體詩全編》

wu，你好！今天發現《舒蕪集》還有一套可以奉贈，待面呈，請不要去郵購了。bikonglou@163.com

wu，你好！（主題詞：請廣泛傳播）舒蕪上

介紹《聶紺弩舊體詩全編》

山東侯井天先生十多年來專心致力於聶紺弩舊體詩的搜集，整理，句解，詳釋，輯評工作，隨著發現和研究的進展，屢次自費印刷出版，愈印愈完全，愈精美，最近出版了第六稿（止）印本，分上下兩冊，收工本費 65.00 元。購書匯款通信地址：250001，濟南緯一路 317 號。一共只印了六百套，欲購請快。

2005-10-17　舒蕪談其父與瞿蛻園事

先生：（主題詞：謝謝惠贈）

承你費心，感激不盡。

湖北吳永平上

先生：（主題詞：請閱附件）

無意間看到了你的網站「碧空樓」，非常素雅，只是可惜很久沒有更新了。

昨天聽我所資深研究員談起，他寫了一篇文章，關於瞿蛻園。

他說你父親與瞿有過交往，可能還是同學。

文章見附件。

永平

永平兄：承示俞汝捷先生大作《花朝長憶蛻園師》，謝謝。此文似在《二間堂文庫》上見過，但似非全文，這次承示全文，當仔細拜讀。蛻園先生乃瞿鴻磯之子，與先父在聖約翰大學同班同學，交情最篤。抗戰期間，蛻園在北京出處歷史，略近知堂，解放後在滬，歷史結論未知如何，但其境遇坎坷，或與此有關。先父遺詩有：

花朝壽瞿四　一九五二年

曲池波暖蕙風輕，占斷芳蘭是綠萍。已分蛾眉隨浪詠，更誰傾國與標名。臨春自墮芳菲節，金谷停開溜豔魷。賴有沉香亭畔路，清平一曲奏長庚。

無那花時對舉觴，相看別燕已迴腸。殘宵有夢成飄瓦，映葉多情忍鬥妝。素質自憐青桂院，豐神偏在鬱金堂。閒情不待昭明錄，卻老真同五色方。

題蛻園先德魯青先生自濟圖　一九三五年

古人擅藝事，落筆瞻所蓄。滔滔利涉心，託興寫清淑。長風送高浪，大海孤帆逐。危坐一身輕，默默神愈肅。枯槎捲飛滋，雲物鮮可燭。翰墨有光華，先聲啟門玉。圖成自濟名，餘意後人續。屯難康斯民，淵源作秉軸。

皆與蛻園先生有關，錄奉一覽，並請轉奉汝捷先生。

bikonglou@163.com

2005-10-18　舒蕪與俞汝捷談瞿蛻園

永平兄：（主題詞：《中國駢文概論》）

昨晚讀完俞汝捷先生大文，受教良多。蛻園先生平生學問，的確應該有人研究，此文可作引論。文中有云：「蛻老還有一些著作沒有出過單行本或收在叢書中，如《中國駢文概論》收在《中國文學八論》（世界書局 1936 年初版）中。」這恐怕不甚準確。先父的《中國文學批評》與《中國散文概論》，也在《中國文學八論》中，除八種合印本外，各有單行本，想蛻園一種當亦有

之也。便中請代白俞君，為感。

bikonglou@163.com

先生：您好！

信均已轉俞先生，我囑他直接與你通信。

他是個有學問的人，尤其是舊學，我想你們是有話談的。

永平

舒老：（主題詞：敬頌康樂）

您好！吳永平先生轉來了您給他的兩封信。知道拙稿《花朝長憶蛻園師》曾蒙賜閱，深感榮幸。《中國駢文概論》確如大箚所云，曾於 1934 年由世界書局出過單行本，前幾年海南出版社也出過袖珍本。這都是我後來才獲悉的。

令先君的詩功底深厚，對於我輩來說，只能心嚮往之。蛻老的曾祖瞿岱（字魯青）所繪《自濟圖》，拙稿中亦曾提及，但我從未獲睹。恭讀孝岳先生跋詩後，對該圖也有了印象。

有一點不太明白的是，大箚謂令先君 1918 年已從聖約翰畢業，而作為同班同學的蛻老何以五四運動中尚能成為學生代表，並因此被開除而轉學到復旦？其在復旦學習時的一件趣聞是，曾將老師託他翻譯的一本英文原著中的「All for each，each for all」譯成「人人為我，我為人人」，後來成了一句頗有影響的口號。

專此　敬頌

康樂！

俞汝捷

2005/10/21

汝捷先生：（主題詞：方管拜候）

示悉，謝謝。承問蛻園先生在聖約翰大學讀書班級，愧無以對。蓋曾未向先君詳細叩詢，但知大略為同窗至好，意其為同班而已。先君曾口誦蛻園自壽詩若干首，今記其一云：「行遍芳叢首重回，一番風景舊池臺。呢喃燕子歸梁後，雪豔桃花濯錦來。傷別傷春渾未省，寒風寒露是初胎，一生若倚文章力，刻翠雕紅恐費才。」又一首有句云：「曾因嫁杏繫紅裙。」皆與晚年淒苦不同。先生曾見此

否？專此布覆，順頌文安。

bikonglou@163.com

2005-10-24 舒蕪問拙作發表事

永平兄：承介紹俞先生通信，已通信數次，獲教良多。聶紺弩全集已購得否？舊文一篇奉上求教。舒蕪上

（《犧牲的享與供》）

先生：您好！

我已委託熟人去購聶公全集，想無問題。附件中文章已讀，更仰慕其為人為文。

俞先生家學淵源，與滬上舊式文人多有交往，所知掌故極多。與他聊天，常有耳目一新之感。

祝好！

永平

吳兄：（主題詞：尊作何處發表）

有人問，尊作《細讀胡關於舒蕪問題》已經發表沒有？何處發表的？

bikonglou@163.com

2005-10-25 寄先生拙作電子稿

先生：（主題詞：江漢論壇第 11 期）

拙作《細讀胡風「關於舒蕪問題」》，發表在《江漢論壇》第 11 期。

刊物尚未印出。

附件中是原稿，可轉送有興趣者。

祝好！

永平

舒蕪先生寄來《「學習時報」重提胡耀邦反左往事有弦外之音？》和《文革時與女售貨員的吵架，絕了！！！》等網文。

2005-10-27 寄先生電子書稿

先生：（主題詞：附件中是書稿）

附件中是我近年寫成的一部書稿，請看後提意見。

我今晚乘車去北京，開過幾天會後再與你聯繫，請教一些問題。

聶公全集已買到，今天下午書商會送上門來。

祝一切好！

北京見。

永平

（書稿《隔膜與猜忌：姚雪垠與胡風的世紀紛爭》）

wu yongping，您好！

信收到，待面敘，大作當細讀。我的電話是：62112xxx。住址：皂君廟 xx 號 xx 樓 1 門 6 號。

舒蕪上

2005-11-01　舒蕪寄來《舒蕪集勘誤表》

wu，你好！

附件中是《舒蕪集勘誤表》。

bikonglou@163.com

2005-11-05　舒蕪談知識分子的「宿命」

先生：您好！

我今日早上返漢，待整理材料後再向你請教。

謝謝你們全家的熱情接待。

《舒蕪集》已安全帶回家中。

祝好！

永平

先生：您好！

我今日返漢，即開始閱讀你和聶公的全集。我先讀你的第 8 卷，然後再從第 1 卷開始。讀聶公全集也是如此，先讀第 10 卷，然後再讀其他卷。

早就聽說聶公早在抗戰時期就和胡風有一定距離，解放前夕在香港時寫過批判胡風思想的文章，拿到書後略微一翻，便找到了根據。當然對於其中說到的一些具體情況還要尋找旁證，事情也許並不那麼簡單。聶公全集收書信極少，與周揚信僅收關於《水滸》一通，而影響極大的另一篇則未收入。看來，全集遺珠一定不少。

　　我也翻看了一下你的詩，因均未加注，理解有一定困難。以後當再請教。只是有一發現，你的詩中多有「夢」字，是否能理解成你的性格是多幻想的呢？

　　永平

　　永平先生：我的集子，材料怕不多。聶公的，特別是第十卷，其中交代檢討特別有價值，相信以您的「細讀」工夫，一定能夠讀出許多東西。他給我的信，數量不少，其中有幾封直接涉及胡風，你大概也會留意。至於我的詩，沒有什麼意思，自從見到聶詩以後，絕對不再做，以為只有他的詩才是舊體詩的生路，而他的詩又絕對不可追蹤，集子裏只是作為自傳資料保存而已。附上介紹聶集的拙作一篇請教。bikonglou@163.com

　　（附件丟失，吳注）

先生：您好！

　　聶公的檢討確如你的分析：誰見過這樣的檢討交代？口口聲聲「我這樣的反革命」，已經自處於至污至賤之地，卻又這麼強韌兀傲，明確宣稱自己是隨時站在群眾立場，反對與群眾利益相對立的所謂的「黨的立場」，並且公然向所謂「組織」挑戰：你們來分析分析吧！

　　這裡提出了一個具有現時代中國特色的普遍性的問題：個人與組織的關係問題（或個性主義與集團主義的問題）。真正意義上的知識分子大都是處理不好這個問題的，因為他們所接受的教育及所從事的職業賦予他們以獨立思考的能力和習慣，於是不能不經常性地與集權性質的組織發生衝突。如果說這是知識分子的宿命，我是贊同的，甚至認為，只是在比較專制的體制下，這種宿命才會演變為悲劇的表現形式。

　　你們那一代人似乎是無奈地生活在這種宿命之中，我們這一代人想擺脫出來，正在通過各種途徑進行著努力。

　　我計劃撰寫的《胡風及其流派的歷史宿命》，大致就是想表現這個主題。

　　永平

wu，你好！（主題詞：「宿命」的內因）

　　所示知識分子的「宿命」問題，正是我一直在思考的。「五四之子」之所以容易被整合到「集體主義」中去，未必全是由於外因。最近王安憶悼巴金文章，涉及其中內因，我很同意。附件略說大概，請指教。舒蕪

（附件中有兩篇文章：一是王安憶的《執紼者哀》，二是《舒蕪讀後感》。前文略，後文錄如下，吳注）

舒蕪讀後感

以上是王安憶女士悼念巴金先生的文章。我非常佩服。我想談談我佩服的緣故，即以此代替我對於巴老的悼念。

王安憶的全文不到兩千字，卻有豐富的內容：把一個人放在時代裏來看，把時代凝聚在一個人身上來看。

巴老一生一百〇一歲，從他作為「五四」之子起步，直到作為文學巨星隕落，中間最關鍵的經歷是一九四九年以後再也寫不出一篇小說，還逐步下滑，落到「奴在心者」的最低點，末後又回歸到「想做回小孩子，直率地說出一個簡單的真理」，這樣大起大落，究竟是怎麼回事呢？

談這個問題，首先要擺好政治與文化文藝的關係。政治對於文化文藝，是很密切的外因，但僅僅是外因。王安憶始終在文化文藝的大框架裏面談，外因的作用會進入，也會被排除，而不是喧賓奪主地成為決定因素。

既然巴金是從「五四」之子起步，那麼，怎樣看「五四」？有人全盤肯定「五四」，認為今天只需要回歸「五四」就行。有人全盤否定「五四」，認為它是「文革」的先河，今天必須顛覆「五四」才能夠徹底否定「文革」。

王安憶認為都不是。她鄭重肯定「五四」的理想主義；同時又指出這個理想主義是烏托邦的，其所期許的幸福是一個從未享受過幸福的人所期許的幸福，其結果，對於被期許者非但沒有拯救之，反而使之更陷於無望。但是，這個理想主義無疑是嚴肅和鄭重的，許諾者在其中寄予了自己一生的命運，其所以急急於許諾幸福，並不是輕許，而是多少壓抑著的痛楚被清亮的歌喉叫嚷出來，必須傾吐，這個「必須傾吐」就是「五四」的基本的鮮明的表情。

那麼，巴金這個「五四」理想主義者，為什麼一九四九年以後再也沒有能夠寫出一篇「必須傾吐」的小說，並且一路下滑，一直跌落到「奴在心者」的最低點呢？有人認為由於政治對文化文藝的整合、壓抑、扭曲、強姦，由於作家對政治的妥協、屈從、迎合、

阿附、諂媚。

王安憶不這樣看。她認為，原因還是在於巴金自己說的「我錯就錯在我想寫我不熟悉的生活」，違反了文學本身的規律。她進一步指出，這錯誤源於要歌頌新人新事，仍然是從「五四」理想主義的追求而來。

王安憶並不是閉目不見政治，沒有否認一九四九年以後政治壓力下作家的屈抑和壓縮，但是她指出，「五四」的理想主義裏面，本來就有急於獻身的成分，獻身以換取所期許的幸福，不惜屈抑和壓縮自己。這本來是崇高的，可是也就容易成為「通往奴役之路」，當政治許諾著空前的新的幸福的時候。她這是得出了很重要的理論成果。這是「外因通過內因而作用」的生動體現。但是，等到發現這種屈抑和壓縮已經傷及所信奉的理想時，便猛醒過來，回歸到要說出小孩子的簡單真理了。這又是「內因排除外因的作用」的生動體現。

巴金的「五四」理想主義，既是逐漸失落過的，也可以說是一貫相承的，現在還有沒有用呢？有人認為沒有用了，頂多無非是秋後殘蟬的幾聲哀鳴。王安憶則認為，有巴金這樣理想主義的老人在，保持著理想的鮮活，可以教育我們，不許忘記責任。

王安憶所謂「我們」，是在巴金時代終結以後，應該負起「擔綱」責任的一代。她對於自己這一代並不護短，而是清醒地反省出這一代所染上的時代病症——冷漠，羞於熱情，覺得所有的希望都是幼稚。當巴金在，他可以像一面鏡子，照出這種頹唐，而「我們」能夠放心地任性地去背叛，去割絕。現在巴金走了，「我們」真要「擔綱」了，能夠把巴金理想主義的火炬傳遞下去麼？王安憶就是這樣嚴肅地在思考著。

先生：您好！

你的讀後感寫得很是沉痛，閱後深有感觸。誰不想說真話呢？誰不想自由地表達自己呢？然而，在許多情況與條件的制約下，仍然是不能夠做到的。

而且，我並不以為巴金的回到小孩子是好辦法，我甚至並不以為巴金的道路是應該效法的。從心底裏說，我對巴金晚年的懺悔評價並不是很高，將

歷史的責任更多地歸咎於個人的軟弱和順從，這並不是辦法。

從個性主義走向集團主義，最後服從或默認這集團主義，以求實現改造世界的目標，這也許是二十世紀知識界大潮的趨向。你們那一代人是這樣走過來的，雖然有「逃集體」的要求，然而卻逃不脫，這就是我所說的歷史的宿命。

五四既提倡個性主義，也高揚改造世界的大旗，於是個性與集團主義自然地便成了悖論。歷史證明，集團主義的實現是以個性主義的消退為代價的，至於如何評價，那是另一回事。

現在時代有所不同了，在民族憂患並不那麼壓迫人的情況下，是否可以要求給予個性主義以更多的發展空間，我想，這是當前許多「自由主義」知識分子所最關心的問題。對於文學，我想大致也是這樣，既然時代所賦予文學的責任比過去要輕得多，那麼文學似乎也能獲得在時事政治籠罩之外的更多的空間。這後一個結果目前體現得相當充分。

我沒有更多地考慮內因決定性的問題，在政治話語霸權（如民族解放、國家獨立、人民幸福之類）統治一切的年代，我所看到的只是個性主義在集團主義的壓迫下不斷地消解。從好的方面來說，這改變了過去中國社會一盤散沙的局面，全民族的力量能夠集合起來幹一兩件大事情。從壞的方面來說，意志的統一或輿論的一致，破壞了民族精神的創新因素，無法及時糾正和反抗統治集團的亂作為，無法阻止由於他們的亂作為不斷地讓全民族付出「代價」。當年你的那篇小雜文《說難免》之所以引起當政者的憤怒，我想，其原因就在於此。

這是一個大問題，民主化的進程正在開始，我們只能做一點小事來推動它。理論上大家都是明白的，問題只是在如何付諸實現。

我談宿命，就是厭惡這宿命，通過歷史的回顧來使人反思這宿命，並喚醒每個人在現實中或將來通過緩慢的努力來改變它。

我不想說集體主義這詞，而用集團主義代替。我似乎覺得前者多少有一點樸素的民主色彩，而後者則沒有或很少。

祝好！並請多指教！

永平

2005-11-07　寄朱學勤文章請教

先生：（主題詞：五四精神）

　　因為您的文章中涉及到五四精神與集體主義。

　　附件中有一篇文章，也談到這一問題，請參看。

　　我只認為這文章有參考價值，並不完全贊同文中的結論。

　　永平

　　（朱學勤：文化與制度變革的關係）

Wu yongping，您好！（郵件主題詞：好文章）舒蕪

　　（附件：〔作者未知，請知者代補〕《傾聽歷史的聲音——千秋評林彪事件》）

2005-11-08　舒蕪談朱學勤文章

wu，你好！（主題詞：關於朱學勤文章）

　　謝謝您以朱學勤文章見示，我不能贊同。把文化革命和政教合一混為一談，純粹詭辯。是不是？bikonglou@163.com

先生：所言極是。

　　目前一些學人的作風就是如此，從一點點見識出發，就敢談如此大的問題。

　　朱學勤本是想批判當前的文化熱。這所謂的文化熱其實並沒有多少文化的內涵甚至也談不上復古。

　　他的本意不無可取之處，但過於浮躁，也限於學識，把五四人文精神與文革放在一起批判了。

　　永平

　　先生：附件中是我過去看過的一篇論文，論你四十年代的雜文。我將它掃進電腦，留作資料。不知你對這文章評價如何。永平

　　（朱華陽《論舒蕪 1940 年代的雜文創作》）

2005-11-09　舒蕪談「碧空樓」

　　舒蕪先生寄來《胡耀邦冥壽降格……》《記者採訪受阻……》等網文。

先生：

　　我這幾天在下笨工夫，先將《聶紺弩全集》第 8 卷及書信卷中致你的書

信部分掃進電腦，識別後變成可編輯的文本文件，然後再細讀。

也查了你的《碧空樓書簡》，似乎有兩個版本，而且並未收入你致聶紺弩的書信，是嗎？你給聶紺弩的信收在哪個集子裏了呢？

祝好！

永平

wu，你好！

示悉。用電腦之前，與人信向不存稿。致胡風信乃受信者系統保存，後來其家屬以複印件見還者。與程千帆信也是如此。

bikonglou@163.com

先生：您好！

原來如此，真是令人遺憾。

聶公在信中對你的詩論評價極高，如果能找回這些通信，編成一本小書，定對後來學詩者有極大幫助。而對於我這樣的研究者來說，作用就更大了。

請教一個小問題：

先生舊寓名為「天問樓」，為何取意「天問」，舊寓在何處；先生新寓名為「碧空樓」，僅在三層，並不甚高，難得一窺碧空，何以名之？

又，聶公詩云：「錯從耶弟方猶大，何不紂廷咒惡來。」你對此聯不解，曾致信詢問，聶公覆信中有解答，認為林默涵（惡來）應承擔最大的責任。但並未作字面解釋，第一句「錯從耶弟方猶大」，「耶弟」是否為「耶穌的弟子」之簡。

此句是否可譯為「人們錯誤地把胡風與舒蕪的關係認作是耶穌與弟子的關係，於是把舒蕪的離去看作是背叛（比作猶大）」。

請明示！

永平

wu，你好！

一、並不是每信皆談詩。那封信，聶老說已經轉給陳邇冬先生，後來更不知下落了。

二、天問樓，實際是不見天日的地下室，天問即問天，是人民文學出版社的宿舍，在崇文門外豆腐巷（文革後改名豆谷胡同），現已完全撤平。

三、因為住地下室太久，能夠住樓上真正看見天空，就很得意，故名之

曰碧空樓。何況還是六十三歲才第一次住單元房，用現代衛生間。

四、您對聶詩句解釋大概對的吧。或者可以把「錯從」句解釋為「錯誤地從耶穌弟子裏面拿那個猶大來比方」。至於不同意胡與舒是師生關係，他信中是有此說，但詩句裏面不包括此意。

bikonglou@163.com

先生：

我懂了一點。你的解釋比我理解的更準確。

但未想到先生過去的處境如此之差。

問天，自然會令人想起屈原的《天問》。聶公所謂「世人難與談天下，跳入黃河濯酒杯」。看似隨波逐流之意，也有清者自清，濁者自濁之意麼？

我也好像讀懂了一點聶公的心情。

你在一封信中說聶公受莊周影響極深，而他否認。這封信丟失了也非常令人痛惜。

祝一切好。

永平

wu，你好！（主題詞：地下室）

一、人民文學出版社的宿舍從來都沒有什麼好的。我打成右派後，宿舍雖調整過，但比別人並不太差。摘帽後還調整得較好。後來是文革下幹校，然後大家陸續回京，我們最後一小撮，本來決定不要的，後來幹校結束，勉勉強強收回，暫時擺在校對科，準備再分配出去。回來晚了，宿舍只能有一間了，全家擠在一室，實在無法，只好把一間地下室打掃出來住。如果不是粉碎四人幫，肯定還會分配到外地什麼地方去。說地下室並不確切，實在並不在地下。那是舊日布匹商人堆放貨物的高高倉庫，高處開小窗，下半截無窗。後來攔腰橫切斷，上半有窗部分住人，下半無窗部分漆黑一團，廢置不用。我就是把下半部分打掃出來住入的。此之謂天問樓。

二、「跳入黃河濯酒杯。」可能是用成語「跳入黃河洗不清」的半截：既然反正「跳入黃河洗不清」，不如就在這黃河裏洗濯酒杯吧。

三、從來沒有把自己的東西當回事，信件根本沒有想到保存。用電腦後，倒是自然保存了。

bikonglou@163.com

2005-11-10　舒蕪談聶紺弩詩

先生：您好！（主題詞：請教）

　　讀聶公第五卷第 303 頁，《斷句》第三聯有「天下滔滔方重禹，西風颯颯陳邇東」句。不甚解其意，似乎贊的是各人的寫作風格。然而，以西風颯颯喻陳先生的詩歌風格，也許說得通；以天下滔滔喻你的寫作取材範圍或風格，就比較新鮮了。古語說：天下滔滔，皆為利來；天下攘攘，皆為利往。這是人們最為熟知的出處。或另有其意，請示之。

　　又聶公書信卷第 433 頁，有一封奇怪的信，編者注曰，這是「聶紺弩以舒蕪名義寫給自己的信」。信中引出「生非生兮死非死，山非山兮水非水」之語，而在覆信中大加演繹，頗有奇趣。請問，聶公為何要這樣做，是想開什麼玩笑？事先與你商量過嗎？

　　祝好！

　　永平

wu，你好！（主題詞：聶詩問題）

　　聶詩每好以人名為戲。天下洪水滔滔，方才重視大禹（我本來字重禹）；西風颯颯，陳述著邇近冬季的訊息。也是遊戲而已。

　　那篇，原是我去信，他回答。全集編者不知道為什麼注為聶老自問自答。他們加此注時並未向我徵詢意見。印成後我才看見，木已成舟了。

　　bikonglou@163.com

先生：（主題詞：通天教主問題）

　　原來那封信是你寫的，如果你不說明，那封信真要被後人當作是聶公的文字遊戲了，也許還會作出一大篇文章來呢。

　　下面還有一個問題請教。聶公全集第一卷中有兩篇文章，一是《論通天教主》，二是《申公豹》，兩篇寫作時間是連續的。聶公說《申公豹》是諷刺胡風的，那麼《論通天教主》一篇又有何指呢？能否可認為也是針對胡風的呢？

　　為便於你查閱，我把這兩篇文章放在下面。

　　永平

　　（附件略，吳注）

wu，你好！（主題詞：《申公豹》）

「聶公說《申公豹》是諷刺胡風的」，我不知道他有此一說。見於何處？那兩篇我是熟知的，但沒有深思過，以為泛指反動派而已。

bikonglou@163.com

先生：關於《申公豹》指胡風，見於《聶公全集》第 10 卷，第 128 頁。文如下：

> 四四年某夜，聽說他來了，住在第三廳，我冒雨摸夜路去找他，馮乃超同志正和他在談話，我告訴胡風我要編一個刊物，請他支持。他擺起好像他是組織的面孔，斥責似地說了許多難聽的話，我跟他吵了一架。這之後，我和駱賓基約好不理他，不跟他講話，一直到四九年到北京來開文代會的時候。所以他的《希望》裏沒有我的文章，他出版的書我也沒有看。這中間，他曾在編後記之類的捎帶地諷刺過我幾次，我寫過一篇《論申公豹》罵他，後來在香港又寫一篇《魚水篇》，是指名批評他的。

聶公後來還有《再論申公豹》，想必也是罵胡風的。

這裡還有一問題請教，聶公說胡風在編後記中譏刺過他，何處，請示。

永平

先生：您好！

以下見於《聶公全集》第 10 卷，第 40 頁，談的是高饒事件洩密問題。其中涉及到你。請問，當時聶公洩密的要害處在哪裏，當年最令你震驚的是什麼？

> 「我一輩子犯過幾次這種錯誤，不過這回最嚴重罷了。至於是不是和他有政治關係，我已經堅決地明確地表示過：沒有。第一，我原只知道他思想上有問題，也沒有以為思想整個是反動的，明白這一點，是看了他的《意見》並仔細研究了之後，更不知道他是政治的反革命。第二，我到現在還不知道他有沒有正式的政治組織，我沒有看見他的全部材料；我倒希望他是有的，這可以在我和他的關係和政治關係之間劃一條明確的界線，因為從他口裏，從一切有關材料裏，一定可證明那個裏面沒有我。第三，我也洩密給舒蕪了，這有什麼政治關係呢？」

吳永平

wu，你好！（主題詞：胡與聶辦刊物事）

　　《申公豹》為什麼是指胡風，從文章內容，我還是看不出。聶老曾未與我談過此事。倒是他說他要辦刊物，胡訓斥之。我記得胡向我說過：「聶紺弩要辦刊物，我問他辦刊物是為什麼，他答不出。他要找你們寫稿，開了個名單，把你們都開上了，我沒有告訴他。他那樣弔兒郎當，會把你們的本名、地址等等全都洩露出去。」不過聶老說的是武漢時候的事，胡在重慶向我說此事，則說是最近的事，就是抗戰末期的事。如果還是武漢的事，那時我與胡遠未相識，那時聶更不知道有我這麼個人，談不到向胡問我的地址。那麼，是否抗戰末期聶老又一次有辦刊物之意呢？待考。抗戰勝利後，我才認識聶老，第一次他請我吃飯時，發牢騷道：「梅志說我拉作家。我拉作家幹什麼？」現在看來，似乎胡與聶的矛盾焦點正在胡不願聶辦刊物上。我這記憶只是記憶，沒有文字材料為據，請您不必引用為宜。

　　bikonglou@163.com

先生：您好！（主題詞：請放心）

　　我絕不會將你信中所說寫進文章，我只是想得到一些新的線索，更有利於查找原始資料。僅此而已，敬請放心！

　　永平

wu，你好！（主題詞：高饒事件）

　　剛發信講不知道聶老是否抗戰末期又有辦刊物之意，即接來信，原來那時他已經辦了《藝文志》，胡沒有告訴我，只說聶「要辦」而已。至於高饒事件，我怎樣聽聶老告訴我的，已經記不起，但沒有什麼後果。

　　bikonglou@163.com

先生：您好！（主題詞：聶辦刊物事）

　　43 年前後在桂林，胡風對聶辦刊物一事是有意見的。在胡風自傳及給路翎的書信中曾提及，且寫得不少，甚至談及聶與他爭稿件的事。路翎也因此與聶疏遠。聶也許從這些經歷中親身體驗到胡風宗派主義的厲害。

　　45 年時聶公與胡風鬧翻，寫《論申公豹》這文章是不奇怪的，況且 47 年他還寫了《再論申公豹》，也是批評胡風。由此可見，他對胡風的態度有同情的一面，也有討厭的一面，是由來已久的。如果認真追溯起來，聶公在日本

與胡風相識後就存在著這若即若離的關係呢？！

　　永平

先生：您好！

　　下面出自《聶公全集》第10卷，第38頁，所說內容與胡風自傳中不同，胡風說南天出版社的財務與他沒有關係，而聶公似乎並不這樣認為：

　　　　四四年我在重慶搞一個小刊物《藝文志》，找他寫稿，他說我曉得你的刊物是什麼性質、立場？怎能寫稿呢？翻臉不認人的樣子。我跟他吵了一架。其實他也正在準備搞《希望》，前不久還曾叫我寫稿子。以這件事為基礎，加上他剝削伍禾到不近人情的程度，再加上些別的什麼小事，正好駱賓基也很討厭他，我們就約好不理他。大概是四五年上半年，《希望》創刊號出版的時候，我就和他不講話，不來往，一直到四九年開文代會的時候，一共四年多。當然，這不是說和他在思想上已經劃清界限了。

　　你聽說過胡風「剝削伍禾」的情況嗎？《希望》雜誌付酬情況如何？請示下。

　　祝好！

　　永平

wu，你好！（主題詞：經濟問題）

　　重慶時期，我對於胡的經濟方面無所知，也無意見。南天出版社內部經營、用人等等情況，我毫無所知，伍禾也不認識。至於《希望》付給我的稿費，以及先前胡介紹發表的文章的稿費，都不覺得有什麼問題。解放後認識伍禾，他也沒有談過什麼。聶老給我的那封信，談到胡剝削伍禾情況，我才第一次接觸這個方面。

　　bikonglou@sina.com

先生：您好！

　　今天就麻煩您到此為止，該吃飯了吧。多保重，多休息，祝健康。

　　晚上我再讀讀申公豹文，明天接著談。

　　永平

2005-11-11　討論聶紺弩《論申公豹》

先生：終於收到了你寄來的兩信。收到的是「重發一次」的，原信並未收到。

　　看來是郵路太擠，導致「排隊」，以致丟失。

　　在網上這種情況是經常發生的。

　　聶公的申公豹文章是指胡風，大概是無疑了。我還想到聶公的文章與詩歌中經常提到封神中的另一個人物，姜子牙。他似乎非常讚賞姜子牙的處世態度呢！

　　永平

先生：（主題詞：關於申公豹）

　　昨晚再讀《論申公豹》（1945 年 5 月）和《再論申公豹》（1947 年 7 月）。由於有聶公本人的提示先存在腦海中，這樣的解讀便不能不帶有「先入之見」，其實是很不好的。我通常並不取這種解讀方式。

　　在《論申公豹》中，我讀到了聶公對「眼睛向後看者」的譴責，讀到了他對「內容形式，精神肉體」的「統一」的嘲諷，讀出了他對主觀者「主觀上以為是在前進，客觀上卻越是退到後面去了」的批評。他批評的某些術語正是胡風所經常使用的。

　　1945 年 5 月之前的胡風究竟是什麼狀況呢？你知道，1944 年延安派來了何其芳等人來重慶宣傳整風文件，而胡風對何其芳擔任此職極為不滿，對他本人也極看不起，甚至多次借別人的話來表達自己革命的資歷比何其芳老得多。他的這種表現不能不引起重慶黨內的注意。聶當時在重慶，是黨員，他對黨內的事情要比胡風知道得多。在《論申公豹》這篇文章中，他寫道：

> 「《封神演義》上有一個申公豹，在殷紂沒落、西周興起的時
> 候，因為自己沒有得到『封神』的使命，心懷嫉妒，在路上與奉得
> 了使命的姜子牙為難。」

　　如此一聯想，便讀出聶公的深意了。當然，這還不足以說明什麼，且看下面——

　　《再論申公豹》一文寫於香港，正當聶公「奉命研究胡風理論」（胡風語）期間。聶公在此文中極力挖苦某人恃才而驕的「個人英雄主義」，並警示如此發展下去，「自以為老子天下第一」，會有多大的危害性。在論及申公豹的「狂妄」和「兇惡」，重複了他在前文中批評，寫道：

> 「他認為『斬將封神』的大業，應該由他去作，只有由他去作；

像姜子牙那種碌碌無能之輩，是不配作，不能作的。」

通過這簡單的比照，似乎有理由認為這兩篇文章的題旨是相同的，即都諷刺地指出胡風企圖爭奪主流文藝理論的解釋權的意圖。

不知先生以為然否？伍禾事另信考證。

永平

wu，你好！

三信皆收到。關於一再論申公豹，經您這麼一解釋，才改正我過去以為泛指反動派的模糊之見。我完全同意。我在人民文學出版社與聶老相處，胡亂談話，無所顧忌，但似乎很少談胡，更少談他們老友之間的關係。關於南天出版社的事，我毫無所知，也與我不曾在該社出過書有關。最初胡鼓勵我寫哲學入門小冊，曾說如果部頭小，可以自己出，大概指南天而言，後來屢改未成，更無關係。

bikonglou@163.com

先生：（主題詞：南天問題）

伍禾事，以《聶公全》集第 4 卷，第 307 頁中有與前引相似的描述。聶公寫道：

「後來在重慶，在南天出版社工作。這出版社一共只兩個人，一個是社務的掌握者胡風，另一個是做一切雜事的伍禾。」

「很快他在南天工作，就吃不飽了。我介紹他到《客觀》週刊包做校對。」

前一段引文說伍在南天做了許多事情，後一段引文說伍禾在南天的待遇很低。對照前引聶公說胡風不肯每月拿出五萬給伍，而伍到《客觀》後輕鬆地每月拿五萬。聶公對胡風的態度非常明瞭。

胡風在自傳中提到南天時這樣說道：「皖南事變後撤退到香港。編成了譯文集《人與文學》。從香港脫險到桂林（1942），由讀者出資組織了只有一個工作人員的南天出版社。出版了《七月詩叢》，介紹了共產黨領導下的區域和國統區的起過精神突破影響的詩人。」

這「一個工作人員」是誰呢？按照胡風下面的說法，應是米軍。

彭燕郊不知是不是和他（聶）一道從新四軍出來的，至少也是受了他的影響。一個對詩創作很有才華的青年作者過早地離開了實

際鬥爭生活，令人惋惜。他介紹了廣東籍青年學生朱振生（朱谷懷）和米軍來看我。他們愛好文藝，籌了一點錢想辦一個出版社，要我支持，主要是為他們介紹書出版。但是一瞭解，他們資金並不多，出一本一、二十萬字的書就可能周轉不過來。因此，我向他們建議，是不是出一套詩叢，先出薄本子的，慢慢地能周轉了，再出大型的書。他們完全同意。出版社命名為「南天出版社」，先出一套「七月詩叢」。我是義務編輯。米軍在他的住處開始出版社的業務。這樣開支少些，全部資金都可以拿來出書。

胡風說他只是「義務編輯」，當然與出版社的財務沒有一點關係。再看下文，對工作人員的說法有一點變化，這裡提到了伍禾，也提到伍「生活費」曾發生困難。

不管南天的工作對新文藝是否加進了一點什麼，但它對抗日民族革命戰爭是盡了一份力的。由於它的先天就不健壯，僅僅是靠幾個熱情的青年省下自己的學雜費投資創辦的。當時連想也沒想到，它居然支持了四、五年，出了十來本書，好容易在重慶站住了腳，由伍禾負責經營，還請了一位會計，一切都走上了正軌。誰知勝利的爆竹聲一響，土紙印的抗戰作品就很難發行了。兩個工作人員不但工資，連生活費都將付不出。只好將存書分攤寄給了幾位出資者，正式宣布結束。我在宣告結束的通知中表示了對出資者和工作人員的感謝（其實不應該由我，因為我和作者們沒有誰領取過一分報酬）。

奇怪的是，胡風在此特別提出「其實不應該由我」，鄭重表示他與南天並無直接的經濟關係。

這裡有許多疑問，需要進一步考證，作結論還嫌太早。

永平

2005-11-12　討論胡風與聶紺弩的舊怨

wu，你好！（主題詞：胡哪裏諷刺過聶）

上次您問胡在編後記中哪裏諷刺過聶，我不清楚，只記得他說過『對於穿捷徑而去者寄予決絕的告別』這類的話，當時以為是指田間。

bikonglou@163.com

先生：您好！（主題詞：胡諷刺聶）

　　待我查查幾本書的編後記，再告。總在 44 年至 49 年的集子後面，不會太難查找的。永平

先生：您好！

　　聶公既說：「他曾在編後記之類的捎帶地諷刺過我幾次。」

　　總是能夠找出來的。

　　永平

wu，你好！（主題詞：編後記）

　　編後記，是不是指《希望》雜誌的編後記？

　　bikonglou@163.com

先生：您好！

　　聶公說得不明了，「編後記之類」。我想也許是指《希望》的編後。但我粗粗讀了一遍，還沒有查出有諷刺聶公的地方，也許我對聶公與胡公的矛盾仍不清楚，因此不知道胡公會從哪個角度說話。

　　這兩天我有另一工作纏身，長江文藝出版社要出版我的一本譯作，是一位法國漢學家研究老舍的論文集，書名題為《小說家老舍》。昨天下午送來了清樣，要我趕緊看完，趕在年前出版。也許要花費三到四天時間，上午看了幾十頁，眼睛都有點受不了了。

　　最近幾天，也許不會給寄信請教了。忙過這幾天，再來叨擾。

　　祝健康！

　　永平上

wu，你好！勿過勞！

　　bikonglou@163.com

2005-11-16　寄《細讀胡風之關於「舒蕪問題」》

　　舒蕪先生寄來《中南海濃雲密布……》《北京為什麼支持金正……》等網文。

　　舒蕪先生又寄來照片兩張：一、吳永平看舒蕪簽名，二、與吳永平合影。

先生：您好！

請告詳細地址，我要寄雜誌給你。

永平

先生：您好！

相片看到，照得不錯。

清樣已經看完，上午送交出版社〔註9〕。

一切工作恢復正軌，又可以向你求教了。

載有《細讀胡風之關於「舒蕪問題」》的《江漢論壇》已印出，明天寄3本給你，你可寄給有興趣者。

讀到最近一期《傳記文學》，上面有你和你女兒各一篇，你女兒寫得非常有趣，文筆也很好。

祝一切好！

永平

永平兄：（主題詞：《江漢論壇》）

《江漢論壇》如有多，可否寄一本給我的兒子：530022 南寧民族大道　廣西電視臺　方朋。他一直在問發表沒有。

bikonglou@163.com

先生：（主題詞：明天寄出）

刊物明天寄出，兩本寄南寧，兩本寄北京。請查收。

永平

2005-11-18　討論胡風致舒蕪的第一信

舒蕪先生：

現在我正在細讀胡風給你的全部信件，第一封信見於《胡風全集》第9卷，第472頁。胡風1943年9月11日寫道：

> 這幾天內，看了你的三篇稿子，得到了不少啟示，但要說意見，卻是說不出來的。但在工作方式上，倒有一點意見。今天，思想工作是廣義的啟蒙運動。那或者是科學思想發展的評價，或者是即於現實問題（包括現在成為問題的思想問題、歷史問題等）的鬥爭。

〔註9〕譯著《小說家老舍》清樣。該著2005年12月由長江文藝出版社出版。

這是一個工作的兩面，過去都沒有好好做過。你的這四篇（連上一次的一篇），我覺得是介乎這二者之間的工作。說是前者，則史的敘述之明確性不夠，作為學的組織性不夠，說是後者，則既未緊抓著活的問題，又過於省略了解說。以文法篇說，既未出發自目前文法論爭中的問題，而關於詞性，又大半當作讀者當然同意了的看法而略之。

其次，通俗工作，目前還大有做的必要，一本《大眾哲學》，早就非有代它的東西不可，而竟還沒有。如果能一方面就近取例，言近而意遠，一方面與眾為友，不以對象為不夠格而剋扣軍糧，我想，這工作也是積兒孫福的。不知能劃出工夫作此準備否？

再其次，創造思維的能力，創造思維者的思維方法的明確性，也是我們的任務。因而，敘述，術語，句法，亦非付以大的注意不可。在雖已離開指鹿為馬，但還不免雞鴨不分的這時代的讀者，我們非開始養成語言的潔癖不可。這在哲學工作上就可以更被我們痛感到的。

從這封信中可以看出，胡風對你的工作是支持的，認為你的理論探索屬於「廣義的啟蒙運動」，而且明確地指出了努力的方向，即「或者是科學思想發展的評價，或者是即於現實問題的鬥爭。」

從當時的理論背景上分析，一是延安的整風運動，二是重慶的「才子集團」們為配合整風運動而進行的「啟蒙運動」。胡風鼓勵你在這方面努力，當然有想借助你的努力而涉足於「文化思想領域」的願望。

1943 年興起的這場並未形成規模的「啟蒙運動」為何夭折了呢？根據你在《〈回歸五四〉後序》中所說，首先是由於當年年底延安給董必武的電文，重慶黨內把「才子集團」們壓下去了，結束了他們各行其是的理論探索。

其次，還有一個重要的理論背景。1944 年初《在延安文藝座談會上的講話》被介紹到國統區，《新華日報》以《毛澤東同志對文藝問題的意見》為題，用整版的篇幅摘要發表了《講話》的內容。5 月，返回延安參加黨的第七次代表大會籌備工作和整風學習的周恩來特地選派了參加過延安文藝座談會的何其芳、劉白羽來到重慶，向大後方文藝界宣傳延安整風和《延座講話》精神。8 月，重慶《新華日報》轉載《中共中央宣傳部關於執行黨的文藝政策的決定》。

我想，這後一個理論背景更為重要。中共領導層也許是這麼考慮的，既然有了太陽，何必還要螢火呢？毛澤東把文化思想領域的問題已經解決了，剩下的問題就是宣傳和貫徹，而不再是探索了。何其芳等人來重慶就是擔負著宣傳的使命。

何其芳等人的到來打斷了胡風介入「思想文化」領域的計劃。他對何等的到來和宣傳是不滿意的，採取了抵制的態度。胡風寫道（《胡風全集》第6卷，第311頁）：

> 一九四四年三月十八日十九日，郭沫若先生主持的文化工作委員會裏的一部分同人在鄉下開過兩次座談會，討論《在延安文藝座談會上的講話》。馮乃超同志主持。第一次要我報告，我就當時國統區的環境作了一些分析，說明當時當地的任務要從與民主鬥爭相配合的文化鬥爭的角度去看，不能從文化建設的角度去看，我們應該從『環境與任務的區別』去體會並運用《講話》的精神。在第二次會的討論中，因為我提到過當時的主要任務還不是培養工農作家，但在寫著《辯證唯物論的美學》的蔡儀同志不同意，說應該是培養工農作家。他舉了一個例子證明：文化工作委員會有一個當勤務兵的李平同志已經被提升為少尉副官了。我覺得這樣討論起來很困難，沒有再說什麼。座談會也沒有續開第三次。

可以看出，胡風在這裡的說法是言不由衷的。他說：「當時當地的任務要從與民主鬥爭相配合的文化鬥爭的角度去看，不能從文化建設的角度去看」。對照上面給你的信，他在這裡只指出了「鬥爭」的一個方面，而有意忽略掉了對「科學思想發展的評價」，即「文化建設」的另一方面。

這裡便發生了問題：1943年還積極地鼓勵你從事「文化建設」，而1944年卻反對別人「文化建設」。只能得出這樣的理解，胡風認為何其芳等人帶來的新思想並不能解決當時當地的文化思想領域的問題。以後，他鼓勵你繼續探索，繼續寫作，只能從這個角度來理解。而且，《希望》雜誌以後的理論探索，不再與「才子集團」們前此的「啟蒙運動」有關，而是胡風所獨立發動的。

從你個人的理解來說，你對胡風獨立發動的這場思想運動的概括是「個性解放」，《論主觀》《論中庸》《辭理想》《逃集體》，其中貫穿的都是這個思路。胡風對此理解卻有所不同，他一方面讚賞你對個性解放的敏銳表現，一

方面也提醒你應把個性解放與集體主義結合起來考察。當然，他在這個重要的理論上把持不定，時時有所動搖。這樣，他既不能明確地指示出從延安澎湃過來的集體主義大潮即將淹沒個性解放的前景，也未能給出如何在這局面下給個性主義以合理的出路。

但以後，才子集團們開始轉向，收斂起理論建樹的雄心；而胡風卻帶領你們繼續向著「文化建設」的方向走下去。於是1945年的「反主觀」鬥爭，胡風對邵荃麟等的轉向不理解；1948年胡風對喬冠華的轉向也不理解。他始終認為他們是「突然」轉變的，是忽然否定了自己的。其實，認真說起來，胡風對他們也是並不瞭解的。

你當時的思想狀況，如果放在五四時期那是再好不過。胡風比你更關心時事政治，他非常注重調整自己，他說你有「五四遺老」的氣質，也是從這個角度出發的。

隨便寫的，想聽聽你的意見。

永平

先生：您好！

以下是胡風給你的第二封信，見於你的《〈回歸五四〉後序》

　　能準備寫另樣的東西，很喜。

　　四篇都分給了，看結果罷。《存在》給郭志，另抄一份去，原稿留存。校抄稿的時候，有一個感想：用這寫法，把各個重要的範疇都寫一篇，合成一整篇，倒也很必要。雖非現實問題本身，但可以給看現實問題時一個鏡子。

胡風在這裡明確指出，談的雖「非現實問題」，也有現實意義。因此《論存在》與《論體系》諸文都是相當重要的。而你並未將這兩篇文章收進集子。

你是否手頭有此二文的複印件，或者已經輸進了電腦。能發給我看看嗎？

祝一切好！

永平上

wu yongping，您好！

二文原來就是重慶土紙印的雜誌上發表，又隔多年。複印件過於模糊，無法識別，所以捨棄。舒蕪白

先生：

　　胡風 1944 年 1 月 4 日給你的信中說：「我雖不配稱為猛獸，但卻宛如被鎖在欄中，即偶有喊聲，看客們也覺得與己無關，哀哉！而另一些人們，卻覺得這喊聲也可厭可惡，還想鑲上不通風的鐵板。人生如此，也許算得末路罷。而寧兄反說是什麼『輝煌』，豈不冤哉。」

　　在此日之前，胡風似乎並沒有什麼大文章問世，文壇並未被擾動，何以稱「猛獸」，又何以稱「輝煌」。想必你在給胡風先生信中談到某事，而引起了他的感慨麼？

　　真希望你給胡風的信能早日面世！

　　祝好！

　　永平

wu yongping，您好！

　　我到重慶市區去看胡，看見他的一些文藝界活動，覺得很活躍，回南溫泉告訴路翎，形容得生動，路翎去信大概說了「輝煌」云云。「猛獸」大概不是路翎說的，而是胡自己為了要說「鎖在欄中」，怕有自命猛獸之嫌，先這麼聲明一下。舒蕪上

wu yongping，您好！

　　一、胡並不是認為我已經寫出的《論存在》等三文已經是「廣義的啟蒙運動」，而是指出我的三文都太脫離現實，而現實需要一個「廣義的啟蒙運動」，他希望我投身於這個運動。

　　二、延安來電的要害是：國統區進步文化界的任務只能批評國民黨，不能是進步文化界內的互相批評、自我批評。而才子集團則主要批評自己，胡贊成他們也就是贊成這個。他反對國統區內的「文化建設」，呼喚「文化鬥爭」，意思就是，國統區進步文化界內部需要鬥爭，談不到解放區那樣的文化建設，如培養工農兵作家之類。

　　三、我明確意識到寫《論主觀》是在才子們失敗後，為他們打後衛戰，我給胡信中明確說過這個意思，他也同意。胡曾告訴我，他曾對喬冠華說：「你們倒好，成了先知約翰，十字架由我們來背了。」可惜這沒有文字材料，不便引用。

　　四、才子之中，胡繩首先檢討，陳家康因此痛斥胡繩為「胡四」，即曹禺

劇本《日出》裏那個男妓式人物「胡四」。

　　五、香港批胡，是有意動員了喬、邵等參加的。既給他們以洗刷自己的機會，也孤立了胡。1952 年胡風文藝思想討論會周揚的結論中說：「甚至一向接近胡風的黨員同志對胡風提出了意見之後，胡風還是不接受。」

　　六、只有陳家康一直不改，胡認為陳最好。

　　七、對於何其芳、劉白羽之來重慶，胡是不滿的，給我的信上稱之為「〔紅〕馬褂」，意思認為周揚的欽差，並不認為周恩來派來的。

　　八、我強調個人主義、個性解放，胡認為要聯繫集體主義來談，多半是要站穩戰略制高點的意思。陳家康說我是「先把自己擺在挨打的地位來談問題」，也是這個意思。我的《辭理想》《逃集體》，胡是不滿的。那是在《呼吸》雜誌上發表的，如果給了《希望》，胡不會發表。

　　bikonglou@163.com

2005-11-19　舒蕪在《希望》上使用的筆名

舒蕪先生：

　　您說的第一點：「胡並不是認為我已經寫出的《論存在》等三文已經是『廣義的啟蒙運動』，而是指出我的三文都太脫離現實，而現實需要一個『廣義的啟蒙運動』，他希望我投身於這個運動。」

　　我覺得胡雖然對你的文章有點意見，但並不認為它們無助於他所期待的「啟蒙運動」。

　　胡風既指出你的三文介於「科學思想發展的評價，或者是即於現實問題（包括現在成為問題的思想問題、歷史問題等）的鬥爭」二者之間，是認為你的出發點不太明確。如果執著於前者，便有「文化建設」的意義；如果專注於後者，那就是偏重於「鬥爭」了。而你的三文創建學說的努力不夠，對現實問題也針砭不夠。一個「廣義的啟蒙運動」是必須二者兼備的。胡風自重返重慶後，他的關注點有了新的變化。最為重要的標誌便是從文藝擴大到了思想文化領域，特別是思想方法問題上。直到解放後，他逐步明確到，他的鬥爭目標是要「動搖二十餘年來的機械論的統治勢力」。

　　也許可以這樣說，如果他始終只是個文藝理論家，他的努力始終停留在《七月》階段，他是不會遭遇到後來的厄運的。然而，從 1943 年開始，他越過了文學的藩籬，邁進到了他並不熟悉也更加敏感的思想文化領域，並樹立

了那麼一個力所不能及的模糊的目標，悲劇的命運也就無法避免了。

這裡還可以找出許多旁證，如 1948 年 10 月 26 日給你的信中，他對香港文化人的批判作出了評價。他說：「對從現象看來，他們倒群趨『政治』，而我們倒是沾沾於文化、思想領域的。」再次強調他所考慮問題的角度是比「政治」更廣泛、離經濟基礎及意識形態更遠的「思想文化」領域。

永平

yongping，您好！

同意。但所謂「他們倒群趨『政治』，而我們倒是沾沾於文化、思想領域的。」恐怕是指他們群趨『政治』佔領了戰略制高點，我們沾沾於文化、思想領域則處於劣勢地位。舒蕪上

先生：我想，是這樣的。

從政治出發，當然佔據了強勢的地位。而從文化出發，必然處於政治的挾制之下。

永平上

先生：

關於你說的第二點：「延安來電的要害是：國統區進步文化界的任務只能批評國民黨，不能是進步文化界內的互相批評、自我批評。而才子集團則主要批評自己，胡贊成他們也就是贊成這個。他反對國統區內的『文化建設』，呼喚『文化鬥爭』，意思就是，國統區進步文化界內部需要鬥爭，談不到解放區那樣的文化建設，如培養工農兵作家之類。」

延安來電的宗旨是關於如何在國統區進步文化人中開展整風運動。1944 年 8 月，重慶《新華日報》轉載《中共中央宣傳部關於執行黨的文藝政策的決定》。指出：「小資產階級出身並在地主資產階級教養下長成的文藝工作者，在其走向與人民群眾結合的過程中，發生各種程度的脫離群眾並妨害群眾鬥爭的偏向是有歷史必然性的，這些偏向，不經過深刻的檢討反省與長期的實際鬥爭，不可能徹底克服，也是有歷史必然性的。」周恩來根據國統區的特殊情況，制定了《關於大後方文化人整風問題的意見》，提出幾條原則：要注重學習精神實質，而不是表面的字句或簡單的「對號入座」；必須顧及到不同的環境和條件；對歷史的反省是為目前鬥爭服務的。

從這些文件來看，當時中共所要求於大後方文化人的確實不是「互相批

評」，但「自我批評」是允許並提倡的。當年，大後方組織了許多學習小組，這便是證明。

至於胡風所指責的「文化建設」和「培養工農兵作家」之類，僅見於他的回憶，僅涉及個別人，並不能理解為對整風運動的具有普遍性的誤解。我甚至以為，這些提法是胡風慣用的「打岔」的手法。

不知你以為然否？

wu yongping

wu yongping，您好！

從抗戰開始，到「才子」們文章出來之前，國統區進步文化界只反對日寇，批評國民黨，從來沒有左翼文化界內部的互相批評。「才子」們文章第一次提出了進步文化內部的問題，實質是批評了馬克思主義陣營內部的機械論教條主義統治，說出了讀者心中早就有的不滿，其所以震撼讀者在此。胡風所以贊成他們也在此。他們失敗後，《論主觀》繼續之，再接再厲，其所以更震撼讀者，而且震撼延安，也在此。胡喬木與我談話，首先就指出：「你這個問題不是個別的，我們同志中也有類似問題。」就是指出《論主觀》與「才子」們問題的聯繫。重慶也有學習小組，所允許並提倡的「自我批評」是個人對自己的「自我批評」，胡風所要的是陣營內部的「自我批評」，其實只是他在陣營內部對別人的批評，也就是他所謂「文化鬥爭」。這是問題的核心，不是他「打岔」。您以為如何？舒蕪上

先生：你說的我基本贊同。

但由於涉及的問題太嚴重，還要繼續探討：才子集團和胡風都批評馬克思主義陣營內部的機械論教條主義統治，這當然是正確的，也是必要的。事實上，無論在何時，這種傾向都是存在的。然而，從當年的情況來看，中共剛剛清算了王明的教條主義統治，並且通過毛澤東作了馬克思主義中國化的一些探索，包括哲學上的，和文藝上的。這些探索從今天的角度來看，可以說還不成熟，還不盡正確。但在當時的意義無論如何高估也不算過分。當年你說，「大的意志貫穿了中國」，也可以認為是道出了進步人士的喜悅。

在這種情況下，才子集團與胡風繼續批判教條主義統治，顯然有點不合時宜。在內部教育下，才子集團願意接受毛澤東的新的理論，而胡風卻不以為然。我以為，這是他們後來分歧的基本點所在。

　　至於我說的「打岔」，指的是胡風突然把「培養工農兵作家」作為國統區進步文化人對延座講話的教條主義典型提出來。這是沒有代表性的。因為無論從重慶黨的文件及其他著名文化人的文章中，都找不到類似的提法。

　　wu yongping

先生：您好！

　　關於《逃集體》。你說：「我的《辭理想》《逃集體》，胡是不滿的。那是在《呼吸》雜誌上發表的，如果給了《希望》，胡不會發表。」

　　這中間有一個過程，你也許淡忘了。

　　胡風 1945 年 10 月 16～17 日給你的信中說：「所說《青面聖人》等稿也收到了的。因為當時忙亂沒有看，所以沒有印象，記不得了。《凝煉》《逃集體》交南喬，問可否刊報紙，他看了說很好，交胡四，胡四把第一篇交四版（他確定第二篇不能刊出），但過了這久，依然不見影子。我看不會登出來的。對那些爬上了小官地位的人，不能有什麼可希望的罷。」

　　當時，這篇文章胡風是看過的，並未提出什麼異議。

　　至於後來他說「像《逃集體》之類，實際上是不好的」，那是在 1948 年 4 月 15 日給你的信中才這樣說的。因為那時你的這篇文章已被他人當作攻擊胡風的口實了。

　　wu yongping

wu yongping，您好！

　　《逃集體》曾交南喬事，我的確不記得了。舒蕪上

先生：

　　胡風 1944 年 3 月 16 日給你的信中說：十三日信收到。「重新想過」萬分必要，但也實不易。從前練武功有打沙袋子之事，幾年來，特別是近來，我覺得四圍有小沙袋子飛蝗似地撞來，實在應接不暇，弄到發生了「且睡一刻，管他媽的」的可怕情緒。當然，這些沙袋子一下打不死甚至打不傷人，但久而久之，人就會變成人乾的！《文化論》望能堅持下去。陳君已回老家去了，行前沒有見面機會。那麼，這裡就沒有什麼麻煩了，太平天下，但同時也就恢復了麻木的原狀。其實，這樣了也並不會一絲不亂，最近就出了丟醜的事情。

　　見於胡風書信卷，第 475 頁。

這裡所說的「丟醜的事情」，不知何指？

永平上

先生：胡風 1944 年 3 月 21 日給你的信。信中寫道：「進城後，又聽到一事，文壇上的和我有關的事，別人也許覺得奇怪，但我覺得不如此反而可怪。對於這些靈魂們，我實在看透了。我並非老奸巨滑，但可哀的是，一些朋友們永遠是那麼天真得無知。我實在受不了一些和平主義者的朋友們，我一向是反而被他們拖垮了許多事的。他們的無知的和平主義的幻想，使我受傷得比對頭們的毒箭還要深。」胡風書信卷，第 477 頁。

信中說到一事與兩種人。這一事何指？一種是被胡風看透了靈魂的人，一種是朋友們。「和平主義者的朋友們」指的是誰呢？

請先生教我。

今天就請教到這裡，讓先生受累了。

永平

wu yongping，您好！

當時就沒有深問，一直不清楚什麼一回事。舒蕪上

先生：

近讀《舒蕪集》，覺得有點費力。原因之一是，入集文章雖標明了寫作時間，但沒有注明原載何刊物。我看，這是此書編輯工作中的一大失誤。原因之二是，文章沒有收全，一般的解決方法是將未收入的文章篇目列在卷末，以備研究者查找；或在終卷中的年表中列出，以讓讀者有個整體印象。然而，你的集子中沒有年表，也未列出未入集篇目。

如先生還擬修訂或出全集，應考慮到上述問題。

附件中是《希望》雜誌上各期雜文題目。用紅色標記者為見於《舒蕪集》第 1 卷者。其餘各篇不知作者是誰，雖有與已入集文章筆名相同者，但不敢確認是你所作。

現請教你兩個問題：第一，請你在其餘各篇前作個標記，如是你所作，或你確認是別人所作（如路翎），請指出來。第二，你用的這些筆名，是否有什麼含義，也請示之。

wu yongping

wu yongping，您好！（主題詞：沒有附件）

上午發來問雜文作者信，說有附件，其實沒有，何故？舒蕪

先生：您好！

是我的疏忽，忘記貼上去了。

已重發。永平

（附件：《〈希望〉雜文目錄》）

Wu yongping，您好！（主題詞「答覆雜文署名問題」）舒蕪上

《希望》雜文目錄〔註10〕

括號內「已確定」者為先生作，見於《舒蕪集》第 1 卷；括號內「舒蕪
作」、「何劍熏作」及「不知道」者為先生閱讀本目錄後確認添加。

《希望》第 1 集第 1 期雜文

《能為中國用》林慕沃（已確定）

《夷狄之進於中國者》葛挽（已確定）

《耶穌聞道記》姚箕隱（已確定）

《宰相是怎樣代表平民的》但公說（舒蕪作）

《驕與餒》牟尼（何劍熏作）

《我佩服曾文正公》宗珪父（舒蕪作）

《迷途之羔羊返矣》姚箕隱（舒蕪作）

《國家育才之至意》竺夷之（已確定）

《「真」與「雅」》白君勻（已確定）

《不暇自笑的丑角》趙元中（已確定）

《「嗜痂」與「制痂」》揚堪（已確定）

《無捧而無不捧》徐舞（已確定）

《關於文化上「接受遺產」工作的一個建議》許無（已確定）

《希望》第 1 集第 2 期雜文

《無常》牟尼（何劍熏作）

《略談祀灶》牟尼（何劍熏作）

〔註10〕該目錄為筆者整理，已收入《舒蕪集》者用紅字標出。舒蕪先生用藍色標注
其餘各篇筆名作者。現為了排版方便，前者標記為「已確定」，後者為「舒蕪
作」。

《「國」字的奧妙》桂未晚（已確定）

《王莽的訓導方法》孫子野（舒蕪作）

《讀溥儀〈遜位詔書〉書後》龍亮之（舒蕪作）

《設想與事實》龍亮之（已確定）

《國之本在家》魏仲奇（舒蕪作）

《意志自由的苦笑》荒陵（不知道）

《靜候解答》但公說（舒蕪作）

《非「政治」的民意》竺夷之（舒蕪作）

《「致身」法鉤沉》姚箕隱（舒蕪作）

《「祖國」與「情郎」》龍亮之（舒蕪作）

《文學的強姦》東小山（不知道）

《希望》第 1 集第 3 期雜文

《引經注典》許無（舒蕪作）

《關於「立像與胸像」的兩件事》石亦生（已確定）

《「公民」的捷徑與歧路》吳民（舒蕪作）

《「擁護」古誼考》孫子野（舒蕪作）

《「法於自然」》宗珪父（舒蕪作）

《中國法西斯蒂黨》孫無害（舒蕪作）

《「民信」在哪裏？》閔波新（不知道）

《希望》第 1 集第 4 期雜文

《青面聖人》鄭建夫（已確定）

《今天的「狂人」和「莎爾美」》孫子野（舒蕪作）

《史學的奧竅》但公說（舒蕪作）

《希望》第 2 集第 1 期雜文

《乾隆皇帝聖慮發微》鄭達夫（舒蕪作）

《學生與政治》宗珪父（舒蕪作）

《「政治雜感」雜感》竺夷之（舒蕪作）

《忘掉》郭畹（舒蕪作）

《希望》第 2 集第 2 期雜文

《性與革命與統一》竺夷之（舒蕪作）

《鄧肯女士與中國》鄭達夫（舒蕪作）

《關於「發抖」》一簡（不知道）

《尊理性》宗珪爻（舒蕪作）

《希望》第 2 集第 3 期雜文

《雨夜讀龍》白君勻（舒蕪作）

《關於幾個女人的是是非非》鄭達夫（舒蕪作）

《談「婦言」》孫子野（舒蕪作）

《希望》第 2 集第 4 期雜文

《女作家》白君勻（舒蕪作）

wu yongping，您好！（主題詞：答覆雜文署名問題）

雜文的署名，有些是自己或別人名字的諧音或反切，如「徐舞」「許無」都是「舒蕪」的諧音，「葛挽」「郭畹」「桂未晚」都是「管」的反切，「林慕沃、姚箕隱」是別人名字的反切；有些比較曲折，如「竺夷之」是由於我的母親姓馬，聽說馬家若干年前先代本來姓竺，而我父親曾經給我命字曰「夷之」，（竺夷之之名，後來用得較多，關於古典文學的一些短論就是用此名發表的。）有些無所取義，如「孫子野」「鄭達夫」，臨時隨便取個像名字的名字罷了。舒蕪

先生：您好！

胡風全集第 10 卷日記記載，1951 年 12 月 21 日「得綠原信，並附來舒蕪懺悔小文」。所謂「懺悔小文」也許指的就是你的《我的體會》，載《長江文藝》第 5 卷第 8～9 期合刊（1951 年 12 月 1 日）。是嗎？

這篇文章的基本觀點與後來發表的《從頭》及《公開信》其實是一致的。如果要分析你的思想變化，這文章是極為重要的。然而也未收入你的集子中。

永平

yongping，您好！

可能是。不記得這篇小文了。可能是在中南區文代會上的發言。舒蕪上。

先生：您好！

這篇小文請看附件。

此文足以證實解放初你的思想是一貫的，對綠原及胡風都是坦誠的。
並不因形勢變化而變化。

永平

（附件：舒蕪《我的體會》）

wu yongping，您好！自問錯誤是思想錯誤，但是別人一定要說成品質道德問題才滿足，大概的確有此需要，也只好承擔。舒蕪上

先生：

你在《希望》上發表的雜文之多真讓人吃驚。

如此署名，饒有趣味，讓我長了不少學問。

永平

wu yongping，您好！

慚愧，那些雜文現在看來多很幼稚。又，上信中所說「反切」，只是依照我的讀音自己隨便作的，未必符合音韻學家的「反切」的規範。舒蕪上

2005-11-20　舒蕪談當年與胡風的一些分歧

先生：您好！

你所說的「思想錯誤」，其實是指的思想分歧。就你與胡風等交往而言，思想上的不諧和音調很早就開始發生了。

如，1944 年 5 月 25 日胡風在給你的信中就談到了你所感覺到的「怯」，胡風鼓勵你說：

> 你所感到的「自己的嬌嫩」以至「懷疑」，也許和我的這幾天特別是今天的心情有相通之處，是一種「怯」的表現。你的「無的放矢」的疑慮，恐怕就是某些開始轉向中庸主義的人們的最初的依恃。人到底不願意和剝了皮的血肉相對。而其實，無論我們用怎樣最大的分析力去突擊，也決不會把世界想像得比它的真相更壞些的，這就需要一種勇氣以及由這勇氣出生的能力。但這勇氣這能力一般地非用很多的靈魂的創傷和疤痕作代價不可。「怯」的偶然發生，恐怕正是用它連成甲冑似的硬殼的疤痕還不夠多不夠厚的緣故罷。
>
> 我自己，許多年來就練習向壞處分析的習慣，但還是不行，還

是常常看走了樣，而且正是由於如老人所說的「不夠毒」的緣故。

但也有了一點副效果，比較經得起打擊，經得起失望或寂寞。我自己，也曾有過像你似地以朋友的來信支持生活的時期，但多年來漸漸有了變化。心願相通的朋友的心聲，當然給我力量，給我幸福，我也經常期待，但卻不把它當作唯一的支柱了。猶如一個赤貧的人，宿命似地安於草根樹皮的生活，只能把米麵當作意外的享受。

所幸的，這種享受也常常有，正如俗話所說的，一根草有一粒露水養，只不過這絕對又絕對地不會從那些各種各樣的市儈們得來。警戒他們，肯定他們，用微笑包著侮蔑和他們握手言歡都可以，但如果對他們發出了一絲的希望，那就是自己污辱了自己。這些我不大說的話，不知可供參考否？暫止於此。願你在苦役的工作中更堅定。

胡風在這封信裏告誡你對人生的惡要看得更透一些，對惡的揭露要更堅決一些，態度要更堅定一些。

他似乎從這時起就發現了你的性格中溫情的東西過多，對周圍人群及壇上尚有善的期待，不夠毒，而這些都將有害於他所期望中的戰鬥。

永平

wu yongping，您好！

您說的是一面，是我對於進步文藝界的看法和胡先生不能合拍。我無法把它看得如他所一貫強調的那樣壞，自己也總幻想進入去當職業作家，所以對於我們自己的宗派和小圈子早有感覺。但還有另一面，就是我解放後被置於「官」的地位，而且是思想改造的「官」，於是自然以「官」的立場考慮問題，胡風朋友中，我是解放後唯一做了「官」的，雖然是在偏遠小地方，但存在決定意識，仍然起作用。所謂思想錯誤指此。您看是嗎？

舒蕪上

先生：胡風在 1944 年 11 月 1 日給你的信中仍然批評你「不夠毒」。

信中說：「昨天匆匆續讀完了《人的哲學》，覺得也算一個不小的仗，並非毫無『新意』的。過些時當再讀一次，現在感到的有幾點，寫給你參考。關於潛伏的『人的本性』，就作為對手的集團說，似失之寬大。說人對人比人對

狼還兇狠，應肯定而且應有理論上的說明，那就對於『人的本性』應還有說明了。也因此，『精神』也說明得不夠。」

看來，五四時期西方民主思潮的影響在你的身上表現得非常「頑強」。你不像胡風那樣是「喝狼奶」長大的。

wu yongping

先生：

胡風對他周圍的青年朋友是「因材施教」的。他似乎總想讓你變得粗礪起來，變得野起來。而對呂熒，卻又有所不同，除了也嫌他不夠「毒」之外，還特別對他的學院氣不滿。1944 年 10 月 9 日致你的信中寫道：「呂熒花三個月寫的大論文，看過之後，不能用。別人看了一定驚佩之至，但其實，似是而非，是非參雜，炫學之氣可掬，藝術牧師之氣可掬，你看這如何是好！官氣固然要不得，牧師氣又怎麼要得？能以其人氣相見者，就這麼難麼？我們非找出赤裸裸的人來不可。」

他對呂熒的態度似乎一直沒有改變

永平

wu yongping，您好！

大概是這樣。大概認為我已經到了「講道理講得快要動手」的程度，賈植芳就是這樣說的，而呂熒則距離這程度尚遠吧。舒蕪上

先生

請教一個敏感的問題：胡風在 1944 年 11 月 27 日致你的信中說：「聞一多當然是投機，但他投中了，只好奉承他。這裡還有比他更醜的角色。」

曉風在編者按中說：「聞一多一段，係由舒蕪 11 月 23 日來信中認為聞一多最近的表現為「投機」而引起。」見全集 9 卷，第 494 頁。

「最近的表現」是什麼呢？是不是指的 1944 年 10 月 19 日聞一多在昆明文藝界舉辦的魯迅逝世八週年紀念會上發表的演講。

你在 11 月 23 日的信中說了些什麼，胡風的回信是敷衍你嗎？我覺得不太像，因為他還說了「這裡還有比他更醜的角色」。他指的是哪些人呢？

聞的演講詞節錄如下：

（錄自王康著，湖北人民出版社，1979 年 5 月出版的《聞一多傳》。原題為《聞一多在魯迅逝世八週年紀念會上的講話》。略，吳注）

永平

wu，你好！

聞一多本來是國家主義派，是反共的，稱共產黨為「赤魔」，當時盡人皆知，後來大家逐漸忘記了，所以當時我與胡都認為他投機，並不奇怪。至於具體指什麼，記不清了。

bikonglou@163.com

先生：您好！

聞一多前期思想頗為複雜，曾一度為國家主義者也是事實。

抗戰後期他的思想開始轉變，對於他的轉變過程，你和胡風都是不瞭解的。畢竟他遠在昆明，而且與你們也聲息未通。

你們責怪他「投機」，在當時，出於不瞭解，也是情有可原的。

我只是猜測，引起你們的這番議論的契機，也許就是他在紀念魯迅會上的講話。因為這事距離你們的信時間最近。

永平

wu yongping，您好！

可能是這件事。

舒蕪白

先生：

我讀《胡風路翎書信選》，讀到 1950 年阿壠的兩篇文章受批判後胡風和朋友們的反應。

我的初步印象是，似乎大家都認為阿壠的文章確實有錯誤，但是受批判卻是周揚等反胡風的陰謀。阿壠寫了檢討，是「裝死躺下」。你當時對阿壠的文章有何看法，對批判文章有何意見，請示之。

當時，北京對此事比較重視。曾組織討論和批判。天津的魯藜就曾在天津《文藝學習》第期上發表了批評阿壠的文章。路翎 1950 年 7 月 25 日致胡風信中寫道：阿壠抱怨說，「魯兄（指魯藜）在寫文，拿他（指阿壠）來洗手」。

魯藜的文章我沒有見到，下星期準備到省圖去找一找。

這事你知道嗎？

永平

wu yongping，您好！

　　當時我在南寧很閉塞，京津文藝報刊很少接觸，阿壟受批的事若明若暗。回憶不出多少東西。

　　舒蕪白

先生：

　　《希望》第 1 期出版後，胡風給你一封信（1945 年 1 月 18 日），寫道：「刊，看到後，望給意見。我的時論，也不知有毛病否。出世後我即下鄉，只知道賣得好，其餘的就一切茫然。據我看，在壇上，它是絕對孤立的。近日，一種大的寂寞罩著了我，宛如『叫喊於生人中』了。」

　　既然刊賣得好，為何胡風要說「絕對孤立」呢？當時就你的感覺而言，《希望》在學生中是不受歡迎的嗎？

　　同信中胡風還談到何劍熏，他說：「劍兄後又有一長信來，談些生活上的話。關於創作，只提了幾句，還是老態度。我想今天回他一信，也還是老態度。這一堵壁不打通，什麼也說不上的。」何與胡風之間的「牆」究竟是什麼，僅在於胡更重視路翎，不重視他麼？

　　永平

wu yongping，您好！

　　賣得好，是說讀者中。孤立，是說文壇上。我當時的學生是女學生，對於胡風大名主編的新刊物也歡迎，但大概不如男學生的熱烈。

　　何劍熏與胡矛盾的焦點，的確就在胡更重視路翎而不重視何。當然也就會涉及胡之所以不大肯定何的小說的文藝理論問題，發展到後來，更擴充到幾乎全面了。何對我說過：「我是積食病。路翎是空腸病。」最初的焦點就是這個。胡曾批評何的小說不像小說，何反擊道：「不像小說，難道像詩麼？」

　　但何劍熏的文藝見解，也有與胡不同處。路翎曾告訴我，何曾當面恭維沙汀道：「我們很佩服沙汀先生。」路翎頗不以為然。其實我也很喜歡沙汀，在路翎面前沒有說出。

　　舒蕪白

wu，你好！（主題詞：官的問題）

　　上午信說到我解放初期做「官」一事，還可以作些補充。

　　一、解放後胡先生幾封來信，對於我的做「思想改造官」都是肯定的。

他一再強調，在一個地方得到信任，十分重要，應該做一切要你做的工作，做他個幾年，放下別的也可以。而他極力設法把路翎調來北京，說比在下面和小耗子糾纏好，可作對比。

二、他一再強調要向老幹部學習，所以我在《從頭》中遵守他的教導，說我從老幹部身上學到了什麼什麼。所謂老幹部，當然大多數已經是官，是領導人。陳思和就說我是認為領導代表真理，「以吏為師」。還說打通了這一點，就像打通了污水的閘門一樣。

三、對於我說體會到暴露思想實際以解決思想問題，胡先生也十分肯定，說這就是毛澤東思想的精髓。

看來，解放初期，我在胡先生的戰略部署中，已經擺在一個微妙地位了。

bikonglou@163.com

先生：胡風 1945 年 1 月 24 日致你的信中說：「小姐們也說好，頗出意外。」學校的先生們對《希望》的印象如何？wu yongping

yongping，您好！

當時我在國立女子師範學院任教，學生都是小姐們。

舒蕪白

先生：您好！

下請教「小康」及「逃遁」的問題。

以下是胡風給你的三封信的摘要：

1945 年 1 月 18 日，我擔心你會陷入小康之境，這就糟了。我看，還得不斷地打衝鋒。

1945 年 4 月 13 日，前信提到不能為文的話。這還是由於自己的心情罷。被一些具體對象吸住了，於是安於小康之心就發生，自然會與廣大世界隔開了。而且，也不能用老人到廈門後的情形相較罷，他是由於苦戰疲勞後的空漠，而你呢，不是由於小康式的陶然以至自得麼？逃遁也有種種途徑的。

1945 年 5 月 22 日，所謂「小康」云云，話是說了，但要解釋也不易。如果是沉於一個世界，不再感到大世界的重壓，即令是做著「忠於後來者」的工作罷，恐怕也就是一種小康之境了。如老人到了廈門似的云云的說法，我就以為是可慮的心境。關於具體的工

作，當然應該做的，不過，如種樹，給以適當的水份和養料，任其吸收、成長，間或為它拔去侵來的毒草。這中間，有它本身的主動作用和主動作用的發展在。但如果把養料之類用秤子稱好，注入進去，或者還要拔出來看看，忠固然忠矣，但恐怕不是辦法罷。研究組，就想把所有的問題都整好了完整地送給她們，壁報，就替她們弄得整整齊齊，文藝，就希望給她們一套整然的理論……，於你於她們，恐怕都會要殆矣罷。不是你自己已經覺得弄得模模糊糊了麼？讓她們帶著錯誤打滾，帶著迷惑打滾，你只給以稿紙，給以暗示，給以態度上的影響，試試看如何？而且，多年來，我自己也正犯了這毛病。

我不太理解，《希望》剛出了第一期，反映不錯，銷路也不錯。為何胡風擔心你會因此而滿足，陶醉於學校生活而逃遁現實，而不再堅決地鬥爭呢？

而且他說自己也曾犯過這毛病，指的是他對年青作者們也是這個態度麼？

今天就請教到這裡。

謝謝並祝

安好！

永平

wu yongping，您好！

他指的不是我因為《希望》而小康，是指我因為到女師學院開始教大學生而且是女大學生，得到歡迎而小康，滿足於帶研究組之類的事。

舒蕪白

先生：

我是想問，當時在白沙中學，你的同事們對《希望》的看法如何，對你的文章看法如何？

wu yongping

wu yongping，您好！

不是「白沙中學」，是「國立女子師範學院」，院址在白沙，院名上沒有「白沙」二字。男同事中，我只給臺靜農先生看過，沒有給別人看。臺先生當然肯定的。

舒蕪白

2005-11-21　舒蕪談「社會位置」

先生：您好！

　　得到一個穩定的社會位置，可以說是小康。

　　然而，胡風為什麼說他也犯過這毛病呢？

　　wu yongping

yongping，您好！

　　胡先生所謂「小康」大概不是指穩定的社會位置而言，是指眼前有了一些追隨者崇拜者的女大學生而言。先前在中央政治學校當助教，社會位置已經是穩定的。但是那時對那個學校的國民黨性質極其提心弔膽，處處韜光養晦，而且也根本不接觸學生。到了國立女子師範學院，臺靜農、李霽野、魏建功這幾位魯迅弟子都在這裡作為主要教師，政治學術空氣相對開放，我直接教學生，敢於相對坦開文藝思想來講，立刻吸引一些追隨崇拜者到我周圍。我也在課外全力輔導。大概相當沾沾自喜。胡先生所謂小康是指此。至於他為什麼說也犯過這毛病，我不清楚。　　舒蕪白

先生：您好！我好像懂了，確如你所說，是指周圍有一批崇拜者和追隨者。

　　胡風當然會有此感覺。

　　永平

先生：您好！

　　何劍熏說自己積食，大概是說對各種文藝思潮比較瞭解；說路翎空腸，是不是說路翎學識有限，只能不加思索地全盤接受胡風的灌輸呢？

　　wu yongping

wu yongping，您好！

　　何是指生活積累而言，意思是他自己生活積累豐富，一時不盡能消化：路翎沒有什麼生活積累。

　　何談過他經歷許多千奇百怪的事，雖然未必全真，大概有一半可信吧。

　　舒蕪白

先生：您好！

　　我明白這個意思了。何的經歷非常豐富，連胡風也稱讚過。路翎在這方

面確實無法與何相比。也許，這也是路翎小說疏離於現實生活而偏重於心理描寫的軟肋所在。wu yongping

wu yongping，您好！

　　同意。舒蕪白

先生：您好！

　　解放初，像你那樣懷著純真的願望接受新政權考驗和使用的人是很多的。當時的領導者，一般來說，在人民中有救星的感覺，他們本身也有著崇高的追求，並不能一概斥之為污水的。換言之，解放初能當官，無論從己從人，感覺都是很好的。

　　即如胡風，對現實有著許多的不滿，仍終日周旋在大大小小的領導者之間，期望得到一個較好的位子。他甚至多次教導路翎，要他注意調整與領導者的關係，注意在作品中表現政策，注意寫宣傳政策性的作品，等等。甚至為第二次文代會未能將路翎提上領導崗位而不平。

　　當然，由於歷史的侷限，當年只能把領導看成黨的化身。而說到底，一個政黨的形象如果不是體現在他的若干重要成員上，難道只是虛幻地存在於他的綱領和宗旨上嗎？

　　人民只能從具體的可感的黨的工作人員身上體會黨。陳思和的文學史我是讀過的，不太喜歡。他論的不是曾經存在過的歷史，而是他心中的歷史。

　　永平

wu yongping，您好！

　　完全同意您對於當時情況的看法。但是現在能這樣看的恐怕不多。

　　舒蕪白

先生：

　　胡風 1945 年 6 月 26 日給你的信中批評了你想當職業作家的想法。

　　其中寫道：「我不知道怎樣回答你才好。回想起過去你偶而露出的和我的想法相反的事情時，更不知道怎樣回答才好。」

　　似乎當年胡風已發現你們之間有許多不合之處，你能回憶起一兩件嗎？

　　wu yongping

wu yongping，您好！

對進步文藝界的看法，想進入這文藝界當職業作家的想法，就是很突出的不合。還有，我到國立女子師範學院任教，不久，便向同系同事中我心儀已久的魯迅弟子臺靜農公開了「我就是舒蕪」的身份，胡也不以為然。我是渴望接近魯迅弟子。胡先生則認為不必，認為國民黨白色恐怖下，「方管就是舒蕪」的身份少公開為好。他曾告訴我，聶紺弩開了一個名單，都是胡的朋友，要組稿，「我沒有告訴他。他那麼弔兒郎當的，會把你們的姓名地址全公開出來。」這是他說出的。至於還有沒有更深的原因，不好揣測。

舒蕪白

先生：您好！

胡風在同信中還說：「那麼，集體生活，不做羅亭的問題，依你所定的集體主義，只有到希臘去。這是可能的，但得等機會。再次，到敝省去，這馬上可以做到。否則，依然是羅亭罷，我就是例子。而且，老人也依然是羅亭了。」

你當時所提的集體生活，顯然是與羅亭式的生活是相對的。是指去延安嗎？曉風在注解中說：「此段因舒蕪於 6 月 21 日來信中曾提到，總難甘心於做中國的羅亭而寫。『希臘』指延安。『敝省』疑指胡風家鄉湖北李先念領導的游擊區。——編者注」。她說得對嗎？

只是當時湖北李先念的游擊區影響並不大，胡風何以說敝省有此可能呢？

wu yongping

wu yongping，您好！

曉風所注不誤。當時湖北李先念的游擊區，是重慶進步青年想去的地方之一。　舒蕪白

先生：胡風 1945 年 5 月 31 日給你的信中，透露出你與他的重大分歧。

他寫道：「感到了真的主觀在運行，一個大的意志貫穿了中國，這只能說你已把認識化成了實感。以前，何嘗不是肯定了它的？所以，主觀、中庸二文沒有被這實感所充溢，恐怕這才是缺點。」

你在《後序》中說，毛澤東《論聯合政府》（一九四五年四月二十四日）發表後引起了熱烈反響，掀起了抗日民主運動的高潮，你為此高潮興奮。並

在 5 月 27 日致胡風的信中寫道，已有真的「主觀」在運行、奔突，似乎是，一個大意志貫串了中國，並感到自己的一些喊叫不免灰白，可憐相，等。胡風此處肯定了你的感覺，但接著說「以前，何嘗不是肯定了它的」，說得有點勉強。

我在前信中曾提到，你對延安的革命黨人是真心仰慕的。甚至有這樣的看法：太陽出來了，還要螢火幹什麼。在毛澤東氣吞長虹般的實踐面前，你也許覺得《希望》這一批人在文化思想領域所作的探索實在是沒有什麼必要，自己的文章也太小家子氣了。而胡風的看法卻有所不同。

當年，你是有這種感覺嗎？

wu yongping

wu yongping，您好！

同意。更主要的是，胡喬木那次談話後，我是如陳家康所說「把自己放在挨打的地位來講話」，胡先生則不然，他是要「萬物皆備於我」的氣勢。

舒蕪白

先生：胡風 1945 年 6 月 26 日信中還寫道：「修築道路不容易。最近的短文，嗣興也都看了，感想和我差不多。浮了起來，不是從一股底力發出來的。原因不清楚，想像得到的是：有了自信可以輕而易舉的罷？如果是的，恐怕不大好。未上壇已經如此，上了壇不知又如何。以上還是說得簡單，還有說不清楚的，不說了。」

在這裡，他表現出了對你的強烈不滿。他想追尋「原因」，以為是你因自信而虛浮，又說：「還有說不清楚的。」這表明，他希望你有所解釋，也提示你要重視這已露端倪的危機。

真實的原因究竟是什麼呢？這也是我所關心的問題。

永平上

wu yongping，您好！更真實的原因，現在也難以說清。大約還是到了女子師範學院，與中央政校不同的環境情況，同事中有臺靜農這樣的人，自己受到學生相當熱烈的歡迎與崇拜，使我沾沾自喜吧。

舒蕪白

先生：您好！

胡風不想讓你走上文壇，不想讓你們與其他的知名作家接觸，是有著一

點把你們當作他「夾袋」裏的筆桿子的意思吧。

當年胡風與聶紺弩爭奪稿件和作家，這問題還有深入研究的必要呢。

永平上

wu yongping，您好！

此事我一直有所感覺，但不怎麼好說，因為只是揣測，沒有文字。阿壟是年紀較大，並且在認識胡先生之前早在別的刊物上發表作品的。胡就表示過對他「投稿過泛」的不滿。他曾對我說：「說我宗派主義！我要是宗派主義，該把你介紹進什麼學會，把嗣興（路翎）介紹進作家協會裏面去呀！」

舒蕪白

先生：您好！

當年你的學生都不知道你就是在《希望》上發表《論主觀》的舒蕪嗎？

今天就請教到此處，明天再談胡喬木與你論主觀的問題。

祝康樂！

永平

wu yongping，您好！

是不是大家都知道，說不好。我直接輔導一個「野火社」，十個人，她們是知道的。別人知道否，說不好。

舒蕪白

2005-11-22 讀朱正《隔膜》

Wu yongping，您好！（主題詞：附上朱正先生一文）舒蕪

> 舒蕪兄，你好！
>
> 發奉一文。這是向季東約我寫的，將在《隨筆》第 6 期刊出，同期還有姜弘等人紀念冤案 50 週年的文章。我這篇是匆忙寫成的，請於近日內賜教，還來得及修改。雜誌刊出前請勿轉發給別的朋友或上傳到網絡上。拜託了！
>
> 朱正
>
> （朱正《隔膜——讀胡風「三十萬言書」箚記》）

先生：（主題詞：已讀朱正先生文）

隨筆六期尚未讀到，朱正先生文讀了，很不錯，給了我新的思路。他說

的有些觀點我還沒有想到。

今天我要去省圖書館查閱資料，回來後再請教。

祝好！

永平

2005-11-23　舒蕪談早年生活

先生：未見「小文」，唯見朱正先生文。

今日去圖書館，見到新出的隨筆第 6 期，有關胡風的文章有三篇，除朱正先生的一篇外，另有姜弘的一篇與謝泳的一篇。後兩篇都無甚可觀之處。

姜弘的文章尤其無力，他甚至臆造出胡風與毛澤東的衝突「集中地反映在對於《阿 Q 正傳》的不同看法上」，還說《白毛女》等作品「沒有自我、自由和人道」。

謝泳的題目很大《西方和中國老百姓眼中的胡風事件》，然而寫得十分草率，似乎漫不經心。

昨天去省圖書館，是為了查閱阿壟說魯藜拿他「洗手」事。我查到了魯的文章，題為《〈文藝學習〉第一卷初步檢討》，文中對阿壟的《論傾向性》作了批判，但是與自我批判在一起的。也就是說，並未將自己置身事外。

另外還發現，阿壟雖然受到了批評，但其工作並未受到大的影響。證據之一是，就在發表魯的文章的同一期上，也還有他的文章。證據之二是，兩個月後天津召開首屆文藝工作者代表大會，阿壟是正式委員，而且在小組擔任負責人。證據之三是，在次年的《文藝學習》上仍有阿壟的長篇論文。

永平

wu yongping，您好！

隨筆已見，確如尊論，朱正文可觀。另有何滿子文，也說到魯迅文《隔膜》，但不太深。是不是？

舒蕪白

先生：同意先生的看法。

朱正文章之所以不隔，是由於他提供了一個正確的參照系。胡風一向是以蘇俄的文藝理論為宗的，而朱文卻指出他對蘇俄文學運動及最新思潮的不瞭解，這無異於給了胡風文藝思想最沉重的一擊。

而何滿子諸公卻總陷在政治與文藝關係中不能自拔，把這事說濫了。

永平

先生：附件中是姜弘和謝泳文的全文（略，吳注）。

　　姜弘文中說：毛澤東一向鍾愛《水滸》，這部五四時期被看作是「非人的文學」的舊小說，後來之所以走紅，成為農民起義的經典，就直接與毛有關。當聶紺弩奉旨赴江蘇調查施耐庵生平之際，只有胡風唱反腔，說那是一部維護封建專制，賤視婦女，鼓吹殺人吃人的壞書。

　　他又說：二十世紀的中國社會衝突中，有三股主要思想文化潮流：專制主義傳統舊文化，啟蒙主義五四新文化，既排外又反智的游民造反文化。游民屬於農民階級，農民是皇權主義者。毛澤東說農民是民主主義者，他深受游民文化浸染，奉行的是無產階級其名、游民階級其實的不斷造反主義。

　　他說得對嗎？

永平

wu yongping，您好！

　　二人這兩點意見，我倒同意。尊見何如？

舒蕪白

先生：

　　繼續讀《隨筆》，才知道你說的何滿子談「隔膜」的意思。

　　他似乎很想談談胡風事件的「癢處」，卻最終沒有明言，非常奇怪。他很想超出「隔膜」來論世，這個想法不無可取之處。但他卻暗示其中有更多的政治原因，這就沒有什麼意思了。現在有些人在把胡風推向毛澤東政治的反對派，我覺得他們走得太遠了。

　　在何滿子的筆下，古今知識分子都是一樣的，古今統治者也是一樣的，他們的矛盾也是永恆的。我不太喜歡這種比附，知識分子並非鐵板一塊，也並非作為一個整體與歷代的統治者對立。就胡風而言，他也沒有在政治上與毛澤東分庭抗禮的想法。

　　喜劇都是相似的，而悲劇則各有各的原因。我以為這句話是對的。

永平

wu yongping，您好！

　　何談「隔膜」，結果並不見什麼「隔膜」。朱談的才是真「隔膜」。

舒蕪

先生：

　　作為一名知識分子，我當然也願意同意對「五四」人文精神的歌頌。

　　然而，對《水滸》的看法我更傾向於聶公，他身受舊文學的影響要比你大得多，他的野性也許正與這部小說的精神合拍，以野性的表徵而掩飾個性的張揚，這也是一種處世方式。當然，我不贊同書裏對殺人吃人無所謂的那種寫法，也不同意對女性的蔑視。不過，《水滸》所表現出來的吃人，在實質上與魯迅所抨擊的制度吃人似乎並不是一回事。況且，這部作品能受到歷朝歷代民眾的喜愛，也絕不是偶然的。它必定反映了民眾的某種要求。說它是壞書，是一些戴白手套的人才能為的。我對《三國演義》的看法也是如此，沒有必要否定它們。它們也否定不了。

　　至於把近現代革命思潮指斥為游民文化，我更不能苟同。中國近代以來，如果沒有那種「游民式的造反文化」，中國現在的情況又將如何，不敢想像。

　　近代三種文化思潮，這個題目太大，也太學院氣。有點書生論政的意思，也就是過於脫離實際。

　　而且談到毛本人，他領導的革命在多大程度上與水滸式的造反相似，他的思想是否也吸收了近現代文化的啟蒙，這並不能輕率地作出結論的。

　　姜弘在文章中說：胡風明確指出：封建主義活在人民身上，五四精神活在知識分子身上。

　　我覺得，這樣公然地貶抑人民，是與魯迅思想明顯不相符的。

　　先生，恕我冒犯了。

　　永平

先生：

以下三段摘自你的《〈回歸五四〉後序》。

　　　　第一段：我就有兩年時間，自一九四〇年春，至一九四一年冬，輾轉於這樣一些私立中小學之中，過著半就業半失業有時甚至是半飢餓的生活，一度到過湖北宜昌的鄉下，大部分都在重慶附近各縣的鄉場上。

　　　　第二段：這兩年當中，我繼續主持過進步青年朋友的讀書小組活動，選書，起草學習和討論提綱，討論時作中心發言，作討論總結，等等，還是這一套方式。記得在一個鄉村私立小學高小部同事

的讀書小組中，讀過討論過倍倍爾的《婦女與社會》、柯侖泰的《新婦女論》，我曾在一篇題為《醬油拌飯》的小文中寫過。

以上兩段，談到你在艱苦的環境中所作的進步文化工作。你主持「讀書小組」，學習馬克思主義，這些工作似乎不是自發的，而是在黨組織領導下進行的。

> 第三段：這兩年中，有一件極重要的事，就是一九四○年冬認識了青年小說家徐嗣興（路翎）。其所以重要，一是他介紹我到建華中學教書，二是他介紹我認識了胡風。後一件事下文詳說，現在先說建華中學。那是一個新辦起來的私立中學，地在極偏僻的四川省武勝縣沙魚橋，小說家何劍熏在該校當教務主任，實際上代校長。路翎原與何劍熏熟識，我一九四○年夏找職業時，就找他把我介紹給何劍熏到那個中學教書。

你與路翎是怎麼認識的，在什麼情況下認識的，這段寫得並不分明。而路翎與胡風通信中第一次提到你的名字是在 1942 年 5 月 30 日，他讓胡風把信寄到「重慶南溫泉中央政治學校方管轉」。問題是，你與路翎結交兩年，你似乎還沒有與胡風結識的願望，而路也沒有將你的研究工作向胡風說一句。

這兩年中，你對路翎與胡風的關係清楚嗎？對他們的事情關心嗎？

永平

wu yongping，您好！

一、認識徐嗣興的經過：我在四川省江北縣復興場新民小學教書時，發現我的國立第九中學同學章心綽在附近的文星場一個小學教書。我去看章心綽，章心綽介紹我認識了徐嗣興。徐當時在經濟部礦冶研究所裏當小職員，該所地址也在文星場，與章心綽同為愛好文學青年而相識。解放後，章心綽在安徽大學任教，前幾年去世。

二、讀書小組等等，全是自發進行。

三、我知道他們關係密切，但我當時志不在文學而在理論、學術，毫無結識胡風的願望。第一次徐拉我進城會見胡風，我本不願去，我說：「我不想見名人。」徐有些生氣說：「這樣說，那就無話可說了！」我也不想弄僵，答應去，徐又主張把我已經寫成的《論因果》等三篇文章帶給胡看。既然已經答應去，這也就同意了。

舒蕪白

先生：

路翎 1943 年 8 月 16 日致胡風信中寫道：

> 到後峰岩後，便到三十里外的鄉場去轉了一趟，住了一夜。鄉下情況，甚為險惡，民不聊生。江北縣大路上兵士化為匪，無所不為，我們就耽心被劫。關捨不用，合川罷市。江、巴、壁、合四縣與北碚爭奪土地，勢將宣戰。天下可謂太平矣。（吳按：這裡說的是我們，是指他和你嗎？）

> 在詩人們那裡玩了一天。沒有話談，晚上談了天上的星……（吳按：詩人們指的是哪些人，似乎談得並不愉快）

> 方管已找了朱聲，停下預備去看看。對於他底那首詩（告別什麼一個朋友的）裏的對生活的態度，我們都嫌惡。看了管兄的文字，盼寫點意見來。

此外，這封信說了兩件事：第一，說你和他都不喜歡方然的一首詩，而且你似乎比路翎先認識方然；第二，你的《論主觀》此時已由路交給了胡風，當時路對此文的意見如何，後來胡風又對此文提出了什麼意見。

wu yongping

wu yongping，您好！

一、「我們」似乎不是我與徐，不記得我有與徐同訪「詩人們」的事。而且——

二、「詩人們」應該指《詩墾地》的詩人們，當時我與他們全不認識。

三、朱聲是我的中學同學，他本來不認識胡、徐等，而是我介紹才認識。他不是《詩墾地》一群。至於說我也不喜歡朱的某一首詩，不記得是什麼。

四、他們二人對《論主觀》的意見，最主要的已見於該文發表時的兩個附錄，其他胡信中尚多，這裡不及詳引。

舒蕪白

先生：

路翎 1943 年 9 月 2 日致胡風信中談到了他的「事」，似乎與結婚有關。信中寫道：

> 我底事，我是很了然的，並不欺騙自己。對方也有你所說的那樣的理想。但還不是那樣的人物。況且她底環境不佳，有些混蛋知

道我，轉而攻擊了。把成都《新民報》的大文也抄錄而呈獻了。不知怎樣會流佈得如此之廣。

　　而且，為著合法的手續，和管兄們有著某些鬥爭。他說，假若我要變成公式主義的話，即用平凡的做法的話，他是要抄一百本金剛經以贊功德的。如此！所以，合法的手續大約是要採取的——但不知在什麼時候！

「成都《新民報》的大文」似乎與路翎的某件不好的事情有關，有人想藉此攪散他們的婚事嗎？

路與你有什麼「鬥爭」？你說的那番話是什麼意思？盼示下。

同信中路還摘引了「聖門有偈曰」，如下：

　　　　花到頭邊酒到唇，不簪不飲不為春。

　　　　人生最是平凡甚，滲透平凡也聖神。

路翎說：「使我頗為發窘。」

這些都與路翎的戀愛婚姻有關嗎？

永平

Wu yongping，您好！

　　徐信中所說事，現在我完全說不清，大概與他的結婚戀愛有關，也許指他們沒有正式辦理結婚手續吧。至於怎麼又和我有關，怎麼和我鬥爭，我那些話什麼意思，現在全都說不清。

　　舒蕪　2005/11/23

先生：

　　路翎 1943 年 10 月 2 日給胡風信中談到他與何劍熏矛盾的激化。其中有這麼幾段：

　　　　劍熏久未來信，因為精神壞，也沒有寫信給他。前幾天突然發現他對我存著頗深的猜忌，很激動地寫了一封信，由守梅轉給他。前次進城時，在守梅處見到他，當時很快樂，卻碰了他一個冷壁。隨後便和他說笑話，並且互相「諷刺」了——像每次一樣。

　　　　但回來後，總覺得不安，聖門沉默著。小劉責我以不可饒恕。——我覺得我底周圍形成了一個看不見的、可怕的牆壁，好久漠然地苦惱著。方兄從城裏歸來，談天談到這個，於是明白了。

　　我想我要攻擊這個牆壁，否則就滅亡。但我找不到著力處。我攻擊我自己和一切我最親近最愛的，在我自己裏面找到了著力處。我應該是很誠實的，然而我常常虛偽。我常常假造愛情──從我底弱點出發。我從不假造仇恨──從我底弱點出發。我攻擊了，於是我發現我並無最親近的，最愛的，我是孤獨的。剝脫了虛偽之後，我就顯得冷酷和利己，而倔強地站在人間。我藉助虛偽的觀念確認我自己是看清道路的，於是我現在看不見道路。我只知道有一個大的東西在運轉。我底周圍是牆壁，同時我也是別人底牆壁。

　　劍薰大概是覺得我出了名，因出了名而有了「愛人」。他大概又得到對他底哲學的一證實，而冷齒。我和他底觀念是不同的，這中間的鬥爭化為笑語和幽默。我看出來，這便是危險之所在。聖門是溫厚待人的，不批評也無贊同，但有凄然的眼光──他不給出什麼證實來，這便是我底不安之所在。小劉，因為某些緣故，很願意為我一戰，現在看出我是沉沒了──沉沒在小小的生活裏：寫作、讀書、辦公、談戀愛、說諷刺話，覺得不可饒恕。這是很好的。但他太性急了一點，幫助了這個長城底完成，使我很苦。我簡直無法和他打仗。

　　讀到這信，總令人感到不解。路與何的矛盾何至於此？是何性格過於狹隘，還是路過於敏感。而且牽涉到阿壟和化鐵，也涉及到你，路寫道：「方兄從城裏歸來，談天談到這個，於是明白了。」你與他談了什麼，他又明白了什麼呢？

　　wu yongping

wu yongping，您好！

　　徐與何的矛盾，我現在記得的，僅僅是前信已經說過的那些，「我積食，他空腸」等等，我與徐談過的也不外這些。涉到阿壟和化鐵的細節，更不記得。

　　舒蕪白

先生：

　　以下是路翎給胡風的幾封信，出自曉風編《胡風路翎文學書簡》〔註11〕，

〔註11〕曉風編：《胡風路翎文學書簡》，安徽文藝出版社，1994 年版。

裏面時時提到你，看得出他當時比較煩惱。

讀後你也許能回憶起什麼來。（信件內容略去——吳注）

57（1943 年 8 月 16 日，重慶）

59（1943 年 9 月 2 日，重慶）

60（1943 年 10 月 2 日，重慶）

永平

先生：

下面是路翎 1944 年 7 月 30 日給胡風的信，裏面談到他委託你轉交黃先生一件「東西」，路翎有什麼東西要給黃先生看呢？他並不搞學術呀？永平

（吳注：信如下，有刪節。）

管兄在這裡玩了四天。最後一天在顧君家住，走時沒有見到面。我和他談得很多，但多半是彈舊調子——兩個人對彼此的題目非常的熟悉。他昨天來信說，我的東西已經由他交給黃老先生了。

我準備下月 15 號的樣子結婚……。我準備在鎮上的一個土財主的中學兼一點課。談了一下，聽說是「慈善事業」，就想退卻，然而卻立刻就被拉去代暑假補習班的課：明天就上課。情形還未摸得清，然而大概是很「慈善」的。

梅兄聽到了劍兄底關於「名」的問題，寫了一封沉痛的信給我。我回信時心情有些不同，提到劍兄喜歡今天的京派，即紀德之類，就攻擊了紀德。但其實我並不懂，而紀德先生是無辜的。

梅兄來了長信——我把他激得非常痛苦了。

wu yongping，您好！

當時我認識的黃老先生，只有黃淬伯，徐有什麼東西要交給黃，而且還要告訴胡呢？現在只有奇怪。　舒蕪

2005-11-24　舒蕪談早年婚戀觀

wu，你好！

昨天您問到的路翎關於婚戀問題的那封信，具體細節雖然記不起，但引發了我關於那時代我們的婚戀觀的一些回憶，談一談也許可以有助瞭解。那時我們對正式婚禮之類都非常蔑視嘲笑，認為那是小市民或者少爺小姐們才講究的，而我們根本否認之，甚至根本否認結婚與同居的區別，認為男女兩

個人好了或者不好了，結合或分手與否，只是兩個人之間的事，無須取得政府、家庭、社會的同意。但是，家庭、社會又往往要求正式婚禮，壓力很大。路翎和余明英就是受到這種壓力，不得不補辦婚禮的。他那封信說的大致就是這方面的苦惱，至於和我有什麼關係，仍然回憶不起，我那時離戀愛結婚還有幾年。

bikonglou@163.com

先生：

今日週四，單位例會，學習三個代表。坐了一上午，不知所云。

起初，我也猜測是關於路翎的婚事問題。看了你的回憶，更加明確了。

當年你們這些反傳統的青年，在處理個人問題上應該是不落俗套的，

實際上也是如此。

姜弘的文章，早兩個月前就已聽說在寫，還聽說將對我不利。現在看來，他倒是迴避了我的文章，也部分修正了他的一些觀點。

祝好！

所裏又來電話，催開一個什麼會。下午見。

永平

wu yongping，您好！

姜弘的文章怎麼會對你不利呢？　舒蕪白

先生：

昨天你問我曾與姜弘有過什麼爭執，附件中是當時姜弘寫給炎黃春秋的文章，編輯吳思寄給我後，我提出了一些意見，他們沒有發表。永平

（姜弘《胡風、姚雪垠如是說》）

先生：

姜弘後來改寫了那篇文章，通過謝泳、丁冬、徐慶全等人說合，終於在炎黃上發表，見附件。永平

（姜弘：《也談胡風「清算」姚雪垠始末》）

先生：

自從我在《炎黃春秋》上發表那篇關於胡風與姚雪垠的文章後，姜弘先後寫過兩篇文章寄給炎黃。後來發表了一篇。我寫了一篇答辯文章，炎黃

不發。

去年我又在《南方週末》上發表胡風與第一次文代會，編輯在題頭上加上「位子」的提法，更引起姜弘的不滿。後來在《文學自由談》上有人發表文章對我的觀點提出異議。

姜弘文章中下面一段談的就是「位子」，是針對我的。

> 胡風與毛澤東的分歧，更集中反映在對於《阿Q正傳》的不同看法上。毛澤東多次談到阿Q，像談到《水滸》中的晁蓋被排斥一樣，他深為阿Q抱不平，斥責假洋鬼子的「不准革命」。顯然，他重視梁山上的座次，很同情也就是肯定阿Q的革命。把《湖南農民運動考察報告》與阿Q在土谷祠裏所做的造反夢加以比較，就明白了。胡風和魯迅一樣，根本不曾注意梁山上的座次，對阿Q的革命則非常痛心非常憂慮。簡言之，胡風與毛澤東是各有所宗，各有來頭的，胡風一生言行主要來自五四和魯迅，毛澤東一生作為大都可以在申韓之術和《三國》《水滸》系列中找到根據。因而在思想文化上，一個是主張魯迅啟阿Q之蒙，一個是主張阿Q改造魯迅。種種矛盾衝突，皆由此生。

姜弘文的最後一段也是針對我的。我寄往炎黃的文章，編輯轉給他了。我主要批駁他的一個觀點，他認為胡風問題已經有了結論。我卻認為沒有。他於是又寫道：

> 五十年過去了，胡風與毛澤東之間的衝突，可以說有了一個結論。不過這些問題並未過時，在「樣板戲」與「《三國》《水滸》氣」正沆瀣一氣，彌漫全國之際，胡風的思想和精神更加具有迫切的現實意義。當然，胡風自有他的偏失和不足，只是這裡已經無法談及了。

他寫這篇文章時給我的一位朋友打過招呼，朋友告訴了我。我說讓他寫吧，如果想針對我，又提不出什麼有價值的內容，我就會反擊的。朋友也許把我的態度轉告給他了。

現在他的這篇文章，火氣減少了許多，言語也比較緩和。

永平

先生：看過姜弘的文章後，我也寫了一篇寄給炎黃，他們卻一直不給回音，我也就算了。請看附件。永平

（吳永平《再談胡風「清算」姚雪垠的往事》）

舒蕪先生寄來程曉農《知識分子與「積極分子」》等網文。

2005-11-25　請教有關「批評管兄」的文章

先生：

前幾天提問過頻，影響了先生的正常作息，非常抱歉。

我決定以後每天只問一個問題。

今天要請教的問題是：

路翎 1944 年 9 月 30 日致胡風信中寫道：

　　（有刪節，吳注）

　　　小劉又病了，現在住在小龍坎的家裏，心境似很悲沉，並且愈發神經過敏了。說是下半年要回夔府去。

　　　原兄曾來信說要動身。後小袁來信說去不成了，不知是怎樣的事情。

　　　看到了批評管兄的「問題」的文章。然而那是形式主義的，且是無「心」的作者。

路翎在這封信中提到一篇批評你的「問題」的文章，但不知是批評以下哪篇。

一、《論存在》，載韓侍桁主編《文風雜誌》（月刊）第一卷第三期，一九四四年三月一日出版。

二、《論因果》，載郭沫若主編《中原》第一卷第三期，一九四四年三月出版。

三、《文法哲學引論》，載《中蘇文化》第十五卷第三、四期合刊，一九四四年六月出版。

又查胡風給路翎的覆信及同期給你的信，均未再提此事。

你對此還有印象嗎？

永平

wu yongping，您好！

記不清。那時正式批判文章只有黃藥眠的《約塞夫的外套》，不知是否指此。　舒蕪白

先生：

　　不是指對《論主觀》的批評，而是對早於此篇的其他三篇中的某一篇。

　　記不住沒關係，這不是個大問題。

　　永平

先生：

　　我將出去開兩天會，會名為「中部論壇」。是有關經濟發展的。本與我專業無關，但有關方面非要我去，不得不參加。人在單位上和組織裏，就沒有多少自主權了。

　　以後兩天無法向先生請教，希見諒。

　　永平

wu yongping，您好！

　　請自便。

　　舒蕪白

2005-11-30　討論阿壟指責魯藜「洗手」事

先生：

　　你在重慶時期為住處命名為「左道樓」，除了「旁門左道」的意思之外，有無其他的含義？

　　胡風先生在重慶時的住房號「若不聞齋」，出自何典？他曾與你談過其中的意義嗎？

　　永平

wu yongping，您好！

　　「左道樓」，位於道士家的左邊，雙關「旁門左道」。「若不聞齋」，當時不大知道，更沒有問過。舒蕪白

先生：

　　以下是路翎致胡風信中的一句（1950 年 7 月 25 日）

　　　　「梅兄來信，小孩未解決，魯兄在寫文，拿他來洗手，等等。」

　　附件中是魯藜寫的那篇「洗手」的文章，請你看看。在同文中魯藜作了自我批評，寫道：「在這裡，是我個人研究這篇論文的認識，我認為在有些思想上的缺點是我和作者有共同的，因此，也是我的撿討。用此來供《文藝學

習》的讀者作研究《論傾向性》的參考；也希望來同作者商討。」

這裡提到了「共同」性的問題，也是兩年後你與綠原爭執的問題的焦點。

現在要請教的問題是，「洗手」是不是從「金盤洗手」而來，「拿他來洗手」，這意思似乎稍有不同，並不是說從此不幹了，而是說把責任推到別人身上，而自己解脫出來。我這理解對嗎？而實際上魯藜與他們的關係並不很密切，這樣說是否太重了。

根據我的研究，在你與胡風分手之前，胡風已經開始猜忌魯藜、魯煤，同杭州的方然等也有一定的距離，對阿壟也很不放心。他信任的人只有路翎、綠原及北京的幾個人。

胡風、路翎阿壟與魯藜的這件事，我想寫篇文章談談。

永平

（附件：魯藜《文學學習一卷初步檢討》）

wu yongping，您好！

解放初期批判阿壟一事，當時我遠在南寧，許多報刊看不到，且忙於工作，對情況若明若暗，後來也沒有追補研究。對於當時胡、路、綠、魯、陳、朱他們之間的複雜關係，更說不清。「洗手」的意思，尊解與鄙見相符。

舒蕪上

先生：白沙女子師範學院離重慶市區有多遠，到重慶是否方便，走水路還是公路。永平

wu yongping，您好！

「國立女子師範學院」，院名就是這八個字。白沙，是學院所在地名，院名中並無此二字。（簡稱「女師學院」、「女師院」、「女院」，均無「白沙」二字在內）當時是四川省江津縣白沙鎮，在長江邊，距離重慶市區一百八十里。由重慶前往，是逆流而上，得走一整天，兩頭不見太陽。由白沙去重慶，是順流而下，快些，也得大半天。當時只有這條水路，交通非常不便。現在聽說有成渝鐵路經過，情況不同了。

舒蕪上

先生：

路翎 1944 年 11 月 8 日致胡風信中寫到，當時你把白沙的住所命名為「無雙室」。這有什麼因由。

　　永平

wu yongping，您好！

　　完全不記得有過這麼一個名字了。舒蕪

2005-12-01　討論胡風的紅樓觀

先生：（主題詞：先生教我）

　　今日讀聶公給你的信，在書信卷第 423 頁讀到如下一封信，是談紅樓研究家的。全信如下：

> 　　管兄：前函計達。今又看《說夢錄》，覺甲乙對話一篇真好，恰有馬二，說人的覺醒要通過婦女覺醒；恰有魯公說寶公身擔一切婦女覺醒重任，及昵而敬之等等。有伯樂而後有千里馬，你發揮了這些議論，竟成伯樂。這是紅學的最大空前突破，強於胡文。述而不作，信而好古，反成大就，可賀。以下諸篇以高鶚續編為得曹稿，越不合前定，越可能，無說服力。獨賞（與白盾共賞）鳳姐奇謀竟是嗜痂。瞞天過海和沖喜陋說陋習，低下庸俗，實不成文。我看收篋為佳。某紅刊有張天翼一文，至今未見，不知何如。可弄得一冊？胡文以某大人物說寶公是最大革命家一語開始，心實恨之，與前見說思想巨人同科。前說尚可說因怕死，今無死法，猶持此態，是真匍匐矣！想致書梅公以罵之，但我本非英雄，何必無用勇處用勇？
>
> 　　且罷。祝好！弟紺弩上三月十六日（1983）

　　信中提到馬二、魯公、胡、梅公四人，不知確指何人？其中又說到胡有前後兩說，前說如何、後說如何，「怕死」與「無死法」及「匍匐」云云，且說到欲致書梅公以罵之而後止，殊為不解，請先生示之。

　　永平上

wu yongping，您好！

　　馬二，馮雪峰。魯公，魯迅。胡，胡風。梅，梅志。我的問答體論文《誰解其中味？》裏面引了馮、魯之說。胡風出獄後發表關於紅樓夢的論文，引某大人物之說，稱寶玉為最大的革命家。某大人物大概指毛。胡曾歌頌毛為「思想巨人」。（胡的全集中當能查到。）「匍匐」，指在毛面前匍匐。罵胡而要致書梅公，大概因為胡當時已經不能讀信。

　　2005 年 12 月 01 日，舒蕪白

先生：

我找到了「賈寶玉是近代史上第一個大革命家」的出處，見於《胡風全集》第 1 卷，第 316 頁。此話原是 1936 年馮雪峰向胡風傳達毛澤東對紅樓夢的評價。胡風此文發表於 1982 年。

「思想巨人」也有點印象，但不詳出自何處，還要再查。

> 胡文以某大人物說寶公是最大革命家一語開始，心實恨之，與前見說思想巨人同科。前說尚可說因怕死，今無死法，猶持此態，是真蔔蔔矣！想致書梅公以罵之，但我本非英雄，何必無用勇處用勇？且罷。

聶公在此信中指出胡風性格上的一個重大弱點，怕死與諛上，我讀胡風也偶有這類感覺，但一直不敢深信也。信中所提到的「梅公」應該指梅志吧？

永平

先生：

「思想的巨人」也找到了，出自胡風《論現實主義的路》。原文如下：

> 思想的巨人當時曾用「新中國的聖人」這說法來強調魯迅的戰鬥傳統，提出「學習魯迅精神」的號召，強調魯迅的「馬克思主義化的」立場，把「社會解放」放在民族解放的內容裏面，指出了魯迅「與封建勢力和帝國主義作堅決的鬥爭」的意義。這當然也受不到「轟轟烈烈」派的注意。

這文章寫於 1948 年，也許有諛毛之嫌，但似乎不能說是「怕死」。

你的看法呢？

永平

wu yongping，您好！

同意。　舒蕪白

wu yongping，您好！

也許聶把「思想的巨人」之說發表時間記錯了。

舒蕪

2005-12-02 討論胡風「沒口子呼思想的巨人」事

先生：

聶公對胡風諛毛的言論和行為一向頗有微辭。

在書信中聶多次指出胡風的這個特點，且有一處說胡風「沒口子呼思想的巨人」。在檢查文章中也多次提到胡風解放後把希望最終寄託在毛的身上，認為只有毛能夠理解他，而且只要能與毛談一次就能解決全部問題。

以此觀照胡風解放後在上層中的活動及多次上書毛澤東的行為，他的心理動機可以看得非常清楚。

聶公有知人之明。

永平

2005-12-04 網上討論《細讀胡風「關於舒蕪問題」》

先生：您好！

我發表在江漢論壇的文章，已被北大中文論壇轉載，請點擊下面的鏈接。

http://www.pkucn.com/archiver/?tid-161412.html

永平

wu yongping，您好！

《真名論壇》和《貓眼看人》也有轉載。

舒蕪

wu，你好！（主題詞：真名論壇上對大文的三條回貼）舒蕪白

——

張先生簡直有點呆

註冊：2004 年 3 月 24 日第 3 樓

——

這是一篇非常令人暈眩的文章。作者寫了一大通，卻連基本的憲法學知識都不具備，就著文猛談「將私人通信用於公共事務」的違法性問題，結尾處卻說「不能泛泛地說『私人信件可不可以不經允許地用於公共事務』……關鍵問題在於誰運用了『歪曲事實、移花接木的手法』。」

狂暈！

我給這篇文章打個 0 分吧。因為沒法加負精。

註冊：2004 年 10 月 21 日第 4 樓

——

俺不想議論胡風與舒蕪之間的政治性恩怨，對「可否將私人通信用於公共事務」卻有點興趣。此處可以探討的問題有三層：（1）什麼叫公共事務？胡風對舒蕪的指控揭發算不算？（2）保存信函的一方當事人（通常是收件人，或其親屬）將私信公開發表，要不要徵得發信人（或起親屬）的同意，否則算不算侵犯通信秘密？（3）類似於魯迅及胡、舒這樣的私信公表做法，假如是錯誤的，算違背道德呢，還是觸犯法律？

先生：您好！

能有反應挺好。

我在文中扯出魯迅，這是一個伏筆。也是為了證明當時的文化人為了說明自己，在信件的使用上是沒有那麼多顧忌的。

另外，胡風確實早於一年在「公共事務」中用了私人書信。這是無論誰也無法巧辯的。

三條意見中有正有反，說明讀者還是能夠看出是非的。

至於憲法學知識，一般人是不必具備的。魯迅、胡風和你都不必具備，更何談我。

也許還會有大反應的，希望中的角色還沒有出場呢！

永平

2005-12-05　舒蕪談《風雨蒼黃五十年》

Wu yongping，您好！你好！（主題詞：對吳永平文章回帖）

真名網上對大作又有一個回帖：

看來當年胡風給舒蕪加的罪名也不善哪，只是毛那一棍子打到胡風身上了。或許毛當時看舒蕪是個小人物吧，毛這個人從來是大雞不啄小米，要幹大事，打大仗，舒蕪光杆文人一個，你胡風再怎麼說，毛也不會當回事的。

毛的手法高明啊，樹敵要樹大的，樹榜樣要樹小的。你看他樹敵，張國濤、高崗、彭德懷、劉少奇，那個不是赫赫有名。樹榜樣呢，劉胡蘭、雷鋒，還一個就是已不在世的魯迅了。

個人覺得，這是中國一千多年來治人的精華啊。

bikonglou@163.com

先生：（主題詞：對回帖看法）

拙文的目的只是要證實在當時的政治環境和文化環境中文化人的一般狀況。胡風對內部持不同意見者是毫不留情的，什麼手段都不吝使用。僅此而已。

這個發帖子的人第一句話算是讀懂了。

他接下來的發揮是屬於他自己的，就我目前的認識而言，當政者即使不是毛，而是統治集團中別的什麼人，也不大可能容忍胡風這類人的存在。

昨天看到的第一個帖子，那個人的話十分奇怪，說到什麼法理問題。這種不從大腦出發，受情緒和成見控制的人，和他是沒有什麼可談的。

永平

wu yongping，您好！

萬物靜觀皆自得。對各樣回帖的研究，也是有趣的事。　舒蕪上

先生所言極是。

今天下午我又去了省圖書館，查閱第一卷文藝報。有些研究者提到第12期有一個新詩筆談，蕭三等人提到胡風的《時間開始了》組詩，評價不甚好。

我是去讀原文的，讀後感覺特別深，與看別人的研究文章的印象完全不同。

永平

wu yongping，您好！（主題詞：關於《時間開始了》組詩）

《時間開始了》組詩發表，我尚在南寧，正渴盼解放，別的顧不上。及至讀到，已經幾個月後了。沒有很多印象。李慎之的名文《風雨蒼黃五十年》裏面，曾說他一向對胡風興趣不大，但是他興奮地參加天安門開國大典後，想找一句話來表達，想不出，看見《時間開始了》組詩發表，頓時覺得這個題目真好，表達了他要表達的意思。但誰知道胡風從這個開始，到他倒楣只有六年，李慎之從這個開始到倒楣只有八年呢？

舒蕪白

2005-12-06　談李慎之

先生：（主題詞：關於李慎之）

　　提到李慎之，我想起他去世後李普寫的一篇文章。裏面談到他讀我發表在《炎黃春秋》上那文章的看法，用紅色標出。因涉及到胡風，故寄給你看看。

wu yongping

李普《悼慎之——我們大家的公民課教師》摘錄：

　　　　關於胡適與魯迅，這兩年我們多次談起。我感覺到他思想上有一個發展的過程，他越來越看重胡適，對胡適的評價越來越高了。不記得哪一份報刊（大概是《炎黃春秋》）最近披露了抗戰時期胡風在重慶發動他那班朋友批評姚雪垠的事。我也看了那篇文章。慎之說披露這件事很重要，可以讓我們更瞭解胡風。我說看來胡風相當「左」，宗派主義情相當濃。他表示同意。我說我覺得魯迅有時候也是這樣，在這兩點上他們兩人容易氣味相投。慎之也表示贊同。他稍微停了一下，突然說道：「二十世紀是魯迅的世紀，二十一世紀是胡適的世紀。」他這個意見我也是贊成的。當然，慎之和我都不否定魯迅的偉大和胡風及其朋友們所受的冤屈。

先生：您好！

　　《舒蕪集》第一卷《說「方向」》中提到「抗謬主義」，不知這個主義何指，現在通行的譯名是什麼？

wu yongping

wu yongping，您好！

　　就是「共產主義」的音譯。

　　舒蕪白

　　先生：你在《〈回歸五四〉後序》中引用了胡風 1944 年 9 月 16 日給你的一封信的片斷，其中有這麼一句：「關於主觀的附錄，要的。有時不管他們罵，有時要他們無法罵。前者雖然勇敢，但自以後者為得計也。」此信中還有什麼地方提到《論主觀》嗎？

　　「附錄」我讀過了，路翎的意見是讀第一稿後提出的，胡風的意見是讀第二稿後提出的。

胡風指出，保留附錄，可以讓別人無法罵。我想，這是他預料到別人會從那幾個方面提出意見，所以先作一個批評，顯示已經看出。這個伏筆做得確實有些「得計」，但對於作者卻是不公正的。

wu yongping

wu yongping，您好！

前後提到的尚多，容慢慢檢出。舒蕪上

2005-12-07　談胡風對《論主觀》的階段性評價

先生：（主題詞：關於《論主觀》）

我需要胡風對《論主觀》的階段性評價，是想寫一篇系統敘述《論主觀》的產生、影響及後果的文章。還是擬發《江漢論壇》。

目前我正在整理與之相關的資料，但我還沒查出胡風什麼時候閱讀你的第一稿，什麼時候收到你的第二稿，又如何指示你進行修改的。你的後序及後序的後記寫了這方面的事情，但還不夠充分。

關於這樁公案，雖然研究文章很多，但大都語焉不詳，尤其對於胡風階段性評價的變化沒能給出一個清晰的線索。

永平

wu yongping，您好！

稍緩可以將先生所需要材料檢奉，但是牽涉胡信已經發表與否的著作權問題。我沒有時間仔細檢查，要煩先生代查才能確定哪些可以引用。目前要趕別的幾個小小文債，請稍緩。　舒蕪白

先生：

材料稍緩不妨。所涉胡風信是否已經發表，我可以查清。

我正在寫的文章題目未定，只是打算：一、把《論主觀》產生的學術背景（時代的及你的）寫清楚；二、把這文章的影響（對胡風及對學術界）理一理；三、這文章對於胡風派命運（順應了胡風跨入思想文化領域，配合《希望》成其為綜合性文化刊物，及為何引起中共的高度關注）有何重大意義。

從這個構思出發，我把胡風對這文章的階段性評價看得非常重要。

如果文章寫成，擬仍由《江漢論壇》之類的學術刊物發表。

另外請告訴我，《釋無久》發表在《國立中央大學文史哲季刊》何年何

期，《釋體兼》發表在顧頡剛主編的《文史雜誌》何年何期。

　　永平

wu yongping，您好！

　　大文早就該有人寫了，可是一直沒有。您來寫，十分合適。材料一定提供。《釋無久》《釋體兼》兩文發表時間，都記不起，現在也無曾查考。

　　舒蕪上

先生：（主題詞：關於著作權）

　　說到書信的著作權問題，曉風在編輯《胡風全集》書信卷加注時，已經多次侵犯了你的權利，如頁①「聞一多」一段，係由舒蕪11月23日來信中認為聞一多最近的表現為「投機」而引起。——編者注。又如497頁：舒蕪在來信中提及他曾聽到「胡風是魯迅後繼者」的話。再如512頁①此段因舒蕪於6月21日來信中曾提到，總難甘心於做中國的羅亭而寫。

　　按道理說，這種摘引及轉述更是不應該的。

　　永平

　　wu，您好！此無足怪。其所行者「只許他們規規矩矩，不許他們亂說亂動」乃先王之法也。舒蕪白

wu，你好！（主題詞：真名網上對大作的兩個回帖）舒蕪

　　　　什麼小人物在毛的大手裏，翻雲覆雨之後，都能炒成大人物。

　　毛是中國第一炒作大師，就看你有沒有膽量跟他簽成名狀。

　　　　原來如此……

　　　　原來如此，很多問題要重新仔細想想了……

wu，你好！

　　查著一個，《國立中央大學文史哲季刊》是第二期。另一個無從查了。

　　bikonglou@163.com

先生：呵呵，有點意思了。

　　文章雖然有意寫得讓人頭暈，但畢竟有人是能讀懂一點的。永平

2005-12-08　談「關於陳君的問題而寫的《論主觀》」

先生：（主題詞：關於《舒蕪集》第8卷）

昨晚翻看《舒蕪集》第 8 卷，看到《〈回歸五四〉後序》。

你曾讓我不要看集子中的這篇，說應該看新文學史料發的。無意地一翻，竟發現你在刪去原引的胡風書信後，以你致胡風的書信代之。細讀片刻，驚喜過望。原來這裡面有許多非常珍貴的原始資料，有些甚至是我急欲得之的。

譬如，1944 年 2 月 28 日你在完成論主觀後寫給胡風的信，裏面就清楚地寫道：

> 「關於陳君的問題而寫的《論主觀》，已完成，兩萬多字。恐怕無處可送，只好大家看看的了。最近即寄或帶給你。」

這段話裏面的內涵太豐富了。《論主觀》竟是為陳家康的問題而作！

你曾多次說過，你寫這文章是為了聲援重慶才子集團，於此找到了鐵證。

另有幾信是談反郭文的，其意義也同樣重大。

我非常高興。

永平

wu，你好！

我引用胡風信札時，胡家還沒有將我給胡風的信複印還我，所以我只能引胡信而沒有引自己的信。《新文學史料》當時是牛漢主編，他知道我大量引用胡風信札，不以為非。出版後，胡家責備我侵犯著作權。連帶對牛漢也不滿。我只好將胡信刪去，改為我對來信內容的概述，另加上我給胡的信。如果能將來往的信一同發表就好了，可惜不成。您好學深思，細針密線，自然會看出許多東西。

至於《論主觀》的發表，胡風先生後來說是從自發來稿中挑出來供批判的，完全不是事實，他的來信中反證太多了。

bikonglou@163.com

先生：

我似乎還沒有看到胡風說是從自由來稿中選出的。

請你想想，我再查查。

我正在讀那幾封珍貴的信。

永平

wu yongping，您好！

　　他是那樣說過，但我不記得何處了。舒蕪白 2005/12/8

2005-12-09　郵箱故障

wu，你好！

　　我的電郵今天出了問題，收不著信。請暫時勿發信。

　　bikonglou@163.com

先生：

　　如能收到此信，就證明你的信箱已恢復正常。

　　永平

wu，你好！

　　從今早開始，能發不能收，不知何故，也許是服務器之故。只好待恢復，再通知。

　　bikonglou@163.com

2005-12-11　郵箱故障

先生：

　　這封信是試你的信箱是否恢復正常。

　　永平

wu，你好！

　　原來信箱出了問題。這兩天您來過信麼？現在請用這個信箱回我一信。如果可用，請將這兩天的信發到這裡。

　　bikonglou@sina.com

2005-12-12　郵箱故障

wu，你好！

　　請用這個地址回一信來

先生：您好！

　　這個郵箱應該是沒有問題的。

　　收到後給個回覆。

　　永平

wu，郵箱出了故障，還沒有修好。請用這個地址回一信。舒蕪

先生，好像這個信箱也不可用。永平

Wu yongping，您好！可喜這個能用了。原來那個也正在修復中。先用這個。
舒蕪

2005-12-13　《舒蕪與胡風關係考》第一、二節

wu：請再試驗這個信箱怎麼樣。如可用，先用這個。發件人姓名是我的
外孫女。請立即回覆！　舒蕪

先生：hotmail 的信收到了，勿念。永平

wu，你好！現在好了，這個修復了，還是用這個吧，別的都不必用了。
上午十點零八分

先生：（主題詞：吳初稿）
附件中是正在寫的書稿〔註12〕第一部分，未定稿，先寄來請教。永平
（第一節《舒蕪何時識胡風》。略，吳注）

wu：（主題詞：初稿極好）
文章開頭拜讀，非常好。許多事情是年久失記，您考證出來，非常感
謝。這個信箱就暫時先用著吧。舒蕪

先生：（主題詞：初稿承教，謝謝。）
重頭戲在後面。將寫到你的駁郭文、論主觀、論中庸是如何在胡風的指
導和引導下寫成的，而胡風後來怎樣想抹去痕跡。
我且寫且寄。
永平

先生：（主題詞：又一草稿）
這是又一節的草稿。更早的，原擬先寫的你的學術基礎及可能走的道路
未及寫出。
請你先看看，下面接著寫的是駁郭文產生的經過。
希望先生提出任何批評。

〔註12〕當時擬定的書名為《舒蕪與胡風關係考》。

永平

（第二節《呈稿未邀青眼賞》）

wu yongping，您好！

大稿考證極為精確，提不出什麼意見。遺憾的是《論體系》我一點也回想不起是什麼內容，最後什麼下落。彷彿不應該與《論存在》等三篇為同時之作。因為「存在」「因果」都是純粹哲學裏的範疇，「體系」則不是，如果也是那樣純粹抽象範疇，這樣的稿子不會往新華日報副刊送。有點影子的是與陳家康等談話時，談到對於機械的「體系」的不滿，彼此有同感，才約我將這意思寫成評論文字，適合在新華日報副刊發表。這樣比較現實的文化評論之文，見胡風之前是不會寫的。

又，您會建「對話框」麼？如果我們之間有對話框，談話不必通過 E-MAIL，更方便。

有較長文章才用 E-MAIL。如何？

舒蕪上

先生：（主題詞：關於對話框）

關於對話框，我實不會。且因我的電腦配置較低，不能同時運行多種軟件，故不能盡情享受現代科技所帶來的便利。我還是用笨辦法吧，用電子郵件。先生對我的去信，不必一一作覆，而且也不必那麼快。我有時擔心，會因此而太勞煩先生了哩。

至於《論體系》一文，還須再作考證。但第一次送交一篇，第二次送交三篇，應是無問題的。

明天再請教。

另，我晚上不用電腦。這是我的讀書時間。

祝好！

永平

wu yongping，您好！（主題詞：關於《論體系》）

第一次可能是《釋無久》吧，反正見胡之前，只寫抽象哲學文章，如果《論體系》作於見胡前，只可能也是抽象談範疇的，這就不會拿到《新華日報》副刊去，這也可以肯定的。　舒蕪上

wu，你好！（主題詞：關於讀書治學）

最近寫小文一篇，是應南京小刊物《開卷》主編董寧文之約，為他要出的《書緣》而作的。略談我在見到胡公之前的讀書治學。發上供參考。大約先在《開卷》發表。如有需要引用處，不妨先引，待確知發表期數再補注。

舒蕪上

（《也曾坐擁書城》）

2005-12-14　第三節，關於「反郭文」

先生：（主題詞：關於《胡風自傳》正誤）

文章讀過，裏面寫到你在中大學會了「五筆字形」，

這種查詢方法如果確實與四角號碼並存過，也應該加一注解，免得大家把它與現在的五筆字型輸入法混淆了。

我正在寫的這個「舒蕪胡風關係考」，只是草稿，短期內還不會考慮發表的問題。

我想先把歷史關係疏理清楚，既可單獨發表，也可作為繼續研究的基礎。

胡風自傳我讀了許多遍，發現其中有許多地方有錯誤。又讀了你為朱正《魯迅回憶錄》正誤寫的文章，也很想為胡風自傳正正誤。只是不知道這樣的書有哪個出版社願出。

祝好！

永平

wuyongping，您好！

五筆字形檢查法，是當時中華書局為了對抗商務印書館的四角號碼檢字法而發明提倡的，大致是把漢字按直，橫，點，撇，切五部分類檢查，終於比賽不過四角號碼，不流行。詳細內容已經記不清了。

胡風自傳正誤，大可以寫，先分章發表，再找關係出版，如何？

舒蕪上 2005/12/14

先生：（主題詞：關於《論體系》）

你第一次送去的稿件也不可能是《釋無久》，因為這是發表過的。也許是另外一篇小文章。但這稿件後來又轉到了某刊物，因此也可能是《論體系》。

另，我接收郵件用的是 foxmail 軟件，用它的好處是不需要登錄網站，也

不需要輸入用戶名和密碼之類的手續。一次設置好之後，它便自動工作，每若干分鐘自動接收郵件一次，有郵件時它能用聲音和圖像通知，與對話框沒有什麼區別。

　　永平

wuyongping，您好！

　　我還是認為第一次送去的稿件不可能是《論體系》。《論體系》既然交給新華日報副刊，就決不可能是抽象哲學之文。而在見到胡公之前，我只寫抽象哲學之文，不會寫出可以交新華日報副刊之文。《論體系》只可能是胡公帶我會見了陳與喬談話之後的產物。舒蕪上 2005/12/14

先生，兩信均收到，下午再覆。

　　永平

先生：

　　以下是文章的第三節。第四節是陳家康和喬冠華緣何變卦。

　　這節寫得太瑣碎，以後還要大改動。永平

　　（第三節《關於「反郭文」》）

先生：

　　像我正在寫的這類現代文學的考證文章，在什麼刊物上發表比較合適？

　　永平

先生：（主題詞：問一信）

　　寫到第四節的開頭，發現你寫完駁郭文後，陳家康曾給你寫過一信，此信內容未見你披露過。此信現在是否尚存？

　　　　四、陳家康、喬冠華緣何「變卦」

　　　　上文已經論證過，1943 年 9 月下旬至 10 月中旬，胡風向陳家康和喬冠華引薦了舒蕪，在這次聚會上商定，由舒蕪撰寫「駁郭沫若論墨子文」，成文後交喬冠華主編的《群眾》發表。

　　　　胡風於 11 月 15 日收到舒蕪成稿，當晚讀到三時多，第二天（16日）即興沖沖地進城找陳、喬二位，可惜沒有見到，於是耽心「發表的問題不不知道會變卦否」。17 日他給舒蕪去信，說：「我總三四天耽擱，今明去交涉支稿費的問題。不知來不來？」一則是寬慰舒

蕪，還有時間找到陳、喬交稿；二則是希望舒蕪能進城來，或可再與陳、喬二位談談稿子，若需要修訂，也方便些。

舒蕪收信後，大約因事忙未能進城。胡風仍在城內奔波，20 日前後見到陳家康，把稿子交給了他。陳家康審閱過稿件後，曾給舒蕪寫了一封信，信中內容迄今未見當事者披露。但大致可以肯定是對文稿的評價，而且評價相當高。

舒蕪 12 月 6 日致信胡風：「陳先生的信接到，極歡喜。想會一會，不知能有機會否。想把那文言寫的稿子（指《墨經字義疏證》全稿）給他看看。」

永平

Wuyongping（主題詞：關於我的《釋無久》文章的評價）

大作拜讀，太好了。但對於我的《釋無久》文章的評價，「舉重若輕，言簡而意賅；縱橫排闥，艱深且古奧。」云云，很不合適。我這不是一般客氣話，那文章完全不是學術文章特別是考證注疏文章的風格體裁，當時黃淬伯教授就說我可惜沒有看看王國維的《殷周制度論》。我那時不理解他的批評，後來回頭一看，完全是火辣辣的辯論批判口氣，這樣淺薄幼稚的文章真叫人臉紅，所以您千萬不要那麼說為要。

現代文學史方面的考證文章，我所知的，大概只有《文匯讀書週報》和《中華讀書報》以及《魯迅研究月刊》裏面的「魯迅同時代人研究」可以發表。

舒蕪上

（舒蕪先生批評的是拙作第三節「關於『反郭文』」中的如下文字。吳注）

前文述及，1943 年 4～8 月間，舒蕪與胡風結識時曾呈送文稿四篇。胡風接到這幾篇文章後，由於「對哲學問題沒有深的研究，無能對他的稿子作出肯定或否定的判斷」（《胡風自傳》），手頭又沒有可供發表的刊物，《七月》復刊無望，《希望》仍在希望之中，如何之處一度甚感為難。他盡其可能提出了一些意見，也盡力推薦發表，實際上並不特別欣賞。

不過，舒蕪同時呈送的一篇題為《釋無久》的已發表的論文（此篇載《國立中央大學文史哲季刊》1942 年第 2 期），卻引起了胡風極大的興趣。《釋無

久》是一篇「墨學」研究論文，釋讀的是《墨經》中的兩個基本概念。隨便抽取該論文中的一段，可見其行文風格：

> 「無久」二字，見於《墨經》中者三，注家悉未知其旨，大率牽強附會，不顧義之所安。「久」者何？今語所謂「時間」也。《經上》四十條曰：「久，彌異時也。宇，彌異所也。」說曰：「久，古今旦莫。宇，東西南北。」所謂「久」，即時間；「宇」，即空間。歷古今旦莫，而後知有時間；遍東西南北，而後知有空間。時間與空間並舉，其義本已甚明。然又出「無久」二字，則何說耶？於是注家皆莫知所從矣。且此語苟僅一見，或尚可臆測強解，今則一見再見而復三見，曲解於此，未必更合於彼也。於是疏證紛紜，愈釋而愈不可解。所以者何？不通哲理，遂不見其精義；不見精義，乃不免望文生訓耳。

舉重若輕，言簡而意賅；縱橫排闥，艱深且古奧。這位 20 歲的學者走的是學院派路子，其「義理、考據、辭章」的功底實在令人驚奇。

先生：（主題詞：評價並不失當）

對《釋無久》的評價我並不以為有什麼失當。因為我只是從文風的角度措辭。

像這樣用文言古體寫出的論文，且出自一位 20 歲的年青學者之手，難道不可以這樣評價嗎？

文章論點十分鮮明，邏輯關係十分清楚，而且氣勢奪人，這是誰都讀得出來的。至於論據是否充足，那是另外一回事。

當然，這只是草稿，以後還可斟酌的。

永平

先生：您好！（主題詞：問一信）

上信剛發出，想到一個問題。重讀《回歸五四後序》，看到如下一段：

> 上述我寄給胡風看的《釋無久》，胡風轉給對墨學極有興趣的陳家康看了。約在 1943 年 12 月初，胡風轉來陳家康給我的一封信，是按很古的格式寫的，開頭是：「家康白，管君足下」，末尾再一個「家康白」，內容全是對《釋無久》的學術討論，也略略談到他自己的工作與學術研究的矛盾，引章太炎的話作結：「餘杭章君曰：『學

術與事功不兩至。』愚未敢必其兩至也。」這是我平生接到全不相識的人的來信的第一封，並且知道其人是周恩來的重要的秘書，又如此有學問，所以我印象很深。

這裡談的就是那封信，你說談的是釋無久，而且是寄給胡風的，不是面交，這是疑問一。陳這封信是否沒有談到你的駁郭文，這是疑問二。但我確知你手頭尚有這封信，能否將電腦文本給我看看。我想此時陳應該已經讀到駁郭文，信中應該談到對此文的評價及發表問題。

永平

wu yongping，您好！

陳家康一共給我兩信，一是胡公最初拿《釋無久》向他推薦時他給我的，開頭云：「家康白，管君足下：蘄春胡先生屢以足下學行奔走相告……」，接著談他對於《釋無久》的論點的意見，大致是同意而有所補充。二是他看見「反郭文」而已經奉調回延安的告別信，末了云：「餘杭章君曰：學術與事功不兩至，愚未必能兩至也百感千思，唯吾兄知之，亦唯吾兄諒之耳。」此兩信給我印象都深刻，上面引的幾句是最記得的。但我從來不談，一則原件都已經沒有了。二則別人那麼高估了我，我自己如何能引用？況且他本人已經有「看錯了人」的後悔，我更不該借光自照了。

舒蕪白

wuyongping，您好！

兩信都已經沒有了。所引全憑記憶。但《後序》把第二信的末尾錯記成第一信的末尾了。第一信談《釋無久》，那時還沒有反郭文。第二信雖然已經看到反郭文，但主要是告別了。舒蕪白 2005/12/14

wuyongping，您好！

「蘄春胡先生屢以足下學行奔走相告」是第一信的開頭，「百感千思，唯吾兄知之，亦唯吾兄諒之耳」是第二信的末尾，這兩點是確切的。至於「餘杭章君曰，學術與事功不兩至，愚未敢必其兩至也」究竟是第一信的末尾還是第二信的後面，有點記憶模糊了。舒蕪 2005/12/14

2005-12-15　第四節「陳家康、喬冠華緣何變卦」

wu，你好！（主題詞：《開卷》發表拙作刊期）

　　拙作《也曾「坐擁書城」》，已定在《開卷》雜誌明年第二期發表。如果引用，可以如此注明。特此奉告。舒蕪白

先生：（主題詞：兩文有區別）

　　讀《〈回歸五四〉後序》有個發現：載於《新文學史料》的文章與收入《舒蕪集》的同名文章，內容有較大區別，某些關鍵事件的時間有所改動。如駁郭文是作於與陳家康喬冠華第一次見面前，還是之後，當時是否將《墨經字義疏證》帶去給陳看，兩文說法不一。

　　我在引用將著重以信件等原始資料作為座標，所述將與你上述兩文都不合，預先說明。如有質疑，還請無情地指出。

　　上午開了例會，剛散會回家。

　　明天下午將去縣裏學校參加一個地方文化研討會，會期兩天。

　　永平

Wu yongping，您好！（主題詞：兩文有區別，歡迎考證）

　　非常歡迎您以科學的考證糾正我回憶當中的失誤，有問題處當然隨時商討。　舒蕪拜上

先生：（主題詞：草稿第四節）

　　以下是第四節，寫得依然草率，請先讀讀，並提出修改意見。下一節寫《論主觀》。　永平

　　（第四節「陳家康、喬冠華緣何變卦」）

wu yongping，您好！

　　有一點先要明確：陳家康給我的信一共只有兩封，第一封只談對《釋無久》的意見，第二封只是回延安前的告別。此外沒有第三封信。所以他接到反郭文以後，並沒有就此文給我寫過什麼信，提過什麼修改意見。胡是對反郭文提過修改意見，但並沒有轉告我陳家康有什麼修改意見。（後來陳看到《墨經字義疏證》以後也沒有給我信，他只口頭對胡談了意見，胡給我信中轉告了我而已。）

　　我接到陳家康信而極喜歡，並不是喜歡他對反郭文作了基本肯定，而是喜歡他對《釋無久》作了基本肯定。

　　陳等在內部受批，胡很快就知道了。胡立即將董必武作的批評結論油印本給我看了，我是看了這個後才寫《論主觀》的，是不以為意的。這油印本當

然是陳拿給胡的，但陳大概沒有說明是由延安發動的。

舒蕪白

2005-12-16　第五節，「關於陳君的問題而寫的《論主觀》」

先生：

意見很重要，將修改過來。

問題仍有：

一、陳家康也許當時沒有看到「駁郭文」五萬字長稿，而是胡風看後退回讓你修改，陳看的是第二稿。這樣他在第一信中就沒有談到該文，而只談到釋無久。

二、胡風是什麼時候得知陳受批判內情的，你說很快，但在信中尚看不出來。你最早的一信談到陳受批事是在 1944 年 3 月 13 日，信中提到：

> 又因為近來所發生的那些文化問題，的確如你所說，需要重新根本想過。因此，就打算整個的「重新想過」，寫一部稿子，名為《現代中國民主文化論》，今晚開始寫，只寫了一點，覺得繁重，還不知是要半途而廢否。而看了關於陳君的那文章，（回來後又細看了，嗣興也看了。）覺得真弄得一團糟，似乎總要有人來做這「重新想過」的事也。

信中所說的關於陳君的文章是不是你在昨天信中提到的油印本。如果是，這時間就有點問題，因為此時論主觀已經定稿了。

三、我非常想弄清論主觀的寫作時間和寫作動機，你在 2 月的那信中明確地說這文章是為陳君的問題而作的，這是一個鐵證，而未被學界所知。但你在回歸五四文中並沒有寫到這一點，只提到與路翎談個性解放而受到啟發。是不是當時寫回憶錄時尚有顧慮。

wuxuyu

先生：

開筆寫這一節（《論主觀》）後，發現用一節很難說清，也許要用幾節的篇幅才能寫完，這是剛寫成的第一部分，先寄給你看看。

還是請隨處加批註。

永平

先生：您好！（主題詞：草稿第五節前部）

今天上午只能寫到這裡了，下午要出差，過兩天回來後繼續寫。也許那時頭腦更清楚一點。文末的一句，也是我要請教的問題。請先生回憶一下。

wu yongping

（文章最後一句：現在要繼續探討的是，胡風何時得知陳家康、喬冠華在黨內受到批判事，又於何時將此事告訴舒蕪的。吳注）

先生：（主題詞：請教重要問題）

以下請教一個重要問題，你在下面這信中寫到「他自己所不幸而言中」，這他顯然是說的陳家康自己。陳只給了你兩信，這話應該是在第二信中寫的，是嗎？

舒蕪 1944 年 3 月 19 日致胡風：「陳君的回去，是奉到十二金牌了吧？想必要『面聖朝天』，集體的『奉旨申斥』或亦不可免，甚至像他自己所不幸而言中的『發遣伊犁為民』亦很可能；只是，我希望沒有精神上的『風波亭』！」

wu yongping

wu yongping，您好！（主題詞：關於草稿第四節）

根據我與胡來往信，事情次序如下——

1. 我已經看見郭的論文《孔墨哲學批判》，決定要寫反郭文。（見 1943 年十月二十七日我給胡第一信即說此事。）

2. 反郭文寫成，函告胡，同時寄《釋無久》給胡。（見我 1943 年 11 月 1 日給胡信。）

3. 胡接《釋無久》，即送給陳家康看。（大致在 11 月 1 日後，12 月 6 日前。）

4. 我照胡意見修改反郭文完成，函告胡。那時我已經接到胡轉來的陳家康對於《釋無久》意見的信，我表示高興，希望與陳見面，也在此信中提出。陳寫此信時，只看見《釋無久》，而反郭文尚在我手頭修改，陳沒有看到，所以在他這封信中不可能對反郭文提出什麼意見。（見我 1943 年 12 月 6 日給胡信。）

5. 胡帶我與陳，喬會面。當時商定反郭文在《群眾》上發表。（時間約在 1943 年 12 月 6 日後，1944 年 1 月 4 日前）

6. 1944 年 1 月 4 日，胡來信通知我，反郭文不能發表。

7. 我函告胡：「關於陳君的問題而寫的『論主觀』，已完成，兩萬多字。恐怕無處可送，只好大家看看的了。最近即寄或帶給你。」（見我 1944 年 2 月 29 日給胡信）

由此可見，寫此文前，已經知道陳家康等內部挨批，但胡給我信中未見有正面談此者，大約是這之前面談的。

8. 我到城裏會見胡，從胡處拿到那個油印本，當時看了，回南溫泉又看了，也給路翎看了。（見我 1944 年 3 月 13 日給胡信）

由此可見，我不是看見這個油印本才寫《論主觀》，但是已經從胡面談中知道其大概就寫出來，看見這油印本後更清楚罷了。

初寫《後序》時，我給胡信的複印件，胡家尚未還我。我已經記不清信中有「關於陳君的問題而寫的『論主觀』」云云，所以沒有提及。（但與路翎談「中國需要什麼」問題的觸發也是事實，當時其所以會提出這個問題，也與知道陳家康等內部挨批而想探討根本問題有關。）重寫《後序》時雖然已經收到我給胡信的複印件，但我想只要引出信來就夠，有心者自會發現，不必由我自己來張揚。況且陳把內部事情洩露給胡，總不是合紀律的，我更不必來「揭發」這一宗「舊案」。

大致如此，尚請指教。

舒蕪白

先生：再請教一事。

胡風 1944 年 6 月 9 日給你的信說：《主觀》，要看了《中庸》再決定。本擬先介紹出去，但拿出去頗不易，還是看了《中庸》再決定。

此段見於舒蕪集第 8 卷回歸五四文，沒有引原文。此信內容是回憶的，還是摘錄的。你手頭還有複印件嗎？

永平

wu yongping，您好！

剛才的信中已經回憶，知道內部批判陳等，是在看到「油印件」之前，大約是胡與我面談的。但何時何地面談，卻沒有文字材料。

《後序》的修改本，並不是只印在《舒蕪集》中，而是先印在遼寧教育出版社的《回歸五四》論文集中，後來才收入《舒蕪集》中。

舒蕪 2005/12/16

2005-12-18　討論《論主觀》寫作背景

先生：（主題詞：附件中是我的一些想法）

　　請讀附件。

　　我想談談自己的一些看法。為方便起見，意見插在你信的正文中，以紅色標記。

　　以下是你的信及我的意見。如有修改意見，請就在此信中寫入，再寄過來。

　　祝好！

　　永平

　　（如下是昨天舒蕪先生的信件，「吳按」是我讀後的意見和說明，「舒按」是次日舒蕪先生閱後的意見）

　　根據我與胡來往信，事情次序如下——

　　1. 我已經看見郭的論文《孔墨哲學批判》（吳按：《孔墨的批判》一文首載《學府》創刊號，時在 1945 年 8 月。當時你看過的並不是這篇，而是《墨子的思想》載《群眾》週刊 1943 年 9 月 16 日第 8 卷第 15 期。），決定要寫反郭文。（（見 1943 年十月二十七日我給胡第一信即說此事。）（吳按：此事我已考證並確認。）（舒按：尊說是。）

　　2. 反郭文寫成，函告胡，同時寄《釋無久》給胡。（見我 1943 年 11 月 1 日給胡信。）（吳按：由於你在回憶錄中多次提及第一次與胡風見面時即呈遞釋無久，我認為胡風應該早就讀過該文。後來你隨信附寄一文章給胡風，讓他轉交陳家康，由於信中沒有明確寫到釋無久篇名，我懷疑是書稿中的另一篇文章。不過，即便就是釋無久，也無礙大局，我可以統一改過來。）（舒按：此 1943 十月一日信的末尾云：「附寄一文，是那《墨經字義疏證》中的一篇。最近打算改用白話好好的重寫」。可以證明這的確是《釋無久》。）

　　3. 胡接《釋無久》即送給陳家康看。（大致在 11 月 1 日後，12 月 6 日前。）（吳按：你的駁郭文於 11 月 1 日前寫成，胡風 1943 年 11 月 17 日信中說收到你的駁郭文稿，當晚讀後，第二天再進城找陳家康落實發表事。所以他一定會帶上你的駁郭文，陳家康一定也會讀讀。這應該是沒有疑義的。因此，陳當時讀到的絕不止釋無久一篇。）（舒按：我 1943 年 12 月 6 日給胡信

云：「陳先生信接到，極歡喜。想會一會，不知能有機會否。想把那文言寫的稿子給他看看。」）

4. 我照胡意見修改反郭文完成。函告胡。那時我已經接到胡轉來的陳家康對於《釋無久》意見的信，我表示高興，希望與陳見面，也在此信中提出。陳寫此信時，只看見《釋無久》，而反郭文尚在我手頭修改。陳沒有看到。所以在他這封信中不可能對反郭文提出什麼意見。（見我 1943 年 12 月 6 日給胡信。）

（吳按：胡風 1943 年 11 月 17 日信中說「發表的問題還不知道會變卦否」，這說明稿件在群眾上發表上是事先說定的，而且在你寫駁郭文之前。否則，「變卦」事無從說起。）

5. 胡帶我與陳、喬會面。當時商定反郭文在《群眾》上發表。（時間約在 1943 年 12 月 6 日後，1944 年 1 月 4 日前）

（吳按：理由也同上，商定發表事在這個時間之前。不可能在你寫成文稿後，這是個比較大的而且必須弄清的問題。況且，如果你與陳喬是在這時才見面，那麼你寫駁郭文與《論主觀》第一稿均在與他們見面之前。1943 年 12 月後至次年 2 月前是個非常敏感的時間段，因為這時重慶已經收到了延安電文（11 月 22 日），重慶的整改已在進行中，而陳喬都在反省。按常理分析，此時陳喬還要籌劃在群眾上發表駁郭文，我以為是沒有可能的。）

6. 1944 年 1 月 4 日，胡來信通知我，反郭文不能發表。

（吳按：此信證實陳喬反省進行收尾階段，延安電文的效果完全體現了出來）

7. 我函告胡：「關於陳君的問題而寫的《論主觀》，已完成，兩萬多字。恐怕無處可送，只好大家看看的了。最近即寄或帶給你。」（見我 1944 年 2 月 29 日給胡信）

由此可見，寫此文前，已經知道陳家康等內部挨批，但胡給我信中未見有正面談此者，大約是這之前面談的。

（吳按：我非常想弄清這個重要問題，胡風比較知道內情，而他又不跟你說，你蒙在鼓裏大寫特寫，根本不知道你所要反對的是一個政治實體的意志。）

（舒按：我 1944，3，19 給胡信云：「上回聽你說，一切文件已送過去「進呈御覽」，」這「上回」就是 3 月 19 日之前。）

8. 我到城裏會見胡，從胡處拿到那個油印本，當時看了，回南溫泉又看了，也給路翎看了。（見我 1944 年 3 月 13 日給胡信）

由此可見，我不是看見這個油印本才寫《論主觀》，但是已經從胡面談中知道其大概就寫出來，看見這油印本後更清楚罷了。

（吳按：你在看過油印本後，在後來的通信中表現出了脆弱和動搖，胡風在信中也因此多次批評你。一切都可以這樣理解，胡風想要插足政治，而你卻怯於卷得太深。於是潛伏著的隔膜開始表面化。）

先生：

以下是你另一封信中的片斷，我以為順序也有問題：

> 「陳等在內部受批，胡很快就知道了。胡立即將董必武作的批評結論油印本給我看了，我是看了這個後才寫《論主觀》的，是不以為意的。這油印本當然是陳拿給胡的，但陳大概沒有說明是由延安發動的。」

問題在這裡：據《〈回歸五四〉後序》，你是於 1943 年冬與路翎談後受到啟發寫《論主觀》，說的是第一稿的產生過程。與陳喬挨批的時間是吻合的，但你那時還不可能讀到油印本，只是聽胡風說過陳喬挨批的事情。寫完第二稿後（1944 年 2 月），再過了一個月才讀到油印本。這事有信件為證。

我要弄清楚的問題是胡風「很快就知道了」，究竟是在什麼時候？如果陳與他談過，他當然應該知道這事是由延安發動的。當時，他是否把所知全部告訴你了？你的《論主觀》第一稿胡風是否讀過，第二稿的修訂是否僅參考了路翎的意見，等等。

另外，根據你後來「十二金牌」的信，可知直到那時，你才知道這是來自延安的意思，你很憤怒，你在信中說了一些顯然十分過頭的話，這些話也應該是通過胡風前此給你的信中透露才有可能說出的。這事還涉及到陳家康。因為你在信中這樣寫道（舒蕪 1944 年 3 月 19 日致胡風）：「陳君的回去，是奉到十二金牌了吧？想必要『面聖朝天』，集體的『奉旨申斥』或亦不可免，甚至像他自己所不幸而言中的『發遣伊犁為民』亦很可能；只是，我希望沒有精神上的『風波亭』！」同信中又提到：「上回聽你說，一切文件已送過去『進呈御覽』，那麼，究竟『聖意如何』？這回的十二金牌，是出自聖意的麼？」

信中有「甚至像他自己所不幸而言中的」之句，這話應該是陳家康說給

胡風，而後胡風傳達給你的。

這都是我在下一節裏要探討的問題。

永平上

先生：（主題詞：你到政治學校的時間）

讀先生年譜，8 卷，第 426 頁，時間有誤。你寫道：

一九四三年（癸未）二十一歲

春，到重慶南溫泉任國立中央政治學校國文助教。

時間晚了一年，路翎 1942 年 5 月 30 日致胡風信中說：「現在到政治學校圖書館來當助理員了」，並說：「信寄：重慶南溫泉中央政治學校方管轉。」

永平

wu yongping，您好！

年譜推算是有誤。我把在新民小學任教的一個學期（1940 秋～1940 冬），誤記成三個學期（1940 秋～1941 冬），往後順延就遲了一年。推算錯誤是由於我只記得在新民小學窮得很，日子很難熬，應該不是短時期，不是一個學期之內的事，又記得離開該校確實是寒假，那麼不是一個學期就得是三個學期了。難熬的日子在回憶中覺得長，其實並不長，是不是？謝謝指正。

舒蕪上

2005-12-19　討論《論主觀》寫作背景

先生：（主題詞：不必謝）

昨天還寄出幾封信，不知收到沒有。

有一封信有附件，談的事情比較具體。

永平上

wu yongping，您好！（主題詞：信均到）

信均收到，有附件的也回答了附件。舒蕪

先生：（主題詞：信未到）

我還未收到有附件的那封呢？

上午僅收到一封信，連這信共兩封。

可否重發？

永平上

wu yongping，您好！

　　附件中是我的一些看法，對於尊件的看法也見附件。再發。

　　（舒蕪先生的意見已錄入昨日信件中，此處略去，吳注）

先生：收到再發及附件，細讀後，下午回覆。永平

先生：（主題詞：關於「反郭文」寫作時間的考證）

　　關於《釋無久》，我同意你的意見。

　　但關於「反郭文」的寫作及見陳喬的時間，我還有看法。

　　請看附件。

　　並請隨手在附件中寫出意見，再寄回即可。

　　頌

　　一切如意！

　　永平

　　（附件照錄如下，舒蕪先生閱後意見也照錄在文末）

先生：

　　我確信事情的過程次序應該是這樣——胡風帶你拜見陳喬，見面後談到郭的墨學研究，接著便商定由你撰寫反郭文，反郭文寫好後，胡風拿去找陳喬，因沒見著，所以耽心變卦。

　　而絕不會是——你先寫好反郭文，然後胡風帶你去見陳喬，再商定在《群眾》上發表。其實這是胡風的說法，你也許後來受到他的文章的影響。

　　我的判斷完全依據了你的回憶文章。請看下引：

　　《〈回歸五四〉後序》（載史料）是這樣寫的：

　　　　胡風這封來信（1943，9，11）對我還有更重大的意義。一，他指出，今天的思想工作，是廣義的啟蒙運動。這一下就使我明確了當時要「做什麼」。二，他指出較之純學術的文章，更需要的是探討現實思想問題、生活中意識形態問題的文章，這一下又使我明確了應該「怎樣做」。三，他建議我寫一本哲學入門的小冊子，來代替《大眾哲學》，對我的這樣期望，非同一般，我非常感奮。四，他將郭沫若尊儒貶墨的言論告訴我，當然是因為看了我的墨學論文，他此信中未對郭說表示意見，但是他不久就介紹我認識了大有志於振興墨學研究的陳家康，可見他的態度。

《〈回歸五四〉後序》（載舒蕪集）是這樣寫的：

> 胡風這封來信（1943，9，11），對我還有更重大的意義。一、他指出，今天的思想工作，是廣義的啟蒙運動。這一下就使我明確了當時要「做什麼」。二、他指出較之純學術的文章，更需要的是社會評論和不用術語而深入生活中的意識形態的解剖，建議我寫這方面的文章，這一下又使我明確了應該「怎樣做」。三、他建議我寫一本哲學入門小冊子，來代替《大眾哲學》，對我的這樣的期望，非同一般，我非常感奮。四、他告訴我郭沫若談過一次對於墨子的看法，與一般流行意見不同，這是指郭沫若尊儒反墨的主張，很快就有文章公開發表。胡風此信中未詳敘郭氏之說的內容，未表示他自己對郭說的態度，但不久便介紹我認識了大有志於振興墨學的陳家康，支持我寫反駁郭氏的文章。

如有不同意見，還請說明。

永平

舒蕪按：

查舊信：

我寫反郭文五萬字成，函告胡風。（1943 年 11 月 1 日）

反郭文修改成，函告胡擬由城裏郵寄。同函希望會見陳家康。（1943 年 11 月 6 日）

這中間，胡、舒、陳、喬會見。

胡來信說前天收到反郭文修改稿，發表的問題還不知道會變卦與否。（1943 年 12 月 17 日）

胡來信通知反郭文確定不能發表（1944 年 1 月 4 日）

由此可見，胡之說是對的，的確是反郭文已經寫出而且修改好才與陳、喬會見。但我又確記那天我們是空手去，沒有帶什麼文稿去。只是談好此文將在《群眾》上發表而已。

2005-12-20 第六節，《論主觀》是如何聲援陳家康

先生：（主題詞：關於「反郭文」寫作時間的考證）

如下幾封信的順序，應該調整一下。永平

（該信件又往返兩次，「吳按」是我的意見，「舒按」是舒蕪先生的意見。

照錄如下。）

我寫反郭文五萬字成，函告胡風。（1943 年 11 月 1 日）

胡來信說前天收到反郭文修改稿，發表的問題還不知道會變卦與否。（1943 年 12 月 17 日）

（吳按：此信應為 1943 年 11 月 17 日，見舒蕪集 8 卷。此時胡風收到的不是修改稿，而是第一稿。胡風此時說到變卦事，可證發表事的確定應在此日之前。）

（舒按：查原信末尾只寫「十七日」三字，沒有年和月。我原來推斷為十一月，後來改為十二月。改的理由是，此信原文云：「稿前天收到，即讀一過。我昨天進城，還沒有遇著人，所以發表的問題還不知道會變卦與否。」接著一信云：「剛才知道，那一篇，他們決定不發表。前幾天見到陳君，他聽說自己方面已經『通過』了，所以我沒有急於打聽而且又無時間，但今天見到喬君，原來又翻了案（？）。」此信顯然是緊挨上信之後不太久寫的，而此信末尾明確署了「一，四日之夜」字樣。所以上一信只可能是十二月的十七日，不可能是十一月的十七日。）

反郭文修改成，函告胡擬由城裏郵寄。同函希望會見陳家康。（1943 年 11 月 6 日）

（吳按：此信應為 1943 年 12 月 6 日，見舒蕪集 8 卷，第 287 頁。此外，信中說的朱秘書是誰，是八辦的秘書，還是文協的秘書，或文工會的秘書？）

（舒按：是弄錯了，是 12 月 6 日。朱好像是文工會的秘書。）

這中間，胡、舒、陳、喬會見。

（吳按：因上下兩信時間弄錯，見面時間應在 12 月 6 日以後。然而，此時稿已修改成，陳喬應該能讀到反郭文，你們也應在相會時談到反郭文。）

先生：（主題詞：下午再考證）

吳件二收到，下午斟酌後再覆。

現在先生也該吃中飯了。

永平

wu yongping，您好！（主題詞：驚佩）

十分驚佩先生的科學精神，督促我糾正了一些推斷與記憶錯誤，也重新肯定了一些不錯的判斷。總之，先生的研究當大有功於學術，可以預祝。並

祝新年萬吉萬利！

　　舒蕪上

先生：您好。

　　先生切勿過獎，我這樣做只是為了避免學術上的「硬傷」而已。

　　現代作家研究中多是箭垛式的人物，萬目睽睽，即使是細節處也不敢掉以輕心也。

　　意見已寄出，見上信的附件。

　　永平

先生：附件（第六節）中以紅色標注處為重點。

　　請隨處加批註。

　　永平

　　（附件往返兩次，「吳按」是我的意見，「舒按」是舒蕪的意見。照錄如下。）

先生：

　　現在將幾封信的順序再調整一下。

　　一、我寫反郭文五萬字成，函告胡風。（1943 年 11 月 1 日）

　　（吳按：此信與後信相隔有一個月時間，胡風有時間看過你的初稿件。但不知有無時間給陳家康看。根據下面的信，陳家康看過你的《釋無久》，並讓胡風轉交了給你的信，但不知為何他沒有提出稿件的修改意見。但胡風是提出了修改意見的。）

　　（舒按：我確記陳沒有對反郭文提過什麼意見，無論當面或書面，那天談話中，他只是表示與我共同的對郭之尊儒反墨的強烈不滿而已。）

　　二、「接來信，您的意思我都明白的。現已改竣，覺交朱秘書不妥，且亦無人交，故擬由城裏郵寄。」反郭文修改成，函告胡擬由城裏郵寄。同函希望會見陳家康。（1943 年 12 月 6 日）

　　（吳按：修訂稿由城裏寄往鄉下胡風住處。不久，胡風即約你與陳喬相見。此說順理成章。唯一不解的是為何見面時陳喬沒有談到你的稿件。唯一可能的解釋是，稿件寄出後胡風尚未收到。換言之，就是你二人手裏均無此稿件。根據下信，胡風是在 12 月 15 日收到修訂稿的。）

　　（舒按：會見時，是談妥了反郭文修改後在《群眾》上發表。但當時又

確實沒有文稿在誰的面前，主要是喬答應在《群眾》上發表，《群眾》的主編是喬。陳不參加編務。）

三、胡來信說前天收到反郭文修改稿，發表的問題還不知道會變卦與否。（1943 年 12 月 17 日）

（吳按：信中提到變卦事，可證此信寫作時間當在與陳喬談妥發表事後。亦可證，你與陳喬等見面事應在此日之前。）

（舒按：不錯。）

四、你說：「由此可見，胡之說是對的，的確是反郭文已經寫出而且修改好才與陳、喬會見。但我又確記那天我們是空手去，沒有帶什麼文稿去。只是談好此文將在《群眾》上發表而已。」

（吳按：12 月 6 日～12 月 15 日之間才可能與陳喬相會。你們空手去，只能在稿已寄出而胡風未收到的情況下才可能發生。但這事卻巧而又巧，令人難以置信。）

在沒有其他新資料之前，姑且接受這樣的時間順序。

我打算就這樣重新改過來。

永平

先生：

既然你確信時間順序應該如此。

那麼，事情的發展就會是這樣——

你在胡風的啟發下寫了反郭文，在寫作過程中也許還得到了胡風的指點，稿成後你函告胡風並寄去《釋無久》，胡風把釋無久帶給陳家康，並告之有個青年寫了與郭沫若觀點不同的文章，陳於是讓他把你帶去一見，並給你寫了第一封信。你收信後很高興，致函胡風讓他帶你去見陳。與陳見面時你沒有帶反郭文。相會時商定稿修改後交《群眾》發表。

這一切看來順理成章，但如果真是這樣，我的那節文字應該改寫。改寫的時間座標將以你 1943 年 12 月 6 日給胡風回信為基準。你在信中寫道：

「接來信，您的意思我都明白的。現已改竣，覺交朱秘書不妥，且亦無人交，故擬由城裏郵寄。」又寫道：「陳（家康）先生的信接到，極歡喜。想會一會，不知能有機會否。想把那文言寫的稿子全稿給他看看。」

信中的朱秘書是誰，你為何說交他不妥，你寄稿，是寄往陳家康還是寄給胡風。胡風後來回信中說收到了稿子，但沒有明確說收到的是釋無久還是

反郭文的修訂稿。這裡還有一疑問。

從信中可以看出：第一，是你提出要胡風介紹你去與陳家康會會的。第二，在寫這封信後不久，你將稿件寄給了陳家康（或胡風）。第三，胡風帶你去與陳見面時，應該談到這篇稿件，因為這是修訂過的，並不是草稿。

然而，這裡還是有若干關鍵講不通：第一，當時延安給重慶的電文已發，重慶方面正在整改，陳喬二位是整改的重點，他們似不應再答允發表反郭文；第二，寄稿在先，而會面在後，為何見面時不談稿件。

除非你與陳家康有過兩次見面。第一次談在《群眾》上發表反郭文事，第二次談墨經書稿事。

在這些疑問沒有得到解答之前，我的稿子暫不改。反正這只是草稿，以後定稿時再統一修改。

另外，我想請教先生，如果我因執已見，你會覺得不可理解嗎？

永平

Wu yongping，您好！姑且接受，舒蕪

舒蕪先生：請先生審閱第六節。永平上

（六、《論主觀》是如何聲援陳家康的）

wu yongping，您好！（郵件主題詞：請看附件，意見都注上了。）舒蕪上

（舒蕪先生對第六節有一處批註，錄如下。吳注）

舒蕪非常清楚《論主觀》的政治指向性，他於是在完成第二稿的次日（1944年2月29日）給胡風的信中這樣寫道：

「恐怕無處可送，只好大家看看的了。最近即寄或帶給你。」

不久，舒蕪將此稿帶給了胡風，胡風沒有及時提出意見。路翎於是寫信詢問，胡風於1944年3月16日覆信寫道：

「這兩三個月來，有一縷寂寞之感嫋嫋地圍著我，我還沒有分析過，我是連分析的熱力也無從打起。人是和小草一樣軟弱的東西，在砂石裏就會喪失自己的『生命力』似的。」

「管兄帶來的還沒有看，遲點可以罷。」

（舒蕪批註：現存胡信最早提到《論主觀》處是1944年6月9日信云：「《主觀》，要看了《中庸》再決定。本擬先介紹出去，但拿出去頗不易，還是看了《中庸》再決定。」那時我已經開始寫《論中庸》。）

吳先生：（主題詞：補充說明）

　　我之所以單提陳為首，自然還與他看了《釋無久》而主動熱情地先寫信給我有關。我本來只要求與陳會見，而胡安排我與陳、喬、胡繩三個人的會見，這是胡風的意思，還是陳的意思，不得而知。至於那天胡繩沒有來參加會見，說是臨時有事，是不是別有原因，更難說了。

　　舒蕪上

先生：（主題詞：非常感謝）

　　讀過你的批註，極為感謝。

　　在定稿時將改過來。

　　請你不要稱我先生，徑稱永平即可。太客氣了讓我不自在。

　　明日起單位搞聘任制改革，至年底，大會小會特別多。我只是一介小民，此改革於我無損無益，但自由支配的時間要被折耗一些。

　　永平

2005-12-21　討論「反郭文」問題

吳，你好！

　　恭賀 2006 年禧！

　　舒蕪恭賀

先生：您好！不敢當！

　　同喜！同喜！

　　永平上

先生：（主題詞：修改後的第三節）

　　已按照前幾天與先生討論結果，將第三節進行了修改。

　　寄上請提意見。還請隨手批註。

　　永平

　　（筆者注：第三節的小標題為《關於「反郭文」》。舒蕪先生對如下幾段作了批註，筆者讀後又提出不同意見，先生又作批註，來回了三四次，耗時兩三天。）

　　胡風 1943 年 9 月 11 日信中與舒蕪談論郭沫若的墨學研究，並暗示他應該撰文與郭沫若論爭，這樣做似乎有點唐突。但考慮到他已經讀過了路翎帶

去或舒蕪面交的《釋無久》（載《國立中央大學文史哲季刊》1942 年第 2 期），對舒蕪的學識和才力有了適當的評估，他的這番言語也能得到理解。

（舒蕪批註：我 1943 年十一月一日致胡信末云：「附寄一文，是那《墨經字義疏證》中的一篇。最近打算改用白話好好的重寫。」即是《釋無久》。胡接我郵寄此文，才拿給陳家康看。肯定不是路翎帶去的，也不是我面交的。）

（吳按：我在前文中也提到胡風在此之前已經看過《釋無久》，是根據你在《回歸五四》中的說法。細想一下，這事也是有可能的，否則胡風何以得知你在墨學研究方面有造詣呢？又為何要暗示你與郭沫若爭鳴。至於後來寄給胡風的那篇文章，我假定它也是《釋無久》，但這顯然不是給胡風看的，應該是給陳家康看的。）

（舒蕪先生再批註：那是回憶中的錯記，當時沒有檢對舊信。現在我確記將《釋無久》寄胡時，胡沒有看過此文，我也沒有請他轉給陳之意。胡之所以告訴我郭沫若對墨子的意見，當然知道我在研究墨子，大概聽路翎介紹的吧。）

舒蕪墨學研究的功底如何，筆者不敢妄評。且從《釋無久》中隨便抽取該論文中的一段，以窺其行文風格。該論文釋讀的是《墨經》中的兩個基本概念：

> 「無久」二字，見於《墨經》中者三，注家悉未知其旨，大率牽強附會，不顧義之所安。「久」者何？今語所謂「時間」也。《經上》四十條曰：「久，彌異時也。宇，彌異所也。」說曰：「久，古今旦莫。宇，東西南北。」所謂「久」，即時間；「宇」，即空間。歷古今旦莫，而後知有時間；遍東西南北，而後知有空間。時間與空間並舉，其義本已甚明。然又出「無久」二字，則何說耶？於是注家皆莫知所從矣。且此語苟僅一見，或尚可臆測強解，今則一見再見而復三見，曲解於此，未必更合於彼也。於是疏證紛紜，愈釋而愈不可解。所以者何？不通哲理，遂不見其精義；不見精義，乃不免望文生訓耳。

舉重若輕，言簡而意賅；縱橫排闥，艱深且古奧。這位 20 歲的學者走的是學院派路子，其「義理、考據、辭章」的功底頗令人稱奇。

（舒蕪批註：這只是淺近文言，未脫「新民體」氣味，絲毫不「艱深古

奧」。既然「縱橫排闔」，就談不上「言簡意賅」。而且既然「縱橫排闔」，就成了策論報章文章，完全不是疏證文章應有的平實謹嚴文體。疏證注釋文章中，例如，「管案：張說未是」，或「管案：先生之說非也」，要這樣平心靜氣的來說，才是清儒疏證注釋的典型文體。哪有我這樣馳騁辯論、劍拔弩張的？務必請改去這一段，只予以有限有保留的肯定，免為天下後世所笑。完全不是我照例的客氣。）

（吳按：「縱橫排闔」是因先生「注家悉未知其旨，大率牽強附會，不顧義之所安」而生的感慨，「言簡意賅」是為先生「所以者何？不通哲理，遂不見其精義；不見精義，乃不免望文生訓耳」而發。當年先生血氣方剛，行文有氣吞萬里如虎的氣勢。不過，先生既然認為不妥，我尊重先生意見，把這兩句刪掉，改為：這位 20 歲的學者走的是學院派路子，其「義理、考據、辭章」的功底頗令人稱奇。）

……

舒蕪返校後，即潛心撰寫與郭沫若論爭墨學的文章。10 月底稿成，11 月 1 日舒蕪興致勃勃地致信胡風：

> 反郭文五萬字，最近弄成，態度頗不「尖頭鰻」。本也想「尖」的，寫時總不能自己，只好讓它去。預備翎兄來時，託他帶給你，
> ——你自己能來，更好，我們極其歡迎……附寄一文，是《墨經字義疏證》中的一篇，最近打算改用白話，好好地重寫。

長達五萬字「反郭文」迄未發表，原稿已失，舒蕪已忘卻原題是什麼。「尖頭鰻」是英文「紳士」的戲謔譯音，受老舍的影響。「想尖」而不能，足見此文火藥味之濃。隨信附寄的文稿是《釋無久》的抽印稿，是打算託胡風轉送給陳家康看的。可知在此信前，胡風還與舒蕪有過書信來往，並可能傳達過陳家康對郭墨學研究的意見。遺憾的是，這些信件已無存。

（舒蕪批註：記得並沒有打算託胡轉陳之意，是胡接得我此文後拿給陳看。）

（吳按：我始終沒有弄清你為什麼要在這時把《釋無久》寄給胡風，你不是在《回歸五四》中說第一次見面就把這篇文章交給他了嗎？現在再寄，肯定有其他原因吧。當然，如果你現在確認《回歸五四》文中關於此事記錯，我就在統稿時全部改過來。而且為了避免他人抓住這點與我爭執，文後還應加注說明。）

（舒蕪又批註：回憶的確是錯記了。這次的確不是「再寄」。）

……

胡風在自傳中這樣寫到他引薦舒蕪的過程：

「我曾向家康和喬木談起過，有一個青年寫了關於墨子的文章，與郭沫若的論點不同。他們很感興趣。尤其是家康，正在研究墨子，就要我領他去見面談談。我就領舒蕪一道去訪家康和喬木，除了討論墨子外，又談到學術界的一些情況。舒蕪不像我們那些青年朋友，他很能談，能迎合對方，博得對方的好感。」

除了最後一句話略帶貶意之外，這段回憶應視為比較真實，但胡風向陳、喬隱瞞了一點：即這篇文章的作者是他熟識的，這篇文章也是他組織的。

（舒蕪批註：不對。胡轉來的陳給我的第一信一開頭就說「蘄春胡先生屢以足下學行奔走相告。」可見胡並沒有隱瞞他與我熟識的情況。）

（吳按：同意，刪掉前半句，保留後半句。）

……

12 月 15 日，胡風收到了「反郭文」修訂稿。12 月 17 日胡風致信舒蕪稱：

「稿前天收到，即讀過。我昨天進城，還沒有遇著人，所以發表的問題還不知道會變卦否，但一定要發表出來的。」

收稿後「即讀過」，對此文的期望之情，躍然紙上。次日他便帶著稿子進城找陳、喬二人，足見他對這文章十分滿意；信中提到耽心陳、喬「變卦」，這恰恰又印證了舒蕪稱此文係陳、喬在聚會時約稿的說法。

（舒蕪先生批註：凡所引胡信，是不是都已經公開發表過（包括「第一批材料」中發表過），請仔細查對。）

（吳按：這只是草稿，暫且都寫上。發表之前，當認真審閱，把未發表過的都改為間接引語，用敘述者的身份轉述。）

2005-12-23　舒蕪談與陳家康交往事

wu，你好！（主題詞：加了一條意見）

昨信當已到。後來又用紫色筆加注了一條意見，請再看再指教。

舒蕪

（「加注」的意見如下，原為紫色標出。吳注）

　　我 1943 年十一月一日給胡信末尾云：「附寄一文，是那《墨經字義疏證》中的一篇。最近打算改用白話好好的重寫。」這句話本身的口氣，就是明顯的證據。請細想，這哪裏是「再寄」的口氣？明明是在他已經知道我有一部《墨經字義疏證》的稿子前提之下，第一次將其中一篇寄給他看的口氣。如果是《釋無久》的「再寄」，應該說「前已送上的《釋無久》，現再寄上一份」才是。（至於為什麼現在寄此文，也許是抽印本現在才拿到。）

先生：（主題詞：同意並修訂）

　　上午開會，現在剛散會。開機即收到你的回覆，非常高興。

　　關於《釋無久》問題，我尊重你的意見，將全部改過來。以你寄給他時間為準，以前他只是從路翎那裡得知你的墨學造詣。

　　這樣就把事情全部理順了。

　　謝謝。

　　後節正在修改。

　　永平

2005-12-24　第七節，「關於陳君的那文章」

先生：（主題詞：第七節修訂）永平

　　（第七節：「關於陳君的那文章」）

Wu yongping，您好！（主題詞：第七節修訂，加注奉還。）舒蕪

　　舒蕪先生對這節的若干段有批註：

　　1944 年 3 月，對於胡風而言，可謂面臨著人生道路的一次重大選擇。

　　當他向年青朋友舒蕪傷感地流露出「寂寞」難耐、「熱力」難繼的心情之前，他已經得到了來自「更其光輝眩目」處的一份內部材料，讀過這份難得的材料後，因陳家康、喬冠華「變卦」而引起的惱怒已經被更為深廣的憂慮所沖淡，他彷彿看到眼前正展開著一個更其廣闊而吉凶難卜的新戰場，能否號召同人「一面向那邊的復古運動進攻，一面向這邊的教條主義進攻」（舒蕪 3 月 19 日致胡風信），他頗有點躊躇。

　　（舒蕪批註：我給胡的信，正整理注釋，將畢，打算先在《新文學史料》上全部全文發表，再出單行本。）

　　他把這份材料轉寄給路翎和舒蕪，也許是想讓他們為將要投入的孤獨的

苦鬥提前作好心理準備。

（舒蕪批註：不可能是「寄」的，大概是當面交我，我帶回南溫泉又給路翎看的。）

先生：（主題詞：非常高興）

信件將整理完並發表，必將大有利於公案研究的深入，學界有幸！

發表前後請寄我一份電子文檔，我或許可以寫一篇《細讀舒蕪書信》，在你的信件面世之後發表。

永平

先生：（主題詞：請看附件）永平

附件如下：

關於《論主觀》的「附錄」，我有如下疑問，主要是對下面的兩封信的時間順序問題不太理解。

你在《〈回歸五四〉後序》中引用了胡風 1944 年 9 月 16 日給你的信，信中說：「關於主觀的附錄，要的。有時不管他們罵，有時要他們無法罵。前者雖然勇敢，但自以後者為得計也。」

我想，在這之前必定還有一封信，你在信中問要不要在文末附上路翎和胡風的意見，胡風得信後才會答覆「要的」。是嗎？

附錄中收有路翎和胡風提的意見。然而，胡風 1944 年 9 月 19～20 日給你的信中始提出對《論主觀》的正式意見：「似乎《論主觀》還有不少的弱處。例如，今天知識人的崩潰這普遍現象沒有觸及，這是由於把對象偏限於所痛恨的一方面之故。例如，深入生活，還把握得不豐富或分析得不深，這是由於實踐精神不強的緣故。總之，胸襟還不夠擴大。不知以為如何？」

這樣看來，你在問要不要附錄時，還沒有看到胡風的正式審稿意見。那麼，附錄中原只收錄了路翎的意見，而胡風的意見是他自己加上去的嗎？

請再查查胡風 9 月 16 日信原件。

wu yongping，您好！（主題詞：附件問題已答覆）

茲將當時我們往來信札順時間次序錄出

舒：又接嗣興兄信，說是生了一週左右的不算小的病，余小姐已返渝。想起他看了論主觀後曾寫過幾條意見，剛才找出來。我想可以抄作附錄，大約能預防一些冷拳。你看要不要？（1944/9/11）

胡：關於主觀的附錄，要的。有時不怕他們罵，有時要他們無法罵。前者雖然勇敢，但自以後者為得計也。（1944/9/16）

胡：似乎《論主觀》還有不少的弱處。例如，今天知識人底普遍崩潰現象沒有觸及，這是由於把對象侷限於所痛恨（舒蕪注：發表時胡風自己改為「所痛切關心」）的一方面之故。例如，深入生活，還把握得不豐富或分析得不深，這是由於實踐精神不強的緣故。總之，胸襟還不夠闊大。不知以為如何？（1944/9/19）

舒：關於「主觀」的附錄，下次寄。（1944/9/21）

舒：關於「主觀」的意見，當然不錯的。尤其第二點，我早就感到了。現寄上附錄，把你的意見也附上去了。我想這要好些。（1944/9/27）

胡：信及附錄都收到（1944/10/3）。

……

舒蕪上

2005-12-26　第八節，胡風發表《論主觀》的「真意」[註13]

先生：（主題詞：見信後一切清楚）

讀到你惠寄來的那麼多的書信，當年的情況如在眼前，一切都清楚了。

非常感謝！

我現在正在寫胡風發表《論主觀》的「真意」，這是非常難寫的一節。

新年快樂吉祥！

永平

wu yongping，您好！

相信您一定能夠寫好。我等候拜讀。

舒蕪上

Wu yongping，您好！（主題詞：反思）

有人轉給我的一篇資料，值得參考，特轉上。舒蕪上

（薛慎之《馬克思主義「發展史」》）

先生：（主題詞：讀反思文）

讀了惠寄的馬克思主義發展史，所論內容也曾想過。過去也讀到過一些

〔註13〕這節不成功，後來重寫。

新左派談論無產階級黨派內部的封建思想遺留問題，也曾有些想法。

他們似乎都認為無產階級黨派內部的權力機制原本應該是高度民主的，而且應該是與封建主義絕緣的，領導者的專制與集權似乎是異化的。近年來我對此有不同看法，竊以為，這些蔽端是黨派制度，尤其是無產階級黨派制度所與生俱來的，根本不是外在的、異化的東西。

當然，我的這些未成熟的思緒是不敢拿出來的，也只是想想，甚至也絲毫不會見諸文字。

我對政治有畏懼感，因此我在討論胡風問題時許多地方都不想深究，也對胡風為何要緊緊地綁在政治權力集團上深為不解。

草草幾筆，還望見諒。

永平

先生：（主題詞：反思）

讀了你和周林君等人的筆談，甚覺有趣，可惜無暇參與。

又及。

永平

wu yongping，您好！

周林是我在廣西當中學校長時的女學生的兒子，博士，社科院法學所的研究員，很有思想。其母親不幸已經去世。我有一文悼之（《悼封佩玲君》）。附奉一閱。

舒蕪

先生：（主題詞：一小節）

開筆寫這一節後，發現用一節很難說清，也許要用幾節的篇幅才能寫完，這是剛寫成的第一部分，先寄給你看看。

還是請隨處加批註。

永平

（八、胡風發表《論主觀》的「真意」（之一））

wu yongping，您好！讀完這一小節。這樣寫是不大清楚。建議先用您自己的語言把前後首尾的「全貌」概述一遍，使讀者先知道您要說什麼，再慢慢細看您的「論證」。例如說：關於胡風為什麼發表《論主觀》，他先後有幾種說法，第一說是某某說，第二說是某某說……然後再一一列舉文字證據加以

論證。您看是不是？舒蕪

2005-12-27　討論胡風對《論主觀》的態度變化

先生：

昨晚我也想過，原來的寫法不好，後來將第八節改為雙簧說，第九節改為失察說，第十節改為批判說。又覺得這樣寫有點拖杳。

今天讀到你的信，頗受啟發，現擬重新寫過。先把胡風不同歷史階段的評價仔細分析一下，看前後到底有些什麼顯著的變化，然後再決定如何寫。

謝謝！

永平

wu yongping，您好！

似乎可以這樣分：

一、舒蕪公開檢討前

1. 解放前

甲、鼓勵支持舒蕪繼續努力　私人通信中和〈希望〉不斷發表舒蕪論文的實際表現

乙、一開始就背著舒蕪向周恩來聲明是為了批判

2. 解放後

甲、一再告訴舒蕪「書店見了你的名字就搖頭」

乙、同時胡，路，阿壟的書不斷地出

二、舒蕪公開檢討後　這裡或者可以再分「55年前」與「55年後」，然後將各種說法分別列出

1. 失察說

2. 批判說

3. 雙簧說　以及其他等等

舒蕪上

先生：

意見非常好，我會認真考慮的。

上午又讀過原稿，發現在這之前應該再寫一節，先把胡風發表《論主觀》前所做的一些技術工作交代清楚，題目是「《論主觀》的艱難面世」。這裡有兩方面的內容，一是《希望》不同於《七月》，它是綜合性的文化期刊，二是

你的《論主觀》的重要性，及胡風為呼應你寫的文章分析。

寫過這一節後，再按時序考慮下面的內容。

永平

wu yongping，您好！

意見甚是。但《希望》作為綜合性的文化期刊，並不是事先預定的，本來似乎也只打算是《七月》式的。是早已經寫成的《論主觀》無處可送，只好在《希望》上發表，這才決定它成為綜合性的。文藝理論家胡風辦的刊物而登出《論主觀》這樣文章，特別引人矚目，還不論文章內容如何。後來各期裏面，也只有舒蕪文章是「非文藝」的。

舒蕪

先生：您好！

胡風當時也許考慮得並不如此清楚，我僅從刊物的閱讀感受來分析，認為《希望》實際上已變為以文藝作品為主的綜合性期刊。

他既如此關心思想文化方面的問題，表現在編刊方針上，就成了這個狀況。

你的論文和雜文是他為實現鬥爭願望而不能捨棄的，沒有你的參與，他就只能辦文藝期刊了。

永平

2005-12-28 第八節，《論主觀》的面世與《希望》的易轍（重寫）

先生：（主題詞：關於《希望》創刊號目錄）

查有關資料，看到《希望》創刊號目錄中收有你的《哲學與哲學家》。

你在《〈回歸五四〉後序》中提到過，說是因稿擠被抽下了。目錄中仍列有此篇，也許是未及更正罷。

永平

wu yongping，您好！

1944-10-9 胡信云：「這次，《哲學與哲學家》也編入了，你底佔了七分之二！但看排出來的結果，如稿太多，這一篇也許得留到下一期去。」

可見是抽去了，而目錄沒有改正。〔註14〕

〔註14〕吳按：筆者後來查實，該文確實載入該期刊物，未被刪去。

舒蕪

先生：附件中是重寫的第八節，第九節將寫《論主觀》的若干觀點對胡風的影響。

雙簧等說的辨析放在很後面，暫時還不能重寫。

還請批註。

永平

（八、《論主觀》的面世與《希望》的易轍）

Wu yongping，您好！重寫的第八節已加注意見。舒蕪

舒蕪先生對第八節如下幾段加了批註：

如今，《希望》即將實現，能否把這個刊物辦得接近於郭沫若主編的《中原》和喬冠華主編的《群眾》，（舒蕪先生批註：《群眾》與《中原》似不可等觀，前者是「黨刊」，偶而旁涉文化而已。）將視野從文藝界而擴大到整個文化思想界，承接起陳家康、喬冠華等倡導而不幸夭折的「廣義的啟蒙運動」，兼顧「科學思想發展的評價」及「現實問題（包括現在成為問題的思想問題、歷史問題等）的鬥爭」（1943 年 9 月 11 日致舒蕪信），打破「不通風的鐵板」（1944 年 1 月 4 日致舒蕪信），讓那些被「權貴們」扼殺的孤獨的「精神界之戰士」的聲音能繼續在這流血的受難的土地上傳佈？這並不是不應該考慮的問題。他確信，如果不能先澄清這些「現實問題」，就不能從根本上杜絕文學界「主觀公式主義」和「客觀主義」及演劇界普遍的低級趣味和媚俗的傾向所由產生的根源。

……

舒蕪在附錄前還加了一個小注，稱：「本文初稿完成後，即請路翎兄看過。他寫了幾條意見出來，我們逐項加以討論。當時的爭辯，記得是很激烈的，甚至到了『面紅耳赤』的地步。後來寫第二次，遵照他的意見而修改的地方很多，但自然也有一些是我認為始終不能接受的。現在，把它們全部附錄於此，以供參考。」（1944 年 9 月 27 日作）仔細品味這段煞費苦心的注解，可知作者真是個「書生」，他似乎以為只要心懷坦蕩地陳述寫作和爭辯時的認真狀態——既從善如流，又堅持真理——便可以得到天下人的諒解，殊不知「認真」可視為「固持」，「爭辯」也可以視為「同謀」，而心懷坦蕩的「附錄」當然也可視為「陰謀」。（舒蕪先生批註：爭辯，後來又被解釋為路翎當時就

反對我。化鐵就是如此解釋的。）

2005-12-29　舒蕪建議不要用「諷刺性的狀詞」

wu，你好！（主題詞：增加一條意見）

紫色筆〔註15〕補充意見一條，請閱。舒蕪上

（筆者注：舒蕪先生增加一條批註，如下：）

10月9日，胡風結束《希望》創刊號編輯工作並交付印刷廠發排。由於印刷廠的拖拉，刊物遲至1945年1月中旬面世。

在這期以版畫《麥哲倫通過海峽》為封面的刊物上，登載了舒蕪的長達兩萬五千餘字的《論主觀》，主編者在「編後記」中 昂然地 寫道：（舒蕪先生批註：這種諷刺性的性狀詞似乎不用為好）

先生：您好！（主題詞：意見讀過）

上午去省圖書館，借得一本《耿庸紀傳》〔註16〕。回來後收到信，很高興。

所提意見甚好。《中原》與《群眾》是不同的，刪去《群眾》。

形容詞「昂然」再斟酌，再考慮一個詞表達胡風當時的心情。

《論主觀》所收「附錄」，後來起的作用非常微妙，被胡風利用後，對你的損害要更大一些，而化鐵所說，只是局外人的附和。

我在慢慢寫，還不知這稿要寫多長，也許會變成一本書的。

永平

wu yongping，您好！

恐怕是要成書，這才說得清楚。　舒蕪

舒蕪先生寄來《周恩來給毛的機要秘書……》等網文。

2005-12-30　第九節，胡風如何「呼應」《論主觀》

先生：白沙女子師範學院離重慶市區有多遠，到重慶是否方便，走水路還是公路。永平

〔註15〕先生原用顏色標注處，皆加上「舒蕪先生批註」字樣。
〔註16〕路莘：《耿庸紀傳》，人民出版社，2000年版。

wu yongping，您好！

　　「國立女子師範學院」，院名就是這八個字。白沙，是學院所在地名，院名中並無此二字。（簡稱「女師學院」、「女師院」、「女院」，均無「白沙」二字在內）當時是四川省江津縣白沙鎮，在長江邊，距離重慶市區一百八十里。由重慶前往，是逆流而上，得走一整天，兩頭不見太陽。由白沙去重慶，是順流而下，快些，也得大半天。當時只有這條水路，交通非常不便。現在聽說有成渝鐵路經過，情況不同了。舒蕪上

先生：（主題詞：有附件）

　　附件中是第九節，我素來不喜歡寫這樣的文字，但為了下一步的展開，不得不寫。

　　請批註。

　　順頌元旦圓圓滿滿！

　　永平

　　（第九節，胡風如何「呼應」《論主觀》）

先生：路翎 1944 年 11 月 8 日致胡風信中寫到，當時你把白沙的住所命名為「無雙室」。這有什麼因由。永平

wu yongping，您好！完全不記得有過這麼一個名字了。舒蕪

2005-12-31　討論「精神奴役」的發明權

wu yongping，您好！

　　深佩分析的深刻！幾點小意見已注入。舒蕪

　　（筆者注：舒蕪先生對第九節如下段落作了批註：）

　　在《希望》創刊號上，胡風發表了一篇「文藝短論」，題為《置身在為民主的鬥爭裏面》。他曾向舒蕪表示，此篇是為「呼應」《論主觀》而作的；（舒蕪批註：他信上說的是「好像和你呼應似的」，並未肯定。）又曾自述云，此篇還可視為《希望》的「序言」；由此認定此篇為胡風跨入「思想文化」界的宣言，當為持之有據。順便說一句，它在其後數十年內的「點擊率」甚至超過了《論主觀》。

　　……

　　舒蕪也許並不是第一個依據馬克思關於「亞細亞生產方式」學說，明確

指出長期的封建壓迫給中國人民造成了深重的精神傷害的學者，但他的表述直接啟發了胡風，這卻是事實。不過，也應該指出，胡風對「創傷」理論的解說明顯地有別於首創者，舒蕪僅指出封建精神對人民（包括自己）的「染污」、「傷損」、「壓抑」和「損害」，而胡風卻把它渲染成足以「淹沒」進入者的「海洋」。這樣，他的「在水裏並不就等於游泳」的觀點便順勢推出了。

若干年後，一些前進的人們批評胡風害怕和拒絕與人民結合，都是從「創傷」說及「在水裏並不就等於游泳」的觀點立論的。

（舒蕪批註：「發明權」問題，恐怕還要仔細考證。《論主觀》之前，他是否已經有了這些論點，哪怕是一句兩句。）

……

其次，他把舒蕪提出的「生活實踐」論與「自我改造」論也進行了綜合更新。既然生活無處不在，只要深入便有所得，作家的創作實踐當然也是生活，甚至可稱為「自我鬥爭」，深入進去當然也能完成「自我改造」。他於是這樣寫道：

> 承認以至承受了這自我鬥爭，那麼從人民學習的課題或思想改造的課題從作家得到的回答就不會是善男信女式的懺悔，而是創作實踐裏面的一下鞭子一條血痕的鬥爭。一切偉大的作家們，他們所經受的熱情的激蕩或心靈的痛苦，並不僅僅是對於時代重壓或人生煩惱的感應，同時也是他們內部的，伴著肉體的痛楚的精神擴展的過程。

放眼世界文壇，把「創作實踐」說得如此殘酷、如此恐怖、如此鮮血淋漓，胡風也許是第一人！他如此描繪「創作實踐」的功能，無非是強調它也是「生活實踐」，它也是「自我改造」的途徑而已。舒蕪的哲學探索對於胡風的文藝理論建樹實在是 有大功焉 ！

（舒蕪批註：這類語調似乎可以少用。）

先生：

所示精神奴役的發明權，我一直非常關注，如有新的發現，會及時改過來的。但目前還沒有查到。某些詞語的用法問題，在修改時會注意的。現在這樣用，可以用來提高寫作的興趣。

永平

先生：（主題詞：請教細節）

請教一個細節：辦《希望》時，胡風住在重慶市郊的賴家橋，這個地方離重慶市區有多遠，當時依賴什麼樣的交通工具，進城一次耗時多少。

你那時遠在白沙鎮，去重慶的機會也許不會太多。

永平

wu yongping，您好！

賴家橋是重慶近郊，有公共汽車，具體時間記不清，如有當天來回必要，該可以來回的吧。況且文工會也可能還有自己的交通車，這我沒有問過。白沙就遠了，水路總得一天，當天去第二天回都不可能，至少要在城裏住一天，第三天才行。

舒蕪

先生：（主題詞：再請教）

再討教一個問題。

胡風 1945 年 1 月 24 日給你的信中有這麼一段，「關於那個世界有沒有的問題，我只能說，一定有，一定要它有，否則，只有投江了。至於何時有，那就難說了。第一，我們真誠地信仰實踐的力量，因而要用我們真誠的努力去匯合它，豐富它」

曉風注釋曰：此段係胡風針對舒蕪來信中所提出的會不會有人人都把理想注進全生活的世界的問題作的回答。——編者注

原信原文是如何寫的？當時你為何要問這個問題？

永平

wu yongping，您好！（主題詞：有答覆）

查原信，是這樣兩段（原信末沒有注日期，大致是 1945 年 11 月 24 日以後），是到了女師學院以後，對於周圍環境的某些失望和反感的產物，具體事情記不清了：

> 我近來的情形，是自己也逐漸意識到，惶惶終日的在生活的一
> 切部分找尋理想，找尋關於理想的理想。但所見到聽到感到的，卻
> 都是一些對理想扮鬼臉，給理想抹白鼻子的東西。因此，就時常陷
> 於大狼狽之中，陷於極端的頹唐之中。但只在上課或與學生談天時
> 是振奮的，因為面對著的是不同的對象了。雖然師生之別，男女之

防，還使我望不清楚，但大概是好的吧，進化論總大概可信的吧！忠於後來者，這是不能放棄的東西。除此而外，「學術」，「藝術」，「文化」之類，就都於我如浮雲，而且力圖攻倒之而後快了。先前，你可以知道的，還迷信著「學術」；到此以後，才看出那裡面的、以及「藝術」，「文化」等等裏面的狹隘、卑陋、穢膩來，才真正知道「生活」的意義。

但我要問你：那樣的一個世界，人人都把理想注進全生活的世界，究竟何時有？會不會有？是不是只在小說裏面才有呢？為什麼一點對於真的、對於美的、對於善的、以及對於理想本身的理想，這世界都容它不下呢？我看，恐怕還是需要「進化論」。

舒蕪

舒蕪先生以「妙文」為主題詞寄來江蘇丁中《學習雁塔詩刊有感》等網文。

二、2006 年全年

2006-01-01　舒蕪談《論主觀》受南方局批評事

先生：（主題詞：請教）請看附件。永平

舒蕪先生當天即覆信，在附件上作了批註。以下是附件原文。「吳注」是筆者的疑問。「舒蕪注」舒蕪先生的批註。如下：

寫到第十節時，要用到如下一封信，其中所涉內容不太理解，特此請教。

這是胡風 1945 年 2 月 9 日給你的信（吳注：我知道此信不能照錄，著作權問題），當時他剛參加過周恩來主持的關於《論主觀》的討論會，從重慶返回鄉下後給你寫的。我不懂的地方用紅色標出，請你批註說明。

管兄：

昨天回來。那天晚上，打了一個小仗，不過，還沒有正式問到你，是向著我，就是「客觀主義」的問題。結果是，被承認了有這麼一回事，被批准了。（吳注：可與《關於喬冠華》互見，說的是周恩來相信他所說的發表《論主觀》是為了批判，也同意他說的文藝界存在客觀主義現象，並批評了茅盾。）三期要弄（費爾巴哈論）百年紀念，貴兼及喬要動手了。我看，非做些吃力的事不可。（舒蕪

注：一面背著我在周面前把我置於批判對象的地位，另外一面，對我說「沒有正式問到你」，是為了使我不要緊張。）

回家後的情形如何？到這裡來的日期，不能遲過第一個星期六、日（就他們二人）。（吳注：此段不知說的什麼事，是說你曾回家一趟嗎？又說讓你上他家去，似乎要你與陳家康和喬冠華見面談費爾巴哈百年紀念事。你後來去了嗎？）（舒蕪注：「回家」，指我從重慶回白沙。「他們二人」，不像指陳、喬二人，好像指路翎與陳守梅。是約我們三人到重慶市區聚會，共商為《論主觀》打反擊戰之大計。）

就上次交給你的記錄，（舒蕪注：不記得什麼「記錄」，只記得胡向茅盾要了茅盾批評《論主觀》的發言提綱轉交給我，也許「記錄」就是指此。）得談一談（吳注：這裡似乎仍與上段有關聯，關於費爾巴哈百年紀念事）。（舒蕪注：要談一談的不是費爾巴哈事，仍然是《論主觀》事。）我看侯不見得肯寫，（舒蕪注：指動員侯外廬寫出批評《論主觀》文章，上面說的「記錄」又恍惚記得是侯寫的有關他對《論主觀》意見的記錄。可以肯定的是，這個動員是不懷好意的，是為了樹出靶子來打。此其所以所以估計侯不肯寫，所以陳家康事先就知道侯如中計寫了，成了靶子，就會「傷了他」。）貴兼有意不要傷了他，留作社會史問題的友軍云。好笑得很。（吳注：似乎指約侯外廬寫什麼稿子，但陳家康又說不要傷了他，不知為什麼好笑）（舒蕪注：大概在中國歷史分期問題上，侯的意見接近陳，所以陳要留作友軍。而胡是看不起侯的，稱之為「政客哲學家」，所以胡認為陳「好笑得很」。）很想你先弄法西斯主義的三階段問題，這是根據那天晚上的情形想定的。（吳注：這篇文章你後來寫了嗎？胡風為什麼有此提議？）（舒蕪注：我那時對於法西斯主義有什麼「三階段」的看法，現在記不清，與胡面談過。他為什麼根據那天晚上的小會情形而提議我先寫此文，不清楚。我沒有寫，為什麼沒有寫，也忘了。）

祝好

谷頓首拜

〔一九四五〕二、九日

2006-01-02　　第 10 節，「在壇上，它是絕對孤立的」

wu，你好！（主題詞：侯外廬與《論主觀》見附件）

　　bikonglou@163.com

　　（附件：關於侯外廬與《論主觀》。全錄如下，吳注）

　　慶祝斯大林六十大壽，各進步報刊都有文章。《中蘇文化》雜誌載侯外廬文章談新哲學（馬克思主義哲學）的斯大林階段，說這階段的特點，是強調客觀世界的「軟轉性」，即可塑性。大意是，在無產階級力量已經強大，特別是已經掌握政權之後，無產階級的主觀作用的強大，使得客觀世界成為非常「軟轉性」的東西。（舒蕪注：詳細內容記不很清楚，至少舒蕪讀此文後的理解是這樣的。）《論主觀》的理論資源就是侯外廬這篇文章。1945 年 1 月 28 日胡風給舒蕪信云：「問題正在展開，他們在動員人，已曉得是古典社會史的那個政客哲學家（舒蕪注：指侯外廬）。今天遇見，說是有人送刊物請他看，他看了兩節，覺得有均衡論的傾向云」可見侯外廬沒有參加那天批評《論主觀》的會，會後之所以動員到他，就是因為注意到他那篇文章是《論主觀》的理論資源之故。

　　胡風此信又云：「看情形，一是想悶死你，一是想藉悶死你而悶死刊物。哲學家和官們屬於前者，文學家們屬於後者。我的回答是：要他們寫出文章來！」這顯然是迎戰的態度，是懷著戰必勝的信心，在叫將出陣。

　　先生：胡風為何要稱侯外廬為「政客哲學家」，我只知道他當時在編《中蘇文化》，是否還在國民政府中任職，則不清楚。永平

wu yongping，您好！不知道，沒有問過。

　　bikonglou@163.com

先生：（主題詞：侯外廬事）

　　我查了中蘇文化雜誌目錄，斯大林先生六十壽辰專號 1939 年 12 月 21 日出版，收有「外廬與洪進編譯」的《斯大林——世界學術傳統的繼承者》一文。你看到的也許就是這一篇文章。

　　可惜難得看到原文。

　　永平

wu yongping，您好！

如果他沒有別的慶祝文章，也許就是這一篇。反正我讀他的文章而得到強調主觀作用的根據，人們之所以因為要批判我而去找他，都是肯定的。

bikonglou@163.com

先生：（主題詞：小問題）

胡風1月24日給你的信中有如下一段：

> 《論生死》，當然看過。在作品裏面透出它，在具體問題裏面透出它，那時候，人們雖然以為人不過是理論的「實現」，也無法簡單地說是「唯心論」了。而且這樣做也是我們基本的方法。——遇著危險就機靈地逃走，保存「革命實力」的人們懂得什麼是生命！

請問，《論生死》是誰的文章，該不是你寫的吧？

永平

yongping，您好！《論生死》，是我寫的。具體內容已經忘了，為什麼沒有發表也忘了。bikonglou@163.com

先生：寄上第10節，「在壇上，它是絕對孤立的」，請批閱。永平

wu yongping，您好！有注，沒有意見。

bikonglou@163.com

筆者注：舒蕪先生對第10節有兩處批註。

信中「抬頭的市儈」指茅盾，「抬腳的作家」指葉以群，「蔡某」指蔡儀，「辯解的人」指馮雪峰，「政客哲學家」指侯外廬。胡風用如此鄙夷的口氣談到與會諸人對《論主觀》的批評，可見他的牴觸情緒非常強烈。這裡提到的「伏線」，指的是《希望》創刊號「編後記」中的「要無情地參加討論」那句話，他滿心以為有了這個「伏線」，所有的責任便會轉移到不願寫爭鳴文章者的身上。茅盾離會時，把發言提綱留下了，因胡風說還要認真看看。

（舒蕪批註：他鼓勵我要再接再厲，不能鬆勁，……那些打氣督戰的話，似乎該在此引出，但是又關係著作權問題。）

（舒蕪在篇末加注：這一節，我提不出一點意見，所述的幾乎全是我不知道的。回想當時我僻處白沙，對於重慶文化界情況，如何響應整風，如何開展批評與自我批評等等，全無所知，胡風來信中也沒有直接間接涉及。）

先生：（主題詞：請教）

你答覆黃藥眠的《論約瑟夫的外套》的文章《我的聰明》（《希望》第二集第三期），似未收入舒蕪集。手頭還有麼？我想讀讀。

永平

wu yongping，您好！

手頭沒有《希望》舊刊，該文未能呈覽，歉甚。那是一篇毫無意義的小雜文，也可以說是另一種「表態」文章。本來我寫了長篇反駁論文，題目忘了，胡風始終不滿意，但也還是將原稿給胡喬木看了，胡喬木與我談話時，是將《論主觀》《論中庸》與那篇反駁文章原稿三篇一起放在他面前來談的。（那篇反駁文章原稿已經沒有了。）及至反駁文章完全改不好，才想到寫此小雜文。黃文末尾云：「舒先生，多讀一點書對於你是有益的；而且我相信，沉默將證明你的聰明。」我就這句話寫雜文，說一個故事：兩人扮演武松打虎，扮虎者被扮武松者痛打，抗議。武松曰：你是老虎，不打，豈不被你吃了？於是兩人掉過來扮演，新扮武松者又被新扮虎者痛打，抗議。新扮老虎曰：你是武松，不打，豈不被你打死了？無論怎樣，總是那一個人吃虧。同理，無論我沉默與否，他都勝利。沉默，是我承認失敗；不沉默，是我不聰明。所以我只寫小文，介乎沉默與不沉默之間，就是我的聰明，云云。此文實在沒有意思，但直到《希望》二集三期還發表之，可以說明刊物的態度。

bikonglou@163.com

2006-01-03　討論南方局批評《論主觀》的用意

先生：（主題詞：感謝）

與黃藥眠論爭的雜文找不到也沒有關係，因為這是遲到的論爭，與當時的文化形勢已沒有多大關係。如果非用不可，我還可以去找。

感謝你的回憶，我對此文內容大致有瞭解。

永平

wu，你好！（主題詞：補充意見）

有補充意見，以紫色筆加注，在第三頁。請閱。

bikonglou@163.com

（舒蕪先生對第 10 節的「補充意見」如下）

　　然而，此時胡風還不知道，中共重慶文委組織召開這次文藝座談會，採取內部討論的形式座談《論主觀》，完全出於從政治大局著眼，幫助黨外人士統一思想提高認識的善意，並沒有「悶死」誰的意思。（舒蕪注：雖然說要「悶死誰誰」是不滿的牢騷的說法，但是，其所以要批《論主觀》，還是作為批才子集團之後又一場思想鬥爭來開展的。能不能簡單地只說是「善意」的？）就在七天前，中共南方局收到周恩來、董必武從延安聯名發出的電文，題為《關於大後方文化人整風問題的意見》（一九四五年一月十八日）〔註17〕，明確指示道：……

先生：下面作一點解釋，為什麼我說並沒有「悶死」誰的意思。

　　第一、陳家康已於頭一年10月返回重慶，沒有受到任何處分。胡風因此鬆了一口氣，他曾把此事寫信告訴過你。

　　第二、喬冠華在《論主觀》討論會召開時，仍然傾向於基本贊同的態度。胡風自傳中有記載。

　　第三、其後陳家康喬冠華仍與胡風積極籌備費爾巴哈紀念。這在胡風與你的通信中有反映。

　　根據周恩來董必武電文也可得知，當時中共以對國民黨鬥爭為大局，以成立聯合政府為追求，並不主張展開進步陣營內部的思想鬥爭，至少還不想讓它公開化。

　　文壇的反「主觀論」的運動是稍後再開始的，中共重慶方面的態度也是逐步強硬起來的，大概在重慶談判及胡喬木找你談話之後，由於胡風堅決不肯改變態度，加上黨外人士黃藥眠等已把《論主觀》問題公開化，而你在《希望》《呼吸》上連續發表同類文章，已在抗戰文壇造成影響；加上何其芳主管大後方文藝工作後，發現客觀主義理論有許多追隨者，甚至影響到中共對大後方文藝工作的指導，他們才不得不處理這一問題。這部分的內容在稍後才能談到。

　　下一節我想先寫胡風如何應對孤立的局面及組織反擊，然後再寫《論中庸》及你的其他文章，接著寫胡喬木與你談話事及胡風的表現，以後才是批「主觀論」（這部分是略寫，因為胡風與你都沒有直接參與）。

〔註17〕這是給當時在重慶主持中共中央南方局工作的王若飛同志的電報，周恩來與董必武聯名從延安發出。收入《周恩來選集（上卷）》，人民出版社，1997年7月出版。

在當時，政局與文化形勢的變化是微妙的，此一時，彼一時，有時以月計，有時以日計。我正在仔細琢磨，想徹底弄清楚。

謝謝你的提示，我會非常認真地對待的。

永平

wu yongping，您好！

承教變化往往以月日計，此理至精，反思當時情況，昭若發蒙。但階段性的同時，似又有連續性。階段性表現在什麼時候將問題公開上面，連續性表現在內在聯繫上面。胡喬木與我談話，開宗明義就指出：我們黨內同志也有與你的錯誤類似的問題。（大意）這不是偶然的。可見高層早就把《論主觀》與才子集團聯繫在一起看。後來政協開會，我去重慶看望陳家康，把胡喬木找我談話事告訴陳家康，陳氣憤地說：「我們一起穿開襠褲長大的，想騎在我脖子上拉屎嗎！」茅盾、黃藥眠雖是黨外人，立言自然是明知「內情」而後發，茅說我「賣野人頭」已經不善，黃說我披著「約瑟夫外套」更是以偽裝的敵人看待，恐怕難說「善意」吧？至於後來才公開，那當然是階段性不同了。

舒蕪

先生：所示甚是。

但茅盾和黃藥眠與中共重慶組織的關係是有區別的。茅盾的批評只在於「譁眾取寵」之意，顯然準備不足；黃藥眠的批評有對胡風不滿的前因，他先前批評過胡風為文協所寫的總結，況且他在外地，並不知道中共重慶文委的精神，他的外套之說雖然嚴厲，但並沒有多少政治背景，要不然，他的文章不會在重慶發不出來。

我的善意之說只是對當時馮乃超等文委中人而言，要不然，他們何必開那麼多會來勸說胡風呢？又何必要把周恩來也請出來呢？

至於後來的變化，是與雙方的態度有關的。拙文還沒有寫到，當續有論述。

永平

wu yongping，您好！

且當細思，領味大教。還要想想直到 1952 年的胡風文藝思想座談會，周恩來批准的方針，還是幫助胡自己檢討，他如果自己檢討了，就不必公開批

判，可見內部解決不等於問題性質的不同。　　舒蕪

先生：（主題詞：問一信）

　　胡風 1945 年 4 月 13 日給你的信中寫道：「前信提到不能為文的話。這還是由於自己的心情罷。被一些具體對象吸住了，於是安於小康之心就發生，自然會與廣大世界隔開了。而且，也不能用老人到廈門後的情形相較罷，他是由於苦戰疲勞後的空漠，而你呢，不是由於小康式的陶然以至自得麼？逃遁也有種種途徑的。」

　　這時候，你應該是按照胡風的提議趕緊撰寫為《論主觀》辯護的文章的，然而你說「不能為文」，而且舉魯迅到廈門後的心境相較。這封「前信」，胡風家屬退還給你了嗎？如有可能，想看一看。

　　永平

Wu yongping，您好！見附件。舒蕪

　　（附件是舒蕪 1944 年 12 月 8 日致胡風信，已整理好並作了注解。吳注）

先生：讀過惠贈的未發表的這封書信，明白了一些事情。

　　但此信應該是 1945 年 1 月 8 日作，有胡風 1945 年 1 月 18 日寄你的信為參考。胡風在此信中提到「八日信收到。今天又自寄刊一本，並散張一卷。書店的如寄到，就轉贈臺君罷。此君人是好的，但通起信來，不知說什麼好，所以疏遠了。詩叢，現在手邊沒有，書店的也丟光了。」正是回答你信中所言的事情。

　　永平

　　Wu yongping，您好！原信無年月，是我追署年月弄錯了，提前了一個月。承您細心指正，謝謝。bikonglou@163.com

2006-01-04　第 11 節，「頂怕朋友們的消沉」

先生：（主題詞：請閱附件，並請批註）永平

　　（第 11 節「頂怕朋友們的消沉」）

wu yongping，您好！（主題詞：已注）舒蕪

　　（舒蕪對第 11 節多處作了兩次批註，下面以「舒蕪注」和「舒蕪又注」表示，筆者也相應作了答覆。）

　　然而，這位有才華的青年學者一直「怯」於從純學術的書齋走上思想文化「現實問題」的戰場，更何況年前他剛剛拿到了國立女子師範學院國文系副教授的聘書，突然從漂泊無定的流浪學子，一躍而為高級知識分子。他會因此而沉溺於「小康之境」，忘卻了身負的思想啟蒙的時代責任嗎？

　　（舒蕪注：關於「小康」要詳細說一說：先前我教小學中學，雖然都得到學生的歡迎，但究竟只是中小學生。到中央政校當助教，則只幫教授工作，不接觸學生，而且警惕該校的政治性質，還竭力避免接觸學生。到女師學院，情形大為不同了：第一，受到大學生而且是女大學生的歡迎，其實她們年齡都與我相差不多，有的甚至大於我。有幾個高材生、才女，更直接地以崇拜者的姿態環繞在我周圍，我指導她們組織文學社團，出文藝性壁報，盡心盡力。（其中有一位就成為我第一個女友，後來發生許多感情糾葛。）第二，先前在中央政校盡量掩蓋自己的政治文藝思想面貌，竭力裝作桐城派遺少一流，曾有打油詩自嘲云：「答人『貴處』殷勤問，兩字『桐城』未敢低。」現在至少文藝思想的真面貌完全可以公開，可以大講魯迅，大講羅曼羅蘭。第三，國文系同事中有臺靜農，是我心儀已久的魯迅弟子，與我關係很好；此外李霽野、魏建功也是學院內頭等教授，一個學院裏魯門弟子就有三個之多，別處是少見的。第四，國文系其他同事，可以談談的也不少。這一切使我對於那個小環境很有滿足之感，這是「小康」的主要原因。）

　　（吳注：這部分內容擬寫進下一節）

　　……

　　其實，胡風對舒蕪此時的處境和心境並非完全不體諒，一個年僅 23 歲的只有高中文憑（舒蕪注：還沒有畢業，沒有文憑。）（吳擬改為：高中肄業，與上文同）的小青年，因黃淬伯教授的賞識和薦舉，跨越了講師階段，直接到國立大學擔任副教授，遭到一些冷眼是必不可免的。他也知道，舒蕪曾在鄉間小學、中學及中央政治學校都擔任過教職，但能否勝任大學的工作，（舒蕪注：他對這一點並不關心，也不擔心。）能否不陶醉於「小康」之境，能否保持旺盛的鬥志，這些才是他最為擔心的。（吳擬改為：他也知道，舒蕪曾在多所鄉間小學、中學執教，也曾為中央政治學校黃淬伯教授當過助教，如今教教女大學生當無甚問題，他對此並不擔心；不過，他反倒擔心這位年青學者可能將太多的精力用於「女兒國」，而忽略或忘卻了更緊迫的工作。）（舒蕪又注：他也知道，舒蕪雖然只在鄉間小學和初中教過兩年，只當過不到三

年助教，但以他的實際水平。如今教教女大學生當無甚問題。）

（舒蕪注：我的心情為什麼變化，受了什麼刺激，記不清了。但記得並沒有遭受什麼「冷眼」，只是隱約感到魏建功的態度不大友好。他曾問胡風是否認識我，顯然在調查我。他後來與黃淬伯公開衝突。有人居然找到中央政校的職工名冊，上面分明記著「方管　助教」，拿去向教育部控告我不應當越級聘為副教授，不知道是不是他幹的。抗戰勝利後，他先去臺灣，有人推薦我去臺灣大學，他說方管此人來路不明，於是事情不成。我至今不明白他當時是從左邊還是從右邊懷疑我來路不明的。

（吳注：擬用注釋的形式，不點名地將此事寫入。）

……

於是，胡風 1 月 18 日的覆信寫得十分婉轉，他迴避了舒蕪信中以魯迅在廈門的處境相比擬的說法，（舒蕪注：他沒有迴避，曾對此大加批駁，第四頁已引了那封信。）（吳注：1 月 18 日信只談到小康，並未談及魯迅在廈門事。第四頁所引信寫作時間是 4 月 13 日）只是對舒蕪表示不寫「雜文」事作出了果斷的反應。

……

動員侯撰文爭鳴的人是胡風，文中提到的「有人」當然也就是胡風，舒蕪心中十分清楚，筆下卻只寫「大概」，似乎仍有顧慮。

（舒蕪注：動員侯的是「他們」，即文委他們，是真正動員擴大批判隊伍，挖《論主觀》的理論老根。事關黨組織的舉措，我只能說「大概」。胡風則是將計就計，點名叫將，與「動員」性質不同。也可見雙方都不是要把問題侷限於內部，都要把論爭公開化。）

（吳注：對文委是否有意將此爭議公開化，我仍有不同看法。文委中個別人也許有此想法，但作為組織，他們是想內部解決的。因為有周恩來電文在先，而且周也回到重慶了。後來陳家康提醒胡風不要「傷」了侯，也是個證明。）

（舒蕪又注：我說的「有人」，只是指文委他們，起碼我寫時理解如此，不管事實如何。）

所有的一切都已布置好，單等侯外廬先生的爭鳴文章出來，大幕就將拉開。然而，就在此時，陳家康出面阻止了這場鬧劇。（舒蕪注：我的理解是，陳並不阻止什麼，只是打招呼，將來反擊時不要太傷了侯而已。胡風並不以陳的招呼為意，認為「好笑得很」。估計侯如果寫了，胡風反擊時是不會手軟

的，不會顧忌陳的招呼的。）據胡風2月9日給舒蕪的信中稱，陳家康讚賞侯外廬先生的社會史研究，視其為「友軍」，因而不贊同他們利用《論主觀》問題「傷」他，並說侯大概「不得肯寫了」，囑舒蕪 改變寫作計劃 〔註18〕。（舒蕪注：他並沒有說是因為侯不肯寫才要我先談法西斯主義三階段，而是說根據那天小會情況才這樣想。與侯肯寫與否無關。）（吳注：此句可改為，囑舒蕪另就「法西斯三階段」作文。）（舒蕪又注：估計侯未必肯寫，與勸我另寫法西斯問題，完全沒有因果關係，是兩件事。）陳家康既如此說，胡風也只能 徒呼奈何 。（舒蕪注：陳沒有阻止什麼，胡也不會聽命於陳，問題沒有公開化，只是由於侯自己不肯寫，當然他也不是聽了陳的話而不寫。）1950年4月他在《為了明天》「後記」中委屈地寫道：「實際上，當（《論主觀》）發表了以後引起了議論的時候，我就曾經誠懇地要求幾位有馬列主義修養的，發表過反對意見的先生寫文章，而且還轉託有信用的朋友懇請過，無奈他們總不肯寫。」他們為何如此，胡風心裏其實是非常清楚的。

　　……

　　在這裡，胡風誓把《論主觀》的文章做到底的鍥而不捨精神躍然紙上，不管是借讀者來稿提出批評意見也好，還是責其以安於「小康」意在「逃遁」也罷，目的只有一個，就是要敦促舒蕪繼續「為文」，不讓其因迷戀於「具體對象」而稍懈。

　　（舒蕪注：可見他明白「具體對象」就是女學生。）

　　（吳注：我加引號就是暗示胡風有此意思，但不太想點明。）

先生：（主題詞：看過附件）

　　收到再次批註，非常感謝。

　　重慶文委擬統一改為南方局文委，原來只想少寫幾個字，看來還是更認真一點為好。其實，文委還可以稱為工作組，但不知是什麼時候改的。

　　所批註的內容，還要仔細斟酌，方能決定如何修訂。

　　永平

〔註18〕舒蕪先生寄來胡風某日信內容：「就上次交給你的記錄，得談一談。我看侯不見得肯寫，貴兼有意不要傷了他，留作社會史問題的友軍云。好笑得很。很想你先弄法西斯主義的三階段問題，這是根據那天晚上的情形想定的。」當時先生與胡風來往通信均未公開發表，先生特意叮囑：「著作權問題，僅供本人參考。」

2006-01-05　第 12 節，《論中庸》發表始末

先生：（主題詞：問一信）

　　寫到第 13 節「真的『主觀』在運行」，要寫你在女子師範的教學情況，及毛澤東重要文章發表後對你的影響。

　　讀胡風 1945 年 5 月 22 日給你的信，其中寫道：所謂「小康」云云，話是說了，但要解釋也不易。如果是沉於一個世界，不再感到大世界的重壓，即令是做著「忠於後來者」的工作罷，恐怕也就是一種小康之境了。

　　其中「忠於後來者」一句，應該是你前信中的話。又，同信中又寫道：關心「壇」上麼？——狗打架而已。

　　曉風注云：（此句）係由舒蕪 4 月 30 日來信中問及一般的局勢與「壇」上的情形如何而引起。

　　請問，4 月 30 日信是否退還，能否示下。

　　永平

wu yongping，您好！信附上，見附件。舒蕪

　　（附件：舒蕪 1945 年 4 月 30 日午夜致胡風信，有注解。）

先生：（主題詞：請教）

　　還有一個問題，當時你寫為《論主觀》辯護的長文時，黃藥眠先生的文章還沒有發表。黃藥眠雖在 1945 年春即寫成《論約瑟夫的外套——讀了〈希望〉第一期〈論主觀〉以後》，卻因種種原因未能在重慶的刊物上發表，1945 年冬在湘西《藝林》上發表後，知者甚少，直到 1946 年 3 月在《文藝生活》雜誌上發表後，才廣為人知。

　　那麼，你的文章針對誰的觀點呢？胡風閱稿後，說是對「大師」的回敬，這大師是誰呢？你說過胡風曾交給你茅盾的發言提綱，但只記得有「野人頭」幾字，侯外廬先生的意見也只有「均衡論」三字。讀者來稿一是大學生，一是中學生，也不能稱為「大師」。

　　既是對於「大師」的，我能理解為是針對茅盾和侯外廬先生的發言嗎？

　　永平

wu yongping，您好！（主題詞：是對茅等人）是這樣的。　舒蕪

先生：（主題詞：請批註第 12 節）　永平

　　（第 12 節，《論中庸》發表始末）

wu yongping，您好！（主題詞：有注。）請見附件。舒蕪

（舒蕪先生對第 12 節數處作了批註，如下）

1944 年 5～6 月間舒蕪撰寫《論中庸》時，也許 並不知道 批評者是中共元老董必武，但他在當年 3 月 13 日前通過胡風已經讀到了「關於陳君的那文章」〔註 19〕，這是一份 黨內文件 ，他對於陳家康等挨批的內容應該是比較清楚的。（舒蕪批註：我知道的。這文件就是批評會上董老的總結。）

……

當年，胡風以漫不經心的態度對待中共南方局文委及高層領導的批評和勸告，並不是不能從相應的環境因素及由此派生的思想基礎上挖掘深層的根源：首先，當時還沒有形成政黨崇拜的時代氛圍，更沒有形成敬畏政治權威的時代心態，當權的政黨威信不高，前進的政黨尚「在野」，這是大致的環境因素；其次，胡風及周圍的人都是「尤尊五四」及「尤尊魯迅」的，他們崇尚的是個性解放，追求的是特立獨行，這是大致的文化因素。正因為此，1938年胡風在武漢辦《七月》時就敢於鄙薄王明和博古，說他們的文章「是太一般的門面話，沒有觸到問題實質，連文字也很庸俗」，甚至驚詫於他們的「文化水平甚至政治水平有那麼低」（《關於陳辛人》）；抗戰中期，他放肆地嘲笑「官方」和「權貴」；抗戰後期，他贊同舒蕪非「體系」而薄「主觀完成者」，也大致出於這樣的思想基礎。再其次，胡風當時有個非常執著的觀念，即他是「在用獨立自主的原則」辦刊物，在大的原則上固然要服從政治，而「我自己編刊物那是完全獨立自主，不受任何人影響的。」（《胡風自傳》）

（舒蕪批註：我們那時根本沒有文化文藝由黨領導的觀念，只認為政治上是黨領導，文化文藝則不然。這與魯迅答徐懋庸信有關。我們分明知道四條漢子的政治身份，而魯迅可以那樣對待他們，魯迅可，我們又何不可？也與高爾基、魯迅、乃至郭沫若（他那時公開身份不是黨員）皆非黨員有關。）

……

《論中庸》在這個時候反「體系」批「權威」，不能不使當時先進政黨的輿論權威們感到有如芒刺在背。一年後，胡喬木來到重慶，多次 與舒蕪面談，（舒蕪批註：我沒有「多次」，只有一次，連續一下午和一上午的一次。）希望能以「新哲學」的理論說服他；若干年後，執政的「權威」們重算舊賬，胡

〔註 19〕參看 3 月 13 日舒蕪給胡風信，內容已見前述。另，舒蕪在《回歸五四後序》說，「指批判陳家康的一份文件」。

風為卸卻責任進行過激情的辯解〔註20〕。此是後話，在此不贅。

2006-01-06　第 13 章，「墜入小康式的陶然自得」

先生：（主題詞：三信均收到）

　　寄來的三封信均收到，批註三處均認真讀過，第二處批註尤給我很大啟發。

　　惠贈的信也收到，與胡風信對照閱讀，許多事就了然了。

　　今天寫新的一節。

　　永平

先生：（主題詞：請教一個筆名）

　　請教一事。

　　《希望》第 1 集第 4 期有署名「丁易」的兩篇雜文，《譯音》（雜文）丁易和《好名二術》（雜文）丁易。

　　這位丁易是後來撰寫中國現代文學史的丁易，或是其他人，抑或是你的又一筆名？

　　永平

wu yongping，您好！

　　就是現代文學史的作者，是我的小同鄉，安徽桐城人，本名葉鼎彝，但我們不相識。　舒蕪

先生：（主題詞：附件為第 13 節）

　　草就第 13 節，仍請批註。

　　寫這一節時，感覺太細，若按此筆法寫下去，全稿可能超過二十萬字。這還只寫到 1945 年啦。

　　此外，引文是否嫌太多？如不引，則文章缺少原始資料的支撐，與他人的文章沒有區別，如多引，則使文章有支離之感，真不知如何是好？

〔註20〕胡風「三十萬言書」中有如下文字：一九四六年七月，我在哀悼陶行知的文章裏面，提到過在鬥爭激急發展的現代中國，現實鬥爭內容要隨時湧入文化思想，使文化思想現出新的相貌。（《為了明天》第 50 頁）但舒蕪這次說他在一九四四年六月，即兩年以前寫的《論中庸》裏面的關於體系的理論是我這一段話的「翻版」（打印本 10 頁）。「三十萬言書」即《關於解放以來的文藝實踐情況的報告》，收入《胡風全集》第 6 卷。

也許在最後修訂時還要大動手腳。

永平

（第 13 節，「墜入小康式的陶然自得」）

舒蕪先生對第 13 節如下段落有批註

「答文」的論敵是兩位「大師」，一是斥《論主觀》為「賣野人頭的」文學家茅盾，（舒蕪注：茅盾發言中還說論主觀有法西斯哲學。）二是責《論主觀》「有均衡論傾向」的哲學家侯外廬。

……

1944 年 10 月舒蕪因中央政治學校教授黃淬伯先生的薦舉，（舒蕪注：黃先生先於我離開中央政治學校，先於我到女師學院，在女師學院推薦我的，這時他已經不是中央政治學校教授了。）受聘國立女子師範學院，由助教而躍升為副教授，生活和工作環境都有了極大的改觀。先前，他在小學、中學及中央政治學校工作時，生活圈子很小，接觸的人不多，頗有知音難覓之感，而在這所國立大學裏，情況就完全不同。他在《〈回歸五四〉後序》一文中曾寫道：

……

魯迅對學生魏建功的「呵斥」也為後人所樂道，1923 年 1 月 7 日北京大學學生魏建功讀了魯迅翻譯的愛羅先珂《觀北京大學學生演劇和燕京女校學生演劇的記》後，寫了《不敢盲從》一文，因文中「奚落愛羅先珂君失明的不幸」，而被魯迅先生責為「舊的不道德的少年」〔註21〕。李敖近年還談到過這段「文壇佳話」，說：「盲詩人愛羅先珂到中國來，大家捧他，魏建功獨持異議，說『我們不能盲從』，引起魯迅等人的抨擊，魏建功卻大大出了名。」

（舒蕪注：後來他們師生關係卻很好。魯迅與鄭振鐸合編《北平箋譜》，魯迅的序言，是他自己點名請魏代為書寫影印的。

……

（舒蕪在篇末寫道：尊作以細讀勝，細讀必有充分材料。此特點萬不可失。這一節裏面，材料似乎略多。也許因為關於我個人心境的材料略多一點，與論主觀關係不大似的。可否提高到我一直在學院與現實之間徘徊矛盾，此時到了一個比較滿意的學院環境，向這邊傾斜就較多，如此則扣題較緊。）

〔註21〕《看了魏建功君的〈不敢盲從〉以後的幾句聲明》，載 1923 年 1 月 17 日《晨報副刊》。

先生：（主題詞：請教二事。）

　　讀梅志《胡風傳》〔註22〕，看到如下兩段——

　　第一段（634頁），說的是1954年紅樓夢討論會第五次會議上，「這次會上，首先是黃藥眠發言，他激烈地批評了《論主觀》和胡風的『主觀戰鬥精神』，那是老賬新算；孔羅蓀、師田手和康濯的發言則否定了路翎。下午繼續開會，袁水拍跳上臺去怒氣衝衝地轟了胡風和阿壟，而青年劇院的領導吳雪和李之華則攻擊了路翎。老聶似乎剛喝了酒，帶著醉意就上了臺，用舒蕪文章中的話指責胡風，還說他和路翎過去反黨，現在也反黨……說話前言不搭後語，引起眾人的哄笑，他只好下去了。」

　　這裡說的聶紺弩帶酒發言事，你聽過沒有？

　　第二段（630頁），說的是你與聶紺弩何劍熏去看胡風遭拒事。「一天下午，老聶喝得醉醺醺地帶著何劍熏和舒蕪來到了他家。何劍熏在重慶西南師範大學教書，是來開會的；舒蕪已調進京，在人民文學出版社工作，幾次見到被他『規勸』過的胡風和路翎，想打招呼，他們都沒理他。這時，三人剛喝過酒，不知為何來到了胡風家，舒蕪手裏還拿著一瓶沒喝完的竹葉青。胡風正在午睡，只有M一人開門迎接。看到舒蕪，她心裏一緊張，不知如何應付，就慌忙跑進去告訴胡風。胡風已起床上廁所，沒說什麼，便讓M先去接待。等他出來見他們時，三人都站起來笑臉相迎。他的臉色可非常難看，只對何劍熏笑著點了點頭，就說老聶，你怎麼隨便把人領到我這兒來？用手一指舒蕪。老聶也很尷尬地說，你這是何必呢？……就同他二人一起快快地走了。」

　　這裡又說酒，還有你拿著竹葉青。是嗎？

　　永平

wu yongping，您好！（主題詞：有答覆）

　　聶紺弩發言事，我毫無所知。聶、何、我三人到胡家事，我在《後序》裏面談過，詳情就是那樣。我是否手拿竹葉青酒瓶，沒有印象了。我是滴酒不沾的，如有餘酒，應該不是歸我拿吧。舒蕪

2006-01-07　舒蕪不喜歡用「忘年交」此詞

　　先生：讀過第13節的批註。確如先生所說，細讀類文章寫法的特點就是

〔註22〕梅志：《胡風傳》，北京十月文藝出版社，1998年版。

如此，沒有資料則不足以說明問題。當堅持下去，寫完後再回頭統一修改。

我已體會到你當時「小康處境」與「現實鬥爭」的矛盾，因前文已述及，後文又要敘述，原擬在此處只以「兩難處境」帶過。也許這是不夠的，還應該多寫幾句。

永平

wu yongping，您好！

也不必多寫多少，點明幾句就行，讓讀者知道這不是與論主觀無關的單純個人心境之事，而是同前面提過的純學術與現實之間的依違矛盾直接相承之事就行。又，說我與臺靜農先生成了「忘年交」，可否不用此詞？我一向不喜歡此詞。我若用於年長者，我太僭妄；我若用於年輕者，則我為倚老賣老也。旁人如此說我，也似乎我自己曾經這麼吹過。是不是？

舒蕪上

先生：（主題詞「請教先生」）

寫到第 14 節「真的『主觀』在運行」時，再細讀你的《〈回歸五四〉後序》，你談到：

> 胡風已經感到我的疑慮，很重視。但我的疑慮還只是萌芽狀態，所以他未能看出關鍵在於混淆了思想與政治，在於要以政治標準裁決思想問題。他只是指出了認識與實感的矛盾，我也模模糊糊地願意接受，實際上並不解決問題。接著我給胡風的信中又有所流露，胡風一九四五年六月二十六日給我的長信中就說：「嗣興兄看過你底信，說你好像慌張了起來，急著想找教條救命似的。」路翎倒是一眼就看出了我的疑慮的實質。

這裡所提到的「疑慮」顯然並不是在 5 月 27 日信中所流露出的，而更表現在其後的幾封信中。

我又細讀了胡風 1945 年 6 月 13 日及 1945 年 6 月 26 日給你的信，發現那段時間你在女子師範學院的處境有重大變故，似乎你想辭職，想另覓職業，想搬到城裏來，甚至想為胡風當副手編輯《希望》。

胡風在 6 月 13 日信中提到：

> 為房子事又在城裏住了一週，毫無結果。昨天回來，得到了三封信。各稿也都收到了。但這次，有稿的似乎後到。那麼，寄你的

稿件也許現在可到了？如還未到，望即來信，好去查一查。

看情形，似乎你很不安。但一些問題，真不知從何談起。但總之，四不像的處境，四不像的生活，也就只能有這四不像的生活方式。像「家庭生活」，不要則已，如要，當然只能是四不像的。這當然不能算是問題的解決，但我們又怎能有問題解了的生活方式？

胡風在 6 月 26 日信中又提到：

「前得要進京的信，不知怎樣回你。後來嗣興兄和梅兄來玩了兩天。嗣興兄昨天回去。今天又得兩信，都提到要進京的事。」

「我不知道怎樣回答你才好。回想起過去你偶而露出的和我的想法相反的事情時，更不知道怎樣回答才好。」

「你說我們過去只看到一面，云云。」

「你說我們過去只是孤獨地作戰雲。」

曉風在為胡風的這幾封信加注解時，提到你的三封信。

一、舒蕪 6 月 11 日來信中曾提到，我們先前致力於孤獨的個人生活，等。

二、舒蕪在 6 月 18 日的來信中兩次提到，想逃脫，想上「壇」上去看看，看看人家和自己，究竟是怎麼一回事，等。

三、舒蕪於 6 月 21 日來信中曾提到，總難甘心於做中國的羅亭。

你當時所說的這些「牢騷話」，應該與你那時遭遇的重大生活變故有莫大的關係，我非常想知道詳情，如果不嫌冒昧，我希望能讀到這些信件。

永平

2006-01-08　舒蕪談 1945 年的職業危機

先生：既然你如此嚴重地看待「忘年之交」這個詞，我得好好想想，用其他的詞來代替。「兩難處境」作了一點補充。如下：

舒蕪得信後卻十分認真，在致信（1 月 20 日）中強辯道：「（我）只在上課或與學生談天時是振奮的，因為面對著的是不同的對象了。雖然師生之別，男女之防，還使我望不清楚，但大概是好的吧，進化論總大概可信的吧！忠於後來者，這是不能放棄的東西。除此而外，『學術』，『藝術』，『文化』之類，就都於我如浮雲，而且力圖

攻倒之而後快了。」他的態度似乎非常堅決，一邊是「不能放棄」的「忠於後來者」的教育工作，一邊是「力圖攻倒之而後快」的「學術」、「藝術」和「文化」之類。這位青年學者生造出了這麼個兩難處境！究其實，他仍是在學院環境（學術）與現實生活（問題）之間矛盾徘徊，傾心於前者，而企圖淡化後者。

胡風覆信（1月24日）中沒有對舒蕪所提到的兩難處境進行剖析，只是曉以大義，促其自省，努力地把他拉回疾馳的戰車上。他寫道：「就我說，近來就被那些堂皇的大旗下的污穢塞得快要窒息似的苦惱，有時想，中國人民的命運就真地會這樣慘麼？但其實是不然的罷，上帝創造宇宙也要七天，人民要站起來了，而他們也確實是血肉的生命。這裡就一定會出現你的『進化論』。進化論也決不會是和平的東西。」

wu yongping

wu yongping，您好！（主題詞：有回覆的附件）

附上四封信，當時的問題是兩方面：一是與女友感情糾葛事，這不必詳說，反正是一個波折。另一方面就是因為魏建功與黃淬伯的矛盾，牽連到我，我跨越講師階段而來當副教授，雖然講臺上站得住，還受到學生的熱烈歡迎，但我明知我的資歷方面認真審查起來是通不過的。果然就有人從中央政治學校搞到教職員名冊，上面明明記錄著：「方管　助教」，告到了教育部，幾乎招致要把我從副教授降為講師的嚴重後果。這是不是魏幹的，不敢臆斷。幸而抗戰勝利，學院發生反對教育部風潮，學生罷課，教師罷教，學院被教育部解散重建，重建的學院當局仍然聘我為副教授，我與臺靜農先生一同拒絕合作，不接受聘書而去，這一連串大事發生，才把魏建功掀起的風波衝斷了。他後來在臺灣說我「來路不明」，我至今不知道他是從左邊還是從右邊懷疑我的。他與臺靜農是多年好友，臺與我的關係，他是知道的。胡風認識我，他也問過胡的。為什麼他還如此攻擊我，我一直不明白是怎麼回事。解放以後，隨著政治風波的起伏和我的地位的升沉，他對我的態度又有大起大落的幾番戲劇性變化，這裡且不細說。至於我在抗戰勝利後，由黃淬伯介紹，到江蘇學院接著當副教授，然後由臺靜農、李何林介紹，到桂林師範學院當上了教授，魏的攻擊倒沒有發生什麼影響。

這些事情沒有必要對您保密，現在考慮的是人家問您從何而得知，怎麼

答覆？恐怕得趕快發表我致胡的信了。

　　舒蕪

先生：（主題詞：拙文不會先行發表）

　　收到四封珍貴的原始信件。

　　也讀過你寫來的信。

　　我現在作的是一個比較大的計劃，先前也告訴過你，是作為一本書來寫，也許要寫半年。因此，不會在你的書信發表之前先行發表的。如果那樣，要費很多的解釋工夫，實在沒有必要。

　　信中有的注釋似乎有誤，我讀後再回覆你。

　　永平

先生：（主題詞：有兩個附件）永平

　　（附件之一見如下。附件之二是對舒蕪四信的疑問，「有疑問處已用紅筆標記」，不知為何未寄出）

　　讀過四封原始信件。另外，我又細讀過胡風6月26日信，發現所言的事與你寄來的四信內容似乎無關。

　　第一件事是，你「要進京」，這是說的不是來重慶玩，而是來重慶住。於是胡風答覆道：

> 撇開一切，先談事實的情形罷。目前在重慶住，極普通的伙食費，每人每月至少一萬。房子呢？一間，大概要萬元左右罷，而且要押租之類四五萬元，而且不會好。還有伙食之外的雜用。還有，找房子，就我的情形說，想找兩間房子，動員了許多社會關係，直到現在未找到。你可就這幾項推想其他的問題。

　　第二件事，你曾想靠「賣文」維持生活。於是胡風又答覆道：

> 那麼，收入問題。你的意思當然是賣文。就一般的情形說，現在重慶沒有一個純粹靠賣文為生的人，極少數的人（不出二三個）有版稅補助，但還是有另外騙錢的辦法。就你說，平均每月寫五萬字。但是：（一）長文章沒有地方敢發表，（二）不管性質立場，短文

　　第三件事，你想協助編輯《希望》。胡風答覆道：

> 其次是《希望》。我何嘗不想有兩三個，至少一個朋友來共弄？

但是，第一期總共只三萬三千元，我還貼了錢發稿費的。二三兩期各六萬元，除稿費雜用，還能有多少？而且，四個月才出一次。而且，四期起怎樣辦，能否不死，要過些〔時〕進城去奔走。到現在為止，《希望》最有讀者，但為什麼最困難呢？這不是幾句話說得清的，我想你也可以想像到一點。

第四件事，你託胡風為你代謀職業。胡風答覆道：

> 頂可能的辦法是在重慶或郊外做職業或教書，一面也就上了文壇。但這得託劍薰兄，我是無辦法可想的。

> 此外，同信中還提到：「嗣興兄看過你的信，說你好像慌張了起來，急著想找教條救命似的。我覺得，不僅是向教條，還有一些出我意外的幻想似的。」還提到：「你大概不贊成為物質生活而做職業的辦法……你說我們過去只看到一面，云云。這大概也包括了我的。」

而這些內容並未在四信中反映出來，我以為在 6 月 26 日之前你還給胡風寫過一封信，這封信更加重要。也許由於寫在下個學期的聘書拿到之前，對未來的生活有大惶恐。

永平

wu yongping，您好！

一、並未有紅筆標記，大概遺漏了。

二、我向胡求救，就是為了有人向教育部控告之事。學院照例向教育部送報聘請教師名單，其中繼續聘方管為副教授。教育部批駁下來，指出繼續聘方管為副教授資格不符，不准。學院內一時沸沸揚揚，大有把我降級為講師之勢，我很難堪，所以急於求走。胡風先是沒有弄明白，以為只是我自己在折騰，後來明白了，1945/7/5 來信云：先前「沒有看懂你底情形和你所說的『心情』」，「但你底情形實在迫急得很。我看，主要由於魏，他不但嫉妒，而且也由於害怕吧。」「當然，像現在，由副教授改為講師，那是太難看了。」此信中他就替我設計找什麼人，設計什麼法，求什麼職，等等。但後來女師學院當局也並沒有對我的聘任事做什麼處理，（記不清何故，）接著不久就是一連串大事，如前信所述，不了了之。

舒蕪

先生：（主題詞：請教）

信中下句是否應補充一字或幾字。

　　　　總難甘心於（「做」或「被視為」，吳按）中國羅亭。說是意識改造，但若凡被改造的人都與其環境「和光同塵」，則改造又有何用呢？

永平

先生：（主題詞：又請教）

讀到胡風 1945 年 7 月 29 日給你的信，其中說到：「進城那天收到信。能暫保那飯碗，就好。」

看來那年 6 月間你情緒的大動盪與這年秋季的聘書有關，也許與你提到過的有人向教育部告狀的事情也有關。是嗎？

你的飯碗危機是如何解決的？有誰在中間出了力？

永平

wu yongping，您好！

我七月八日給胡信云：「現在校局在混沌中：黃吵了一架，後即辭系主任職，回南泉去了，但聲言下學期還是來教書（但如另有機會也就不來）（東西全帶走了）。魏自稱也辭去教務主任職於黃辭去之前一日，日期不可靠，辭職則是真的，然後也就到重慶開教育部的什麼會去了。所以現在，是莫名其妙的。也許因黃與魏尚未「破臉」，而黃還要來，而魏又不管教務，因而我還可以苟安的拖下去；但也許又因魏之或許在暗中搗亂，以及資歷問題上的另外的反對派之攻擊，以及黃之忽然不來，因而我又非走不可。現在看不出一點徵象，但大約一個星期，也就會揭曉了。無從揣測，無從打聽，更無從設法，所以，倒變得很安然。從今天起，已經著手弄一篇「論自我」，以了宿願（關於個人主義問題的）了。此文寫成之時，即是去留決定之日；好的，我就這樣的在等待老爺們的判決！」事情就這樣拖下去。接著就是抗戰勝利消息傳來，事情不了了之。

舒蕪

2006-01-09　討論「致胡風函」注釋

先生：（主題詞：這個附件是有紅筆標記的）

附件中是你寄來的四封信，我的疑問用紅筆作了標記。

永平

舒蕪先生覆信「謝謝意見」，在附件中用藍色作了批註，錄如下〔註23〕：

第七十信的一段

前信當已到。但所寄來之稿，迄今未見，不知何故。

來此以後，一直沒有意思作舊詩。最近兩天，心中卻忽起大淘湧，剛才就作了這麼一首：(《夜起》，略)⋯⋯

這潮湧，蓋甚難言。

（吳注：上面是淘湧，這裡又寫作潮湧，也許一處有錯）

（舒蕪又注：上文是應是「洶湧」，這裡則可作「潮湧」。）

第七十二信的注

答文：指我答覆茅盾、黃藥眠等對於《論主觀》的批評之文，詳見第六十五信注③。胡風一九四五年六月十三日信上說，《希望》第一集第四期等著要編入我這篇稿子。此稿後來終於沒有發表。

（吳注：黃藥眠雖在 1945 年春即寫成《論約瑟夫的外套——讀了〈希望〉第一期〈論主觀〉以後》，卻因種種原因未能在重慶的刊物上發表，1945 年冬在湘西《藝林》上發表後，知者甚少，直到 1946 年 3 月在《文藝生活》雜誌上發表後，才廣為人知。你的答文所針對的論敵應該是茅盾和侯外廬，此外是兩位學生，你在下面信中提到「答覆與招供」，意思也是針對兩類不同的論敵。）

（舒蕪又注：接受意見，已改。）

第七十三信的注一

大體上整理了一下：指我答覆茅盾、黃藥眠等對《論主觀》的批評之文，我大致修訂一次。

（吳注：此處黃藥眠要斟酌，理由同上）

（舒蕪又注：已改）

wu yongping，您好！謝謝意見。舒蕪

2006-01-10　出公差

先生：

〔註23〕原批註用顏色標出，為排版方便，皆改為括號「某某注」。

接緊急寫作任務，撰寫「創新國家」方面的文章，呼應胡錦濤的最新指示。

奈何，將佔用一週左右時間。

只得過幾天再討教了。順頌

健康！

永平

2006-01-16　舒蕪談《論中庸》中對朱光潛的批評

先生：（主題詞：請教）

我讀《論中庸》，讀到如下一段，覺得先生有所指，「死生有命」一句指郭沫若文，但「研究杜甫」及「信陵君」的卻不詳何人，請指教。

> 到了去年，更有對於整個孔子學說崇拜得五體投地，甚至對於「死生有命，富貴在天」都加以極端推崇地煌煌大文出來，尤為明證。此外，還有研究杜甫，研究到他的怎樣押韻；歌頌「浪漫」，歌頌到信陵君的「醉酒婦人」，等等。五四時代對於一切封建文化是顯然地相反，現在不求自己負責去開拓更向前進更新的道路，只知「反五四而行之」，則其落到「順封建文化而行之」的路上去，真是所謂「勢所必至，理有固然」的。

《論中庸》結尾一段也有所指，提到一個「自由主義者」和一個「極進步的理論家」，也要請教。文如下：

> 有一位過去一向以「自由主義者」的姿態出現，在比較廣義的解釋上也算是進步知識分子的學者，以差不多十年的距離，先後發表了兩本專以青年為對象的書，第一本書裏，雖然實際上也只能導青年於消極的逃避，但可以看出他本人的心境，究竟也還在煩惱苦悶之中。這表明他那時還有一些生命的流動。到了最近發表的第二本書，就搬出全套祖傳法寶，向青年說教，痛斥青年的「頹廢」為病態，要青年向這些祖傳法寶的規範中求安身立命。這就表示他已經經歷了前述的轉變，自己先就覺得與其流動而找不著出路，還不如照舊束縛起來之為舒服了。然而，有一位極進步的理論家，竟然對這後一本書加以部分的稱讚，說是比起前一書來，這裡已能面對著現實的問題云。

永平

wu yongping，您好！（主題詞：舒蕪答覆）

承問幾個問題，年深月久，事過境遷，大半忘卻了。只能答出半個：自由主義者指朱光潛，他以青年為對象的兩本書，第一本是《給青年的十二封信》，第二本還是忘卻，所以只能算半個答案。如果查他的全集，也許可以查到。真對不起。舒蕪上

2006-01-19　郵箱故障

先生：（主題詞：非常感謝）

承指教，獲益良多。

朱光潛的資料我馬上去查，不會太困難。

昨天單位開會要求申報今年的國家課題，我本來無意去爭這些東西，但單位上為了面子問題，非要大家爭取，看來又要忙幾天。

祝好！

永平

先生：（主題詞：郵箱似乎有問題）

你的郵箱好像又發生了問題。連續兩信被退回。永平

wu yongping，您好！

沒有問題呀，別人的信都照常收到，請再發。或者發 bikonglou@sina.com，這是過去用的，中間故障，現在又可用了。舒蕪上

2006-01-20　問《什麼是人生戰鬥》

先生：來信也沒有什麼事，只是試試這信箱。

近日開始申報國家課題，單位上讓大家都申報，因此要忙上幾天。

祝好！

永平

先生：（主題詞：請教）

我想看看你的《什麼是人生戰鬥——理解路翎的關鍵》，

這文章是發在〈呼吸〉上的，不知你手頭有無複印件。

永平

wu yongping，您好！（主題詞：沒有存件了）

　　對不起，我沒有存件了。舒蕪上

2006-01-21　舒蕪說在《呼吸》未用其他筆名

先生：（主題詞：關於《呼吸》上的雜文）

　　整理好《呼吸》第一二期目錄，其中有些雜文的作者也許是你，請你指出。

　　那篇談路翎的文章，我想請現代文學館的朋友去找。

　　永平

　　（附件：《呼吸》第 1、2 期目錄）

wu yongping，您好！

　　《呼吸》上面，除了署名舒蕪者外，我沒有別的文章。

　　舒蕪上

2006-01-28

　　舒蕪先生寄來《前新華社副社長聲援冰點　籲整頓中宣部》等網文。

2006-01-29　賀年

wu yongping，您好！

　　敬祝新春多福多壽多文章！

　　舒蕪

先生：

　　恭祝先生

　　福如東海壽比南山

　　永平叩

2006-02-05　問候

永平兄：（主題詞：舒蕪問候）

　　多日未接來信，身體好嗎？甚念，請覆！

　　bikonglou@163.com

先生：您好！

久疏問候，實在抱歉。只是要在本月 10 日前趕寫申請國家課題項目，挖空心思，才耽誤了這麼些天。

把這事交了差後，就可以安心作文了。那時，還要煩擾先生哩。

我一切都好，勿念。

敬頌

春祺！

永平上

2006-02-11　討論「精神奴役創傷」

先生：（主題詞：問候先生）

今天重讀已寫成的稿子，再研究關於「精神奴役創傷」說的由來。發現胡風 1942 年在《民族戰爭和新文藝傳統》這篇文章中已多次談到精神上的「殘廢」問題。

以下摘引三段，第一段說的是五四時期，第二段說的是五卅時期，第三段說的是抗戰時期；從時間流程上看，應該說他對民眾精神的變化是看見了的，也肯定過了的。

1944 年他在呼應《論主觀》時提出「創傷論」，並放在與人民結合的政治號召下進行討論，這樣就不是舊話重提，變成了一個新問題。如何把這個變化表述清楚，我目前正在考慮。

《胡風全集》第 2 卷，第 638 頁：

> 到了魯迅，若干世紀的沉默的勞動的生靈卻最初地帶著時代的本來的面貌站向了歷史舞臺的腳燈前面。他不但說明了阿 Q 們在怎樣生活——勞動、受苦，肉體上被剝削，精神上被毒成了殘廢，但卻有真實的憎，真實的愛；而且呈訴了阿 Q 們在要求什麼——渴望光明，要求「革命」，在封建地主和買辦知識分子看來雖然非常可笑，但在阿 Q 們自己卻是發自真實的生活願望的革命。

《民族戰爭和新文藝傳統》，《胡風全集》第 2 卷，第 640 頁：

> 然而歷史到底進展了，帝國主義在半殖民地所訓練出來的奴隸軍也依然變成了它的掘墓人。一九二五年，五卅運動爆發了，魯迅所請命的、精神上殘廢了的勞動的生靈，卻換上健康的體格和英雄

主義的氣魄，在上海、廣州、香港等街頭雄糾糾地出現了。

《民族戰爭和新文藝傳統》，《胡風全集》第 2 卷，第 642 頁：

> 作為強的主動的物質力量，新的社會動力帶著它的世界觀和世界感走進了文藝領域；帶著不是被封建意識弄殘廢了的而是英雄主義的氣魄，正像在現實鬥爭裏面所顯身出來的、勞動的人們（當然同著他的同盟者，敵人……），開始在文藝形象上露面了。

永平

wu yongping，您好！（主題詞：精神奴役創傷）

聶紺弩認為胡風文藝理論一無足取，「發揚主觀戰鬥精神」之說尤謬，無非是要寫不熟悉的東西，只有「精神奴役創傷」一說最有價值。這問題我沒有仔細思考過。回想我自己似乎一直不怎麼重視這個，我的文章裏面好像向來沒有提出過。我關心的只是知識分子的精神世界而已。但 1952 年胡風文藝思想討論會上，周揚仍然抓住胡風說人民的「瘋狂性、痙攣性」大做文章，可見您所謂胡風「對民眾精神的變化是看見了的，也肯定過了的」，他是不承認的。現在看來，「創傷論」問題，實質上無非是誰改造誰，究竟「工農兵」改造知識分子，還是知識分子改造群眾的問題，不過當時用了含含糊糊的語言罷了。這個意義上，胡的立場一直沒有改變過，從周揚方面說，他抓緊不放的倒是對的。是不是？舒蕪上

先生：您好：（主題詞：創傷）

如果將胡風所論作為一個整體上來考察，周揚對胡風精神奴役之說的指責當然是片面的。

至於路翎創作上所表現出來的傾向，也不是那兩個「性」所能概括得了的。由於生活經驗的不足，而轉而向心理的發掘，這是一個很有意思的論題，如果深入挖掘下去，也許會有所得。

你寫的那篇論路翎創作的文章，我已託人在北京找，如果能找到，可以看出你當時對路翎的創作特點是如何理解的。我很期待這篇文章。

永平

先生：您好！

我非常贊同你的這個觀點：現在看來，「創傷論」問題，實質上無非是誰改造誰，究竟「工農兵」改造知識分子，還是知識分子改造群眾的問題。

但在當年，甚至到現在，政治人物並不認為應該由知識分子來改造群眾，而是主張以先進政黨的意志來改造一切，一般民眾，尤其是知識分子。就眼下來說，情況也是如此。如此看來自由知識分子的理想是很難實現的，如果人在單位上，連這種訴求也很難表白出來。

永平

wu yongping，您好！知識分子也各種各樣。語言大學教授李玲女士和我電腦通信中告訴我，正月初二，一個筵席上，她談起中國青年報副刊冰點遭停刊整頓問題，兩位中文系剛退休的教授大唱讚歌，一位說封得好，另一位語重心長地告戒她務必和黨中央保持一致，咄咄逼人地問她：在布什和我們政府之間你站在誰一邊？前一位說：保持一致倒不一定，但這件事上中央這樣做得對。李玲說她只好沉默，恭聽這民族主義大合唱。像這兩位高級知識分子，就明顯贊成政黨改造一切的。我看倘若就此事全民公決，鹿死誰手真未可知。如果全民普選，政權決不會從偉光正掌握中跑掉，不知道當局害怕什麼？何不自信乃爾？舒蕪上

先生：您好！

李玲女士我也認識的，她寫過老舍的性別意識，又在寫鄧拓評傳。我一直與她有聯繫。

知識分子確實不能一概而論，做好事的有他，做壞事的也有他。況且，如今那些意識形態管理者們不也是知識分子嗎？

你說得對。普選之類的事情，至少在目前看來，改變不了現狀。

永平

2006-02-12　舒蕪談性別意識

wu yongping，您好！附上兩文，將在《萬象》雜誌發表。舒蕪上

（附件：舒蕪《性別的認同與嘗異——致李玲女士》，李玲《易性想像與主體間性——致舒蕪老師》。）

先生：您好！

這兩篇文章對比閱讀增加了不少趣味。

我與李玲女士在老舍研究上有一些共同語言，她對性別意識鑽研得較深，頗不滿於老舍作品中輕視女性的傾向，其他的方面，由於我沒有研究，

也沒有與她進行更深入的交流。

《哀婦人》我手頭倒有一本，是周兄惠贈的，還沒有讀完呢。

永平

2006-02-13　問重慶談判期間事

先生：您好！（主題詞：重讀）

寫作中斷了半個月，要拾起重寫真感到相當困難哩。今天的時間全用在重讀上，爭取盡快恢復寫作狀態。

永平

先生：（主題詞：重慶談判期間的文字材料）

我在胡風全集及你的後序中都沒有找到 1945 年 8 月重慶談判期間胡風與你的來往信件。我想更深入地瞭解這個重大政治活動當年對你們有何具體影響。

如有相關文字資料，請略示一二。

永平

wu yongping，您好！那期間的來往信件上，不會有關於重慶談判的話，因為要避免國民黨的郵電檢查。胡風先生雖在重慶文化界直接參與過與毛的會見，但是不會在信上談這個。我僻處白沙，只能看報默默地關心，最多同臺靜農先生議論議論而已。舒蕪上

2006-02-14　舒蕪談早年作品及思想

先生：（主題詞：還要細讀）

昨天讀了你的《羅曼羅蘭的轉變》《個人，歷史與人民》及《思想建設與思想鬥爭的途徑》《魯迅的中國與魯迅的道路》，感想很多。

這幾篇文章所論的中心問題大都與知識分子的改造有關，探索知識分子如何通過自身的生活實踐而達到馬克思主義的途徑。而在當年先進政黨號召走進人民，並認為與人民結合才是知識分子改造的唯一途徑的環境中，你們的主張顯然有點不合時宜。

你們認為只要在心裏保持著一點「不可克服的思想」或「戰鬥要求」，如羅蘭，終能找到積極的人民；只要在心裏有那麼一種火，如魯迅，就能與科學的思想相通，走上人民的道路。

　　我對文中表現出的這種傾向很有興趣,同時也想到要把你其他文章好好地讀一讀。細讀首先應體現在對作品的研讀上,然後才是對作者生平的研究。

　　我打算從頭再把你的著述認真讀一讀。

　　永平

wu yongping,您好!

　　幼稚之作,本來沒有「細讀」的價值,但作為歷史材料,竭誠歡迎您嚴格審察,詳細示教。舒蕪上

先生:

　　我不僅要細讀你當年的著述,還要逐篇與胡風的論述對照,看相互間的影響。

　　這項工作雖耗時,但很有意思。

　　你的信件整理工作完成了沒有,將發新文學史料第幾期。

　　永平

wu yongping,您好!

　　信件校注已畢,還沒有通看,總是有些別的事情,最近將努力完成之,再與新文學史料聯繫。舒蕪上

wu yongping,您好!附件中文章值得一讀。舒蕪上
　　（附件:劉曉波《反共的加繆和擁共的薩特》）

先生:

　　讀過惠寄的《反共的加繆和擁共的薩特》,有些感想,又讀了你的《個人歷史和人民》,便想到時代侷限的問題及現實可能性諸問題。劉曉波的立場,大家是知道的,加繆和薩特的分歧,也有所聞,但集中在反共和擁共的焦點問題上,似乎有點簡單化。

　　正好,在你的舊文中有如下一段,涉及到魯迅當年對蘇聯的看法:

　　　　我們暫以紀德為例。1933 年 3 月,國際革命作家大會在巴黎開
　　　會,保衛文化,抵禦法西斯的野蠻主義的進攻,他在會上演說道:
　　　　　「曾有人對我說:『在蘇聯是這樣的呢。』那是可能的事;但是
　　　目的卻是完全兩樣的,而且,為了要建設一個新社會起見,為了把
　　　發言權給與那些一向做著受壓迫者,一向沒有發言權的人們起見,

不得已地矯枉過正也是免不掉的事。

「我為什麼並怎樣會在這裡贊同我在那邊所反對的事呢？那就是因為我在德國的恐怖政策中見到了最可歎最可憎的過去的再演，在蘇聯的社會創設中，我卻見到一個未來的無限的允約」（戴望舒譯，轉引自魯迅：《南腔北調集·又論「第三種人」》）

「這說得清清楚楚，雖是同一手段，而他卻因目的之不同而分為贊成或反抗」（魯迅：《又論「第三種人」》）。

魯迅當年兩面都看到了，但他仍要這樣說。

我不想把這說成是雙重標準。

尤如現在的反恐和恐怖活動。

永平

先生：（主題詞：請閱附件，有事請教。）

以下是胡風1945年10月16～17日給你的信。有疑問欲請教處，我在括號內用紅字寫出，請閱示。永平上

（附件所錄胡風信件，中有刪節。「吳注」我的疑問，「舒蕪注」是先生的批註。）

信收到。現在所有的只是一個總的星雲狀態，所以，對你那些具體的問題，是無從答覆的。（吳注：這裡提到你的一封信，應該是詢問重慶談判情況，而且還提了一些問題。這信你手頭有嗎？）

唯心論與理想主義，英文為同一字，主觀作用則查不出，因為不是一個「術語」罷。

（舒蕪注：只有下面一信提到理想主義、唯心論、主觀作用、魯迅全集要價等，信中並沒有問到什麼無從答覆的具體問題，是不是另有信問到這些而沒有存留下來，或胡家複印還我時遺漏，無可考了。）（吳注：〔1945〕·十·六信，略去）

王君和你的職業問題（吳注：這裡提到的王君，不知指誰）（舒蕪注：不記得王君指誰。），我實在無法說意見，更不用說為力了。

好像你不明白我的處境似的。

民生公司，只能靠一個人介紹交涉，並不認識裏面的人。此事要走前一個月左右交涉，交涉早了是無用的。

（吳注：這裡好像說的是想託胡風先生在民生公司弄船票。）

（舒蕪注：看了這條，更可以肯定是有一信問到民生公司船票事未存或遺漏了。）

《堅持……》有些新的東西，但嫌單薄，後面引瞿說之特點，係貪圖省力之結果罷。在我看，瞿說在今天已不足說明什麼了。（吳注：《堅持》也許是《魯迅的中國與魯迅的道路》的原題，只有這篇文章結尾處引用了瞿秋白的一段話。）（舒蕪注：《堅持……》是否《魯迅……》的原題，記不清，但似乎不像。）

全集，如實在不能多出，十萬也就算了。口口這裡，讓小姐們碰傷嬌柔的心靈，也是口口口。我是，可以敷衍兩個月生活。在上海已定好了一套。

北喬隨長官去了一次，但第二天就回來了。後來又談了兩次。總之，距離不小，尤其涉及文藝的時候。他說你好學深思，向上心甚強，但那三文還脫不了唯心論，（吳注：這裡提到了「三文」，應該是你說過的《論主觀》《論中庸》和「答文」）（舒蕪注：大概是的。）言外之意還是那個「小布爾」。要他們多懂一點，似乎難得很。他也許來月初隨另一長官回去，因此希望兩週之內能見面談談，想交一個朋友云。你看怎樣？

至於住處，我也沒有辦法。託明英在社會處先期定一鋪位，如何？

如能來，全集就可以託你帶去。

還有，那個王郁天（吳注：他是什麼人）（舒蕪注：記不清。），曾經告訴我有信給你云云，我沒有說什麼。

你自己看著對付罷。

舒蕪先生寄來《江平等十三人關於冰點……》《13 名中共退休老幹部……》《中共前高官意外發聲……》等網文。

2006-02-16　舒蕪談「書生」

Wu yongping，您好！（主題詞：答問）

只有下面一信提到理想主義、唯心論、主觀作用、魯迅全集要價等，信中並沒有問到什麼無從答覆的具體問題，是不是另有信問到這些而沒有存留下來，或胡家複印還我時遺漏，無可考了。舒蕪上

（附件：舒蕪〔1945〕‧十‧六致胡風信）

先生：（主題詞：非常高興）

　　您提供的這封信太重要了，我有驚喜的感覺。

　　祝好！

　　永平

Wu yongping，您好！（主題詞：重要何在）

　　重要何在？我還不知道，請教！舒蕪上

先生：（主題詞：重要在）

　　重要在關於「書生」的一段話。

　　胡風在前此的信中總是責怪你不夠狠，所論不夠徹底，言語不夠尖刻，好像惟恐受傷的樣子。

　　這裡的關鍵就在於你的本質是個書生。

　　但你也時常作出一副十分狠的模樣，尤其在《魯迅的中國和魯迅的道路》中，提倡為了光明而求諸黑暗，為了愛而求諸恨，及皮作的甲胄之類的話。後來又表現在《論溫情》這樣的文章中。這都是在受到胡風不斷的批評後才有的變化。

　　胡風是喝狼奶長大的，他經歷過許多重大的變故，有點神經質。而你卻有所不同，不說是喝羊奶長大的吧，至少也是喝牛奶長大的，思維比較正常。因而，我有時在讀你的文章時，總覺得其中有一些言不由衷的意味，也就是有意為之的那種狀態。

　　這只是我的感覺，也許不太準確。

　　胡風和路翎都不太喜歡呂熒，說他學究氣，大概也是為此。

　　永平

　　wu yongping，您好！那麼又是──不，早是一個「畢竟是書生」了！可歎可笑。舒蕪上

先生：您好！

　　由於還沒有讀完你的書，也還沒有考慮成熟，我的意見也許是不對的。我非常想探索你與胡風思想文化觀念上的差異，於是往往只看到一點就覺得驚喜，這似乎有點幼稚。

　　譬如對魯迅的認識，你在《魯迅的中國和魯迅的道路》中提出魯迅道路的可貴處之一在於主體的不斷的自我批判，我覺得這一點就是比較新的，胡

風似乎很少這樣提。

我還要多讀讀多想想，現在下筆越來越覺得難了。

永平

先生：（主題詞：再請教）

您寄來的舊信中有如下一段：

但我自己還遇到一個問題，精神的。最近輾轉聽到有人對我的初次印象，說我是個「讀書人」；想起余明英初次會到我之後，也同寧兄說過我是「書生」；又想起更早以前寧兄就說過我「有舊知識人的博識的修養與俊秀的風貌」；又想起你曾說方然是「儒者」，等等。我不知道，「讀書人」和「書生」和「舊知識人」的確切的內容究竟是什麼？既如此眾口一詞，想必不錯。那麼，這是否將成為發展中的大的妨礙，深的裂口呢？又當怎樣劇除，填補呢？想來想去，想不出所以然。然而，自己也覺得內部是有這一類的東西，並且也似乎曾經多次妨礙我。想不出來，非常之焦躁，非常之焦躁了。

但此後胡風的回信中未見對這一問題的回答。或是在別的信中嗎？

也許應該在他 1945 年 10 月 9 日給你的信中吧？

永平

wu yongping，您好！胡風先生 1945 年 10 月 9 日信第一段云：「信到。讀書人之說，不能說沒有來由的。至於要具體地說出，以及劇除、填補之法等等，就更不容易了。我想，如果與不知道你的人相接時能完全忘記了自己是讀書人，也許就好了罷。總之，一時說不清。」後面說別的，第一次談到胡喬木約面談之事。舒蕪拜上

先生：

看過此信後明白了。

胡風並不把你看做是同類人。

我一直納悶於胡風責備你過去經常流露過與他想法不一致的那句話，覺得這句話裏有點名堂。現在稍微有點明白了。

出生家世文化教養等許多因素把你與他的心靈隔開了。

我也遇到過類似的情況，這不是道同不同的問題，而是別的問題。

永平

Wu yongping，您好！「別的問題」是什麼？願聞。舒蕪上

2006-02-17　舒蕪談方然

舒蕪先生寄來《冰點兩大主編被撤……》《冰點復刊原主編……》等網文。

先生：您好！

我是從人際交往的一般規則上說的。

人與人傾心相交，除了志同道合的因素以外，還有其他的因素在起作用。

胡風讓你在人前出現時要忘掉自己是個讀書人，這當然是話中有話的。

我提到「出生家世文化教養等許多因素」，也許就在這裡。

我在讀胡風與你和路翎的通信時就發現，你和路翎都談到孤獨，胡風對路翎是勉勵，對你是責備，態度是很不相同的。又，路翎與胡風的通信，無話不談，私人交往，婚姻大事，境遇，牢騷，什麼事都要向他請教；而你則不然，譬如談到飯碗事情時，由於沒有直接地說清楚，而引起胡風的誤會，說了一大通四不像的生活之類的話。

在你的身上，知識分子的狷介性格成分比路翎要多，而這是胡風所不喜的。

我這只是隨便說說，不知你有什麼另外的意見。

永平

先生：好！

轉發一份郵件給您。

這個網站（新語絲，吳注）很有意思，專門反對學術腐敗。

你可根據文後的提示訂閱。

永平

先生：您好！（主題詞：再請教）

寄上一個材料，胡風等是如何評價方然的。

方然是您的大同鄉，家世也有點相仿。他也尊魯迅，胡風也是因此而與他接近的，後來便有了許多隔膜，如果時間再長一點，他也會離胡風而去。

我想，胡風等對方然的批評，也許可以為他們對您的看法作個參照。

請在文上隨便批註。

永平上

（附件：胡風和路翎通信中對方然評價的集錄。略，吳注）

wu yongping，您好！朱聲（方然）是我的高中同學，高我一班，去過延安，由延安投稿《七月》上發表過東西，寫延安大生產運動的，署名是「東方」什麼。後來出來，在成都讀金陵大學。他與胡認識，還是我介紹的。他在文壇上認識人較多，與葉以群關係很好，這就會使胡戒備。胡怎樣從戒備到終於接納他，過程我不清楚。後來我闖處南寧，他們在上海杭州一帶的情況，似乎朱在杭州當私立安徽中學校長，成為一個小中心，我也不清楚。我是否有與他相同處，沒有想過。大概在「儒者」方面是有可以比類的吧。舒蕪上

先生：您好！（主題詞：不情之請）

我突然想到，如果先生需要我替你正在編的書信作點校讀的工作，可以寄過來。我現在寫作思路有點打不開，覺得非等看到你的全部信件後不能下筆。這個請求也許有點冒昧，如果不方便，就算我沒有提這事。

實在冒昧，但請諒解。說出來後，我的心裏也暢快了。

祝一切好！

wu yongping，您好！哪有什麼「冒昧」？只是通校需要時時核對原信，您那裡無從核對。待通校完成，投稿之時，即可先發上備用。舒蕪上

2006-02-18　舒蕪談「原罪」及「尊魯」的三層含義

舒蕪先生寄來《公開信定稿》等網文。

先生：您好！

聽您如此說，甚感安慰。

我打算將寫法改變一下，第一是增加對你的文章的評述，並與胡風著述進行對比，澄清影響的交互性，特別在主觀戰鬥精神、精神奴役的創傷等核心理論上。第二要增加對路翎何劍熏方然等人的評述，進行適當的橫向對比，這樣可使讀者更清楚你在胡風派裏的位置及與胡風的親疏程度。

這樣一來工作量就更大了。寫作時間可能要更長一些。

永平

wu yongping，您好！當年不過是個毛孩子罷了，哪裏配得上如此鄭重研

究？但就是這些毛孩子亂搞亂搗鼓出來的歷史，也逃不過後來歷史家的審視，只是費去您太多的時間精力，非常抱歉。舒蕪拜上

先生：您好！（主題詞：再請教）

胡風為什麼對「儒者」心存反感，這是一個有待研究的問題。

也許要從文化心理上找根源。能從楚文化上找根源嗎？楚文化不是正統文化也不是主流文化，但時時發起挑戰，如溺儒冠的劉邦，也是楚人。

有論者說胡風挑戰周揚的目的就是為了爭正統，有沒有一點道理呢？

他是從田間來的，帶著泥土氣，也許看不慣過於儒雅的人。

但魯迅也是讀書人，也很儒雅。但他欣賞野性，有尼采氣。也許又不同了。

永平

Wu yongping，您好！（主題詞：反儒者問題）

胡反感於「儒者」，淺見以為未必與楚文化有什麼關係。大概只是由五四而來的反儒學尤反理學的傳統。在這一點上，我是有「原罪」感的，所以對於當時朋友們的批評，沒有反感，盡力接受。至於胡、周之爭，說是爭正統，未嘗不可，更主要的恐怕還是尊魯迅與反魯迅之爭。但高舉魯迅大旗的胡，對於魯迅究竟繼承了多少，繼承了哪些，則是另一大問題。舒蕪拜上

先生：您好！

「原罪」說非常新鮮。過去我研究老舍，曾懷疑他對滿族祖先的德行有「原罪」的心結，所以在《茶館》中寫出「旗人賣國，罪加一等」這樣的話，但一直沒敢形成文字。現在聽你這樣說，感到思路有所開敞。

如果指的你對桐城派的歷史影響的看法，或五四時期批判桐城派的看法，這倒是個很有意思的話題。我不知道前朝閥閱之家的子弟在上世紀 20～40 年代時是否都有過這種心理。

至於楚文化的影響，是由於我省有些研究者喜歡這樣說，近年出版了一些地方文化的書，大都比較強調這方面，而都不喜談五四。在論及影響方面，似乎有厚古薄今的意味。

永平

wu yongping，您好！書香之家而且是桐城書香之家而且是理學之家子弟，又投入尊五四尤尊魯迅陣營者，自然會有「原罪」之感。我的《我的懷

鄉》一文，最足以表現這種「原罪」感。「懷鄉」是反語。其實那是把故家可念的一面全都濾去，專挑壞的來說。至於楚文化等等，我覺得似乎離題過遠，恐怕確有厚古薄今之病。舒蕪上

先生：您好！

當年你只是個毛頭小青年，但胡風卻不是。

如今凡論及那段歷史的研究者，都不能迴避你當年的撰述，而且有著越來越重視的傾向。但他們都似乎不屑於花力氣進行細節上的考辯，而樂於人云亦云，即使有所爭辯，也是圍繞在一些莫名奇妙的問題上。

這也是我不能不決定要多花精力研究的緣故。

永平

wu yongping，您好！您的細讀方法，必將有大成功。舒蕪上

先生：您好！

你說胡風與周揚矛盾體現在尊魯與反魯上，這是大家都說過的。我倒以為，以當年毛頭小子周揚，敢對魯迅不恭，敢對馮雪峰不敬，也是可以研究的。

你說胡風到底繼承了魯迅什麼，可以深入研究，這是很少人說到的。我一直依稀有這樣的看法，胡風視魯迅為自我完成者，反對轉化論，並認為一切探索都在魯迅那裡終結。如新現實主義，如民族形式，等等。他說魯迅是神，因而罵魯迅的是狗。你在《魯迅的中國》《羅蘭》等文中也給予了相當的呼應。

有時候，我覺得你們表面上是談魯迅，而實際上是談自己。也就是說，我們不需要轉化，不需要改造，可以通過個性的探索而達到馬克思主義或人的「自我完成」。

當然，這些觀點在今天看來，有其合理性，但在當年無疑是對抗中共的知識分子政策的。

我想的不知道是不是有點道理？

永平

wu yongping，您好！（主題詞：尊魯的三層意義）

尊論極是。我們當時尊魯，有三層意義：一是只承認魯迅領導文藝而否認黨的文藝領導；二是只承認魯迅道路的思想自我完成而否認知識分子思想

改造；三是不止文藝、思想而已，紀念魯迅歌，胡風作詞云：「由於你，新中國在成長：由於你，舊中國在動搖。」你看！舒蕪上

先生：您好！

您說與方然是高中同學，是指在安徽省第三臨時中學時嗎？當時有無交往？

永平

wu yongping，您好！（主題詞：我與方然）

我與方然，算起來安慶高中已經是同學，但那時不認識，後來宿松三臨中同學才認識，都是宿松縣動員委員會指導員周公正（地下民族解放先鋒隊隊員）所領導的進步青年學生，方然那時已經與大文藝界有不少聯繫了。舒蕪上

2006-02-19 舒蕪說：還不如靜坐閉目養神的好

先生：我非常贊同你的觀點。

但這些觀點是胡風生前並不敢承認，他的家屬也不願承認的。

目前胡風研究有兩種傾向：一是辯誣型，或稱平反型。非把胡風說成是馬克思主義文藝戰士，而且一直與中共保持一致不可。二是鬥士型，就是別人要你維護的那個形象。非把胡風說成是始終與中共唱對臺戲，一直作為左翼的異端而存在著，如今可以作為自由知識分子的代表人物不可。

我以為這兩種傾向都有一些問題。我堅持認為，只有將胡風的活動放在還原的歷史文化中進行認真的考察，才能看到真實的胡風。譬如你為何要寫《論主觀》，胡風為何要堅持發表它，只有讀過你與胡風當年的原始信件後才能作出判斷。但目前學界中許多人並不是這樣做的，他們動輒洋洋萬言，卻連你修訂後的《後序》都沒有讀到過。

永平

Wu yongping，您好！（主題詞：閉目養神的好）

完全贊成您的方法，至於不必看材料就可以洋洋萬言的論者，吾莫如之何也已矣。常常覺得言辭之無用，還不如靜坐閉目養神的好。舒蕪上

2006-02-20 舒蕪回憶周揚關於「標準」的一番話

舒蕪先生寄來《北大「狼孩」揭發老師嘲笑……》《公開信定稿》《我們

行星的守護神……》等網文。

Wu yongping，您好！（主題詞：尊魯的實質）

關於尊魯問題的實質，想起1952年胡風文藝思想討論會上周揚的總結，他一開頭就說：我們談問題要有一個標準，標準是什麼，就是「講話」，「講話」以前也不是沒有標準，魯迅就是標準，當時我不理解這個標準，胡風比我理解得多，但是魯迅標準究竟沒有「講話」標準完整，所以有了「講話」之後就只能以「講話」為標準。這個總結沒有公開發表過，我以為很重要，可見周揚已經點明了問題實質在於是魯迅領導還是黨（毛）領導。您以為如何？

bikonglou@163.com

先生：您好！

在延座講話出來之前，可以說是以魯迅為標準的。但這個標準並不是以魯迅的原作來訂的，而是根據中共領袖人物的重新解讀。

抗戰初期毛曾作過紀念魯迅的演講，提出了幾條，在《七月》上發表過；抗戰中期周恩來也發表過演講，又提出了幾條。這就是中共承認的魯迅的標準。

您的說法為我提供了新的思路。現在的問題是，可以將胡風在歷次魯迅紀念會上的演講都看看，並與毛周進行對比，看他們的標準有何差異。

順便說一句，您在《魯迅的道路》一文中也是提出了標準的，一是以黑暗來實現光明之類偏激的話，二是復仇主義。

我將在文中作此對比。

永平

wu yongping，您好！周揚總結中所說「魯迅的標準」，又不是指毛重新解釋過的魯迅，而是指你胡風所尊奉而我周揚不如你理解的那個魯迅。簡單的說，就是「胡風的魯迅」。至於我發揮的魯迅，當然也是這個。舒蕪上

先生：您好！

我說的就是這個意思，有一萬個人，就有一萬個魯迅。

胡風可以用魯迅來打人，周揚也可以用魯迅來打人。

偉人去世後的命運只能是這樣。

永平

2006-02-22　舒蕪回憶與胡喬木交談相關事

先生：（主題詞：請閱附件）永平上

（附件主題為：請教先生。「吳按」是我的提問。）

讀胡風 1945 年 12 月 7～8 日自重慶寄給你的信。信中有如下幾段：

那種時期，不能說不會有，我自己就預定了有一個時期，如果還未死就譯「希臘」兒童讀物的。但我想，也可以使它沒有，至少是不至那樣「道斷」的。不斷地把東西堆到他們面前去，那就不是他們一腳兩腳可以踩得無蹤無影的。（吳按：在這之前你給胡風寫過一信，信中提到對未來的揣測，我想讀讀這封信。）

但在目前，就得做些預備性的工作。例如，前一文所提復仇主義之處，後面一定要接觸到戰略問題，否則又會被諡為盲動什麼了。而且，看今天大半讀者的理解力，雖然一接觸就有打折扣的可能，但也只好如此的。再例如托爾斯泰、紀德之類的比擬，也得有說明，否則也會被咬定為對於他們的全肯定的。（吳按：這裡談的是你的《魯迅的道路》，你在文中提到要學習魯迅的復仇主義，胡風為此糾偏；你在文章對托翁和紀德有不恭語，胡風似乎不滿意）

弄到這樣，當然有些無聊，但問題不僅在老爺們，而在於老爺們也是一大群讀者的代表。我想，以後得在下筆前先變成老爺們，再來和變成了老爺們的自己作戰。一面防止他們不懂，一面防止他們構成罪案。這當然也無聊，但也只好做做能和無聊作戰的大勇者。

館長，臺君，不必說了。其實，要拿回折也是可以的。但也許是，口頭向人崇拜崇拜是有好處的，但如把原物交給了學生，那後果誰能預料呢？首先自己就不能隨便說崇拜的話的。（吳按：這一段有點費解，是館長要回扣呢，還是臺要回扣？崇拜說的是什麼事情？誰崇拜誰？）

先生：您好！

讀胡風全集書信卷，胡風 1945 年 11 月 17 日致你的信，曉風在信末加注云：

舒蕪回到白沙後於 11 月 13 日信中問胡風，後來他們又談了些什麼，「老爺」又說了些什麼？等。胡風此信主要談此事。——編者注（第 518 頁）

你的信是在與胡喬木見面後寫給胡風的，裏面想必寫到你的若干感想，很想讀讀原件。

永平

Wu yongping，您好！（主題詞：舒蕪 1945，11，13 信）舒蕪上
（信中有如下一段與曉風加注事有關，吳注）

但不知你們昨天又談了一些什麼？情形怎樣？老爺又說了什麼？我想，他的關於「態度」的道歉，主要的還是對他自己，蓋謂：我本來可以說服他，只可惜態度不對，所以不成了也。然而，昨天上午四點多鐘船離駛碼頭，剛一開動，心裏就有了隱然的變化。

Wu yongping，您好！（主題詞：請閱附件）

原信附上。「要回扣」云云的事實是：當時，胡風多方籌措回上海旅費，打算賣去魯迅全集，我替他向女師學院接洽，沒有成功，中間經過臺靜農和一位圖書館長，胡風就懷疑人家是要拿回扣，懷疑臺公口頭尊魯迅而實際上不敢將魯迅原書給人看，等等。我在下一封信（1945、12、13）中說：「想拿回扣倒不至於，主要的還是覺得『此乃不急之書』，其次，不敢把原書給人看之心，也是有的。從這裡，也可以看見此輩的真面目。」我從經濟上為臺公辯解了第一點，而附和胡風之說，從居心上更加重誣臺公，我也很可恥。舒蕪上

（附件中是舒蕪致胡風第八十三信，寫作時間〔1945〕·十二·一。夜一時。信中如下一段涉及臺靜農，吳注）

有一件事是我始終不想告訴你的，但現在的心情使我要說出了。原來我自城回校以後，就知道圖書館費還是有二十萬元。圖書館長大約以為全集是不急之務，故意不買的。請他向藏書家說，他也顯然的怠工。而臺君大約亦有此感，並不向館長催，故此事遂拖下去了。本不向你說，為了還希望有錢時再設法，今天館長鬧脾氣辭職了，此刻我又很「歌斯的里亞」，遂說出，如上。

先生：（主題詞：讀信後的感想）

讀了你寄來的原信。得知你是於 12 日凌晨乘船離開重慶，當天抵返白沙的。

這樣時間上有一點問題。曉風在書信集中引用了胡風日記兩則。

「11 月 8 日，下午，胡喬木來與舒蕪作長談。」

「11 月 9 日，與舒蕪訪胡喬木再談哲學問題，不歡而散。」

你在《回歸》文中寫到與胡喬木談後，去買了次日返白沙的船票，晚間到胡風寓處閒談。忽然喬冠華來了，他開玩笑說「我是代表我來的」，意思是「南喬」代表「北喬」來的，並且把胡喬木寫給我的一張字條交給我。胡喬木的字條說：他上午的態度太不對了，他很抱歉，「心裏好像壓了一塊大石頭」，他希望我留在重慶不要走，再談談，還說陳伯達最近也要來重慶，他也很關心這個問題，也想找我談談。我將已買好的返白沙的船票給喬冠華看，請他代向胡喬木告辭，說我要趕迴學校上課，實在無法多留。

然而從此信（舒蕪 1945，11，13 信，吳注）看來，你 10、11 日仍在重慶。因此上面這段文字所述的並不是同一天發生的事情。是嗎？

此信非常重要，完全推翻了胡風回憶文章中所說，似乎根本不關心你與喬木的談話的樣子。

永平

wu yongping，您好！我信上開頭說：「本來買的是到江津的票，碼頭上才知道民生公司已復航，有船直開白沙，臨時又多出了幾個錢換了黑票，因此昨天就到校了。否則，此刻還要在船上。」言之未詳。不知道哪裏錯了。但我記得第二次談話之下午就買到了次日船票，所以那天晚上能夠當面拿給南喬看，這個記憶是準確無誤的。因為，當時胡風就幫我解釋道：「他要回去上課，不好多耽誤。」南喬走後，胡風還高興地說：「幸好買好了船票，給他看了，不然，還以為你故意不肯留下來再談哩。」這個記憶非常清楚，只是沒有文字記載，我一向沒有公開說過。舒蕪白

先生：（主題詞：先生勿太自責）

信中有些是敷衍附和的話，隨口說說而已，不必過於自責。

讀此信我才知道，那時大學圖書館裏並不一定有魯迅全集。

胡風猜測他們怕學生看魯迅原件，似乎沒有什麼道理，就臺老而言，他並沒有不敢見人的地方。至於拿回扣，這只是胡風的世故之心罷了。

永平上

wu yongping，您好！他意思是不敢真以魯迅的革命思想教人，猶如中世紀天主教不敢將聖經給信眾看到一樣。舒蕪上

先生：（主題詞：讀信後）

從信中可以看出，你與胡喬木談過後，還在重慶呆了兩天，10、11 日仍在重慶，12 日凌晨才啟程回白沙的。即是說你與喬冠華、馮雪峰的談話也許並不發生在同一個晚上。當然這是無關緊要的問題。

永平上

wu yongping，您好！9 日那天晚上喬去馮來，這點不會記錯。當時我就暗自揣想，馮大概是聽到胡喬木與我談話的消息特地來打聽情況的。那是我第一次認識馮，他談了很多，滿口義烏方言，極為難懂，我好像只聽清楚一句：「你的意思是自己要鍛鍊成銅筋鐵骨，這不錯。缺點是沒有指出到群眾中去鍛鍊。」這是他對《論主觀》的評論。還有一句：「叫他們用秧歌體翻譯資本論，看他們行不行！」談到深夜，與馮同路出來，各自回住處，情形也記得。至於何以 12 日才回到白沙，10、11 日兩天在哪裏，實在回憶不起了。

舒蕪上

2006-02-23　繼續談與胡喬木交談相關事

先生：（主題詞：請問重慶住所）

你在重慶與胡喬木見面期間，住在什麼地方？

胡風又住在什麼地方，是文協所在地張家花園嗎？

永平

wu yongping，您好！我住處記不太清楚，大概是半旅社性質的「社會服務處」，我有一個學生在那裡當服務員。胡風全家住張家花園文協，抗戰勝利後他們搬進城來等候回上海的飛機。舒蕪上

先生：（主題詞：住所及其他）

我在胡風三十萬言書「關於舒蕪問題」中查出當時你的住所。

胡風寫道：「勸他給胡喬木同志寫一封信。他要我轉交，我叫他寫了就放在《新華日報》門市部（他當時寄住在那附近）。」

當時你就住在那兒哩。

只是不知道你給胡喬木寫了信沒有，寫了什麼？是放在門市部嗎？

永平

wu yongping，您好！他說的這一節，我毫無記憶，但想來他也不會編造，

沒有編造必要。只是那地址我回憶不出是哪裏，信可能寫了，內容大概無非禮貌性的罷。舒蕪上

先生：（主題詞：船票問題）

這是個小事，其實胡風在信中也談到過，你這住處是路翎的夫人替你訂下的。他在 1945 年 10 月 16～17 日信中寫道：「至於住處，我也沒有辦法。託明英在社會處先期定一鋪位，如何？」

同信中還談到你託他買船票的事情，這事我有點想不通。當時學校雖然在為遷址事鬧風潮，你當時似乎並沒有辭職回安徽的打算，為何要急於買船票呢？

信中還有如下兩句：「王君和你的職業問題，我實在無法說意見，更不用說為力了。」「好像你不明白我的處境似的。」

這裡似乎透露出你有辭職另謀職業的打算，王君是誰？

胡風責怪你不明白他的處境，他是指什麼？是說胡喬木對他施壓嗎？

永平上

wu yongping，您好！當時流亡入川者紛紛謀出川回家，希望學校遷址，只是趁便出川之一法。既然學校遷址希望不大，只有自己設法，特別是我母親急於回家，不可等待。王君，也許是中學教書時的同事。胡風所謂處境，似乎只是他自己的處境，與胡喬木施壓無關，那時胡喬木還沒有權力壓到重慶上海來。舒蕪上

2006-02-24 談方然事

先生：（主題詞：關於方然）

請教關於方然的一些事情。

他的家世，是書香門第嗎？

他在七月上發表文章已查出（筆名刊期）：陝北通訊《開荒》（朱聲），載《七月》1939 年 8 月 4 卷 2 期；詩歌《鄧正死了》（方然），載《七月》5 卷 2 期。

與方然這首詩相關的事情也要請教：路翎 1943 年 8 月 16 日致胡風：「方管已找了朱聲，停下預備去看看。對於他底那首詩（告別什麼一個朋友的）裏的對生活的態度，我們都嫌惡。」是不是指的這首詩？

另外，路翎 1943 年 9 月 2 日致胡風：見到朱聲，並在一起呆了兩個晚

上。覺得他是很忠厚的人，但也僅此而已。他有著「文章千古事」之類的觀念，認識相當多的人，都保留著批評。好像是要傲然獨行的。他說你底看詩，是感覺主義的。從他底談話裏猜測，那篇告別某一個朋友的詩，是指大殺戮家張振亞的。此人——據說現在有神經病！

又談到這首詩，信中說的張振亞是何人？

永平上

wu yongping，您好！朱聲的家世不太清楚，他安慶的家我去過，很氣派。他的父親不曾聽說，好像主要以伯父為家長。他伯父是高級軍人。朱聲在重慶與錢瑛結婚，就是伯父主婚，所以有何應欽送的賀禮。他們為了掩飾左派的政治身份，有意突出這個賀禮。路翎與我談到這個時，開玩笑說「有點奉旨完婚的樣子」。路翎說的他那首詩，我現在毫無記憶。張振亞，我不認識，當時似乎聽路翎談過這個名字，印象很淺。舒蕪白

先生：（主題詞：關於何劍熏）

又要麻煩先生。請看附件。永平

（附件中是胡風 1946 年 2 月 10 日致舒蕪信，「吳按」是我有疑問處）

　　　　兩信都收到，我自信對他盡了應盡的心。我早已覺得他是有點不滿的，但也只能是一點而已，因為我以為，頂多也不過怪我不「偏愛」他的作品。現在才知道，他也是一個「全或無」主義者，非得我把對朋友的道義之心都放棄，變成一個「打夥求財」主義者不可。聽憑他罷，我只好放下這個負擔。但可惜沒有聽到具體的說法，那對我也是有教育的意義的，會使我多理解到這個時代的人的靈魂已深刻到了怎樣的地步。（吳按：此段談的是何劍熏的事情，胡風因何事對他如何氣憤呢？你在前此的兩信中可能談到何，希望能讀到這兩信）

　　　　……（筆者略）

　　　　對於官方，我想，也妥協不來。他們只就左右人士的說話中取平均數，這就難得說通了。但當然，敷衍總要敷衍的。昨天貴兼、南喬來談，說到準備明後年作一次大的爆發，不知道是否真正有這決心。（吳按：從信中看，陳家康和喬冠華似乎要為堅持自己的理論而開戰了，胡風當然是支持他們的。然而，兩年後「爆發」的卻是

香港對胡風等的討伐。領軍人物中就有喬，不知喬為何轉變得這麼快）

……（筆者略）

與貴兼見面事，也要不當作談資才好。那次你說出你送他的詩，我就覺得也是使他不快的。（吳按：你送給陳家康的詩，我好像沒有讀過呢）

這信剛寫完（早上），他就來了。新蜀報副刊已說妥，──每週三天。要稿子，而且要我非寫不可。一來那個報壞得很，二來不知道他會弄出什麼花頭來，但無法謝絕，只好答應寫一點，但請他允許換一個名字。他說不行！你看，這如何得了！這又怪我多事，不但不能在戰略上得一配合的小據點，反而弄出了麻煩，弄得不好就要增加攻擊者們的材料。不能趕快逃開，就不知如何是好了。更使他恨倒還是小事。（吳按：這裡似乎說的還是何劍熏）

還有，拿來了小說。這又怪自己，想替他在那個特刊發表的。這次決計發表它，只好花時間改正標點和不亨的句子。總想離此之前不弄到他當面罵起來，使周圍的人笑話。離此以後，決計不相聞問了。（吳按：何劍熏會鬧到罵起來的地步嗎？）

……（筆者略）

先生：（主題詞：問一信）

您在回歸五四後序中提到 1945 年 11 月 1 日胡風又有短信來催我去重慶。

這封信中還提到了什麼，對胡喬木的。

永平

wu yongping，您好！此信中關於此事的一段云：「前兩信都談過，北先生想見面談談，他回家期又不一定，所以，如來，以快點為好。住處，只能旅館了。如來，先來信通知。」此外沒有提到對喬木的話。舒蕪上

2006-02-25 第18節，關於「書生」、「儒者」和「舊知識人」

wu yongping，您好！（主題詞：關於何劍熏以及喬的大爆發）。舒蕪上

（附件中是「舒蕪有關何劍熏的三封信」，舒蕪致胡風第八十六、八十七、八十八信。略，吳注）

先生：（主題詞：請教）

以下是我正在寫的一節。寫到下面感到卡殼。發現缺少你的一封信。請看下文：

> 這邊的事情剛剛忙妥，那邊的胡喬木又在催促要與舒蕪面談《論主觀》問題。然而，胡風卻沒有收到舒蕪的覆信，不禁有點著急，遂於 10 月 27 日再次去信：

> 北君（胡喬木）欲和你談談事，上信說過情形，可惜沒有收到。他也許一周內或十天內要走，也許還有些時逗留，但如能來，總以愈快愈好。談談也不會談通的，但見了面就可以減少一點神秘性，好處在這裡。住處，怕只有住小旅館了。來或不來，請即決定通知我為禱。

> 後來才知道，並非舒蕪不願覆信，而是由於郵差的延誤，他沒能及時收到胡風 10 月 17 日寄出的信。

（這裡應該有舒蕪的一封回信）

> 11 月 1 日胡風又有短信催他趕快到重慶來。

> 舒蕪接連收到了胡風的三塊催促「起駕」的「金牌」後，安排好女師的教學工作，請假趕來重慶。此時（10 月底）胡風全家已從賴家橋鄉下搬到中華文協所在地張家花園，住在天井內新蓋的一間房子裏，一心等待著返回上海的時機。舒蕪則找到一家小旅館，忐忑不安地住下了。

永平

wu yongping，您好！現有信中沒有這一封，是本來缺失，還是複印遺漏，難考。舒蕪上

先生：（主題詞：請教）

承寄的三信收到。

第三信標示為：八十八（江津白沙→上海）〔1946〕，二，一四。

「上海」似乎不對，因為胡風是於 2 月 25 日凌晨在珊瑚壩機場坐民航機回上海的。這封信他應能在重慶收到。

此外信中還有如下一段：和貴兼相會事，並未與他談什麼，只說了貴兼所說的一些海外風光，如希臘的風景怎樣美，人物怎樣健康之類。但當然，

他也會不快活的；你那天看了詩以後說的話的意思，我當時就懂得了。

　　陳家康當年曾與董必武參加聯合國大會，海外風光大約是指那時的情景。你和他是在什麼地方見面的呢，想必是在胡風住所吧？

　　這裡提到的贈陳家康的詩還能記起嗎？是何時在什麼情況下寫的，什麼時候送的？胡風當時對詩有何評價。

　　永平

　　wu yongping，您好！「上海」是錯了，已改，謝謝。與陳家康相會，是舊政協開會，他任中共代表團秘書（或發言人），我從白沙到重慶市，到上清寺中共代表團駐地找他，他請我下小飯館吃飯。我告訴他與胡喬木談話情形，包括胡喬木把我的「錯誤」與陳家康等的「錯誤」相提並論等等，陳憤然說：「哼！我們一塊穿開襠褲長大的，想騎到我脖子上拉屎！」當然也談到海外風光。這次與陳見面，與胡風無關。是女師學院歷史系老教授羅志甫與我同到重慶，他找他的老同事齊燕銘，我找陳家康，皆中共代表團工作人員，我們從報上看見名單的。我們同去，各找朋友，分頭活動，陳家康還開玩笑說：「我們這裡是八大胡同的規矩：『客不見客』。」至於贈陳詩，以及胡風的評價，現在完全忘了。舒蕪上

先生：（主題詞：請教）

　　以下是我正在寫的一節。有點問題需請教。

　　1945 年 12 月 8 日晨，他致信舒蕪。信中寫道：

> 雜感看了。當然也只能看看而已。
>
> 　　那種時期，不能說不會有，我自己就預定了有一個時期，如果還未死就譯「希臘」兒童讀物的。但我想，也可以使它沒有，至少是不至那樣「道斷」的。不斷地把東西堆到他們面前去，那就不是他們一腳兩腳可以踩得無蹤無影的⋯⋯

　　信中說他要譯「希臘」兒童讀物，兩字上加了引號，似乎不是真說。

　　他懂希臘文嗎？他對你說過將來的最壞的打算嗎？

　　永平

　　wu yongping，您好！「希臘」指蘇聯，典出毛整風報告「言必稱希臘」。但胡也不懂俄文，大概是說自日文轉譯。所謂「最壞的打算」，此信而外沒有談過。舒蕪上

先生：

　　你的 1945 年 12 月 13 日致胡風信中第一句是：今晨發一信，當先此到。

　　胡風 1945 年 12 月 17 日覆信中稱：兩信都收到。我想，還是要沉著一點的好。我說變換方法，只是說的要在戰略上加些防衛而已。沒有什麼飄渺迷茫的。

　　我只讀到你的 13 日信，未見到 12 日信。未知究竟有什麼不沉著的表現。

　　永平上

　　Wu yongping，您好！（主題詞：舒蕪致胡風第八十四信）舒蕪

　　（附件是〔1945〕·十二·十三信。略，吳注）

先生：

　　你寄來的三信中第二信收信人地址也許有誤。

　　八十七（江津白沙→重慶賴家橋）　此信寫作時間為 1946 年 2 月 8 日。

　　但胡風於 1945 年 10 月底已從賴家橋鄉下搬到中華文協所在地張家花園，

　　未聽說又搬回鄉下。

　　是否修改，請考慮。

　　永平上

wu yongping，

　　您好！謝謝糾謬。已改。舒蕪上

2006-02-26　第 19 節「你還不覺得他們是權貴麼？」

先生：（主題詞：想看舒蕪致胡風的第 83 信）

　　第 84 信已承寄來，這是 13 日的。

　　我想看的是第 83 信，即 12 日寄出的那封。這是胡風所說兩信之一。

　　永平上

　　舒蕪先生即寄來第八十三信（江津白沙→重慶賴家橋）〔1945〕·十二·一夜一時

先生：（主題詞：也許 12 月 12 日信並未退還給你）

　　收到第 83 信，然而這卻是 12 月 1 日的。

　　也許 12 月 12 日寄出的那封信，胡風家屬並沒有退還給你。

永平上

wu yongping，您好！可能如此。反正這裡沒有別的信了。舒蕪

先生：昨天寄去一節文字，請批閱。是不是沒有收到。

這裡寄的是另一節。

談你與胡喬木面談事。也請批閱。永平

（第 19 節，「你還不覺得他們是權貴麼？」）

先生：此信注釋中有一處應改過來

舒蕪 1946 年 2 月 14 日致胡風。

注③和貴兼相會事：抗戰勝利，政治協商會議在重慶召開，陳家康（貴兼）作為中國共產黨出席會議代表團的工作人員重來重慶，我去看望了他。在與胡風、何劍熏閒談時，我談到陳家康所說的海外風光之類。胡風在一九四二年二月十日來信中說：「與貴兼見面事，也要不作為談資才好。那次你說出送他（指陳家康）的詩，我就覺得也是使他（指何劍熏）不快的。」

時間有誤。

應是 1946 年。

永平

wu yongping，您好！謝謝糾謬，已改。舒蕪。

（舒蕪先生寄來對第 18 節、第 19 節的批註，我讀後即在後面作了解釋。用時兩天。）

對第 18 節關於「書生」、「儒者」和「舊知識人」的批註

1945 年 8 月 28 日，中共領袖毛澤東和周恩來、王若飛從延安飛抵重慶，與國民黨政府商談戰後中國的諸問題，史稱「重慶談判」的重大事件揭開了序幕。談判從 8 月 29 日開始，10 月 10 日結束，歷時 43 天。

中共理論權威胡喬木也同機來到了重慶，他是毛澤東的秘書。公務忙碌之餘，他竟對大後方進步文化界的思想動態表現出了特別的關注。從此，他與胡風舒蕪等之間長達半個世紀的恩怨糾葛也就此拉開了序幕。

（舒蕪批註：1.「恩怨糾葛」似未妥。彼此之間只是思想理論上的關係，沒有感情上的恩怨。）

（吳注：胡風解放後與上層打交道最多者就是胡喬木，包括給他介紹工

作，為他約請周總理談話。胡風曾在三十萬言書中寫過，他把胡喬木當成最大的依靠。儘管他對此人有非份的希望，說作對方曾施恩於他，只是一種比喻。當然這用詞是可以斟酌的。）

（舒蕪批註：2. 最近讀高華《紅太陽是怎樣升起的》，才知道延安整風時期，胡喬木已經是「總學委」（等於文革中的「中央文革小組」）之下宣傳口「分學委」的領導人，整頓意識形態領域的大總管，只是多在幕後，表面上只以毛的秘書身份低調出現。所以他對國統區意識形態的關注，不是「業餘」，而是他的本職所在。胡風當時不大清楚他的真實身份分量，非同小可，只以為毛的一個秘書而已，我更不清楚。如果我們當時就清楚，會不會嚇得戰戰兢兢呢？一笑。）

（吳注：可以把他在整風中的這個職務加進文章中，學委是為整風而設立的，我在另一本書中寫到過。當時只是不知道人員的具體組成情況。謝謝。）

……

在重慶談判期間，胡喬木曾約請胡風「長談」大後方文化思想界的動態，大約有兩三次。長談中，他提到了舒蕪的《論主觀》和《論中庸》，說這兩篇文章雖「值得一讀再讀」，但「沒有脫掉唯心論」。胡風當然不會同意他的看法，爭論是免不了的；也許為了說服胡喬木，他後來把舒蕪的「答辯文」（答覆對於《論主觀》的批評的長文）也拿給他看了。

（舒蕪批註：現在記清楚了，此文題目是《關於〈論主觀〉》）

（吳注：等你在文章中把此篇名點明後，我可以統改過來）

……

胡風 1947 年 9 月 13 日致阿壟：關於《呼吸》的話，我只是以為大致似如此，因為《呼吸》我沒有詳看……總脫不了一種恃才的文學青年的氣氛似的，這在朱、周方面特別明顯。

（舒蕪批註：方然編《呼吸》時，阿壟也在成都，他對《呼吸》是積極協助的，在上面發表了不少文章。所以當時有「希呼集團」之稱。）

（吳注：由於我手頭沒有《呼吸》這份雜誌，讀過的數篇都是委託文學館的朋友幫忙複印的。雖知道阿壟在那刊物上發表過許多文章，但並不知詳情。以後要設法鑽進文學館系統地讀一讀）

路翎 1947 年 9 月 15 日致胡風：方兄（方然）的文字，就依然是出氣的

做法。出出氣有時自然是痛快的，但卻把自己底存在漏掉了，沒有了廣闊的信念。……單是知識分子式的厭惡和高傲的感情不能把握什麼東西的。

（舒蕪批註：對《呼吸》的評價，似乎可再斟酌。我記憶中方然的論文，好像沒有多少儒者氣，倒是謾罵成分居多。但也難保記得準確與否，不知道該刊現在能找到否。）

（吳注：現代文學館裏有，裏面有個唐弢文庫，但他們不讓外人進去看。方然橫掃文壇，這是賈植芳等人也說過的。）

舒蕪先生對第 19 節「你還不覺得他們是權貴麼？」的批註

10 月 11 日胡喬木乘機返回重慶後，又曾兩次與胡風長談。

胡風此時正在忙著操辦即將舉行的魯迅先生逝世九週年紀念會，四處奔走聯繫，身心俱疲。這個時候，他是沒有什麼心思去與胡喬木剖辯哲學理論方面的是否曲直的。何況對方在他的眼裏只是「人比較誠懇，但理解力也有限，而且膽小得很。」談話當然依然沒有取得絲毫效果。胡喬木也不想再在胡風這兒白費力氣了，表示還是願意直接與舒蕪交流一下意見。

（舒蕪批註：胡風是否沒有心思談這個問題，喬木是否與胡風談不通才要找舒蕪談，都似乎出於揣測推論，可否換個說法？）

（吳注：說的極是，應該改個寫法，而要寫成胡喬木早就計劃分別與你們兩人交流意見）

胡風 10 月 16 日致信舒蕪，轉達了這個邀請，寫得十分鄭重：

（舒蕪批註：不能直接引用）

……

舒蕪在《〈回歸五四〉後序》中記述了談話的內容和經過：

> 第一天下午在重慶張家花園中華全國文藝界抗敵協會會址內
> 胡風所住的房間內談，胡喬木說我的《論主觀》《論中庸》是唯心論，
> 我說不是，彼此往復爭辯。胡風、梅志旁聽未發言。

《胡風自傳》中也有相關的記載：

> （十一月）八日下午，胡喬木到我的小屋來與舒蕪長談。M 和
> 曉谷都到外面去了，我在一旁坐著，並沒參加談話。問題沒談完，
> 約定第二天早晨在胡喬木住地再談。

兩人的回憶基本相同，除了梅志是否在場之外，當然這是無關緊要的細事。

（舒蕪批註：我記得那天談畢，是梅志煮麵大家吃的。喬木吃過麵走後，梅志笑說：「你們主觀客觀的，把我頭都聽昏了。」可見她至少聽了一些。當然這無關緊要。）

（吳注：事實想必也是如此，因為當時她帶著小孩，是不可能始終坐在一旁聽的。）

……

舒蕪的回憶比較細膩，他提到旁聽者有三人，描寫了胡喬木的「激動」神態，復述了胡喬木的憤激之語，甚至解釋了下午不能續談的原因。胡風的回憶側重點卻不同，他提到舒蕪事前的「膽怯」，描寫了舒蕪爭辯時的情急之態，復述了舒蕪的不平之語。當然，這也是無關緊要的細事。重要的是，胡風竟寫到他在這火藥味十足的戰場上「幾乎要睡著」，還提到因偏信舒蕪的陳述而產生了「同情」。彷彿在此之前他並沒有與胡喬木有過爭議似的，彷彿他並沒有在前此給舒蕪的信中曾對胡喬木有過「要他們多懂一點，似乎難得很」之類的評語。

（舒蕪批註：所謂「不平之語」，大概指我說喬木話中有「陷阱」吧。其實當時我並沒有說過，而是後來聽路翎轉述胡風對我的談話的「講評」，說我也有些陷入了喬木的「陷阱」的。還有，那天談話出來的路上，胡風對我諷刺喬木道：「我看見他面前擺的你兩篇文章，幾乎句句旁邊都劃了著重線。真是怎麼得了！句句都是問題！」可見他在旁觀察的仔細。但這些都是小事，而且口說無憑，我從來不提。現在隨便談談，助興而已。）

（吳注：不平之語，總還應該是有一點的。畢竟當時爭辯得面紅耳赤。胡風記憶顛倒，拙文很難一一考辯澄清。這裡就算了。）

胡喬木因兩次長談未能說服舒蕪，在爭辯中還對黨外朋友發了脾氣，心中覺得不安。他寫了一紙表示歉意的短信，託喬冠華送交舒蕪。當年，中共高層人士對待持不同意見的民主人士尚能有如此的雅量。順便說一句，延安整風時蕭軍曾負氣下鄉務農，最後也是由胡喬木專程上門軟語相勸，才使得事態不致於發展到不可收拾地步的。

（舒蕪批註：如果在延安，在他權力之下，也許是另一面孔吧。）

（吳注：我讀過蕭軍夫人對這段事情的回憶，她的筆下胡喬木還是很謙恭的，他是專程上門的，卻說是順道而來。勸說的話也沒有刺激性。當年中共沒有掌握全國政權，對有影響的人物還是有容忍心的。）

……

　　舒蕪的回憶仍比胡風清晰得多，他提到陳伯達對《論主觀》的關注，這在《胡風全集》中找不到相關記載。陳伯達要親自過問此事，更加證實了胡喬木對胡風派理論傾向的批評並不是個人行為。用胡風的話來說：「國統區的潘梓年，尤其是郭沫若，延安的周揚，尤其是陳伯達、艾思奇，當時在一般文化界以至一般社會界，都是有代表共產黨的權威信譽的。」〔註24〕

　　（舒蕪批註：喬冠華走後，胡風還問我陳伯達如何，我說大概與胡喬木也差不多。胡風說：「那就更不必等他來談了。」）

　　（吳注：胡風為什麼要問你對陳伯達的印象呢？是你讀過陳的文章嗎？）

……

　　舒蕪在重慶又盤桓了兩天，沒有再與胡喬木長談的機會，倒是在胡風住所與馮雪峰聊過一次，馮滿口浙江土語，聽了一陣，不得要領。他只聽清楚了馮雪峰對《論主觀》的這麼一句評價：「你的意思是，每一個人都要把自己煉成銅筋鐵骨，這是對的。但是，只有在戰鬥裏在群眾裏才煉得成銅筋鐵骨，你沒有強調這一點，是你的缺點。」當時他並不以為然，心中暗想：「我說的主要是國民黨統治區的進步知識分子，他們不可能到群眾鬥爭中去，難道就不能煉成銅筋鐵骨麼？」

　　（舒蕪批註：此處是否改得含混一些？我確鑿記得與馮初識初談是當天夜晚喬冠華剛走之後的事。）

　　（吳注：可以改，但不宜提喬走後馮便來，含糊一點為好。）

……

　　胡風的基本態度並不因胡喬木的謙恭下士而有所任何改變，他仍只服膺政黨管政治的原則，而堅持文化人管思想文化的本位，且唯魯迅的戰法為圭璋。從這個角度而言，他對延安整風運動的實質可以說從來沒有達到過真正的理解，他年前對陳家康、喬冠華發動的「啟蒙運動」的支持當然不是配合整風，而是持舒蕪在《論主觀》中為陳家康等人抱屈時的基本立場：反對政黨實體自上而下的思想整肅，鼓勵獨立的思想探索，主張知識分子通過自我改造而「完成自我」。

　　（舒蕪批註：「圭璋」恐誤，想是「圭臬」。）

　　（吳注：說的極是，我當時想不起那個字的寫法，試打了多次，結果出

────────────

〔註24〕《胡風全集》第6卷，湖北人民出版社，1999年出版，第620頁。下不另注。

來了一個圭璋，我想這是美玉，也是可珍惜的東西，於是就暫時放在那裡了。一笑）

……

如果說在此之前，胡風一直主張主動「進攻」；那麼現在，他所提倡的則是積極的「防衛」戰略。借用一句時髦的話來形容，便是「內強素質，外樹形象」。可惜他的許多青年朋友並不太理解這個經過深思熟慮的戰略，譬如上文提到過的方然，不久創辦了《呼吸》雜誌，四處出擊，放言無忌，給他增添了許多不必要的麻煩，甚至引起了相當嚴重的後果。

舒蕪當然要比方然穩重一些，但胡風對他也從來沒有完全放心過，甚至可以說一直懷有猜疑之心。1945 年 6 月 26 日他曾因舒蕪流露想上文壇的想法，嚴厲地批評道：「我不知道怎樣回答你才好。回想起過去你偶而露出的和我的想法相反的事情時，更不知道怎樣回答才好。」1945 年 10 月 16 又曾因舒蕪託他另謀職業，而氣憤地指責：「好像你不明白我的處境似的。」這次他看到舒蕪兩信均提及「務請代告喬胡諸兄」之語，胸中油然騰起無名之火，信中的措辭頗失長者風度——

「我不知道要告訴他們什麼。你還不覺得他們是權貴麼？」

（舒蕪批註：我說的「喬胡二位」是隱語代指中共方面，是想把女師學院風潮消息通到新華日報去，我不好在信中說清楚，也太隱晦，引起胡風誤會，見我的注解。）

（吳注：注解我是讀過的，但當時既然胡風不是這樣理解的，讀者大概也不會理解得那麼深遠，所以只能如此寫，過多的解釋也許並不太好。這容易使人誤解我有貶胡的傾向性。現在別人已在這樣說我了。）

（舒蕪批註：我為什麼「當然要比方然穩重一些」呢？）

（吳注：我讀過方然寫的《文壇風貌》一文，題目記不太清，風貌二字是有的。文風極壞，邏輯錯亂。是發表在《呼吸》上的。而你寫的文章，不管有多少偏激之處，都沒有十分過分的言辭，邏輯上也比較清楚。區別非常明顯。穩重只是指文風）

2006-02-27　阿壟曾說舒蕪每一篇文章都發展了馬克思主義

先生：附件中是一篇關於魯迅的文章。永平

（魏邦良：老調重彈為哪般？——韓石山《少不讀魯迅，老不讀胡適》

讀後）

　　wu yongping，您好！所示文章很好，謝謝。但我近來有一種頗要不得的心情：覺得許多事都不值得去解釋辯論，不如閉目養神，於身體有益。當然這也只是心情而已。舒蕪上

先生：您好！（主題詞：關於「書生」的那節）

　　那文章是我剛從新語絲上看來的，他們每天都寄。遇到有意思的文章我就拷貝下來。但從來沒有想寫文章與其爭辯的意思。如今文壇上亂七八糟的東西太多，爭辯也是爭辯不過來的。在這情況下閉目養神是非常好的態度。

　　寄回的兩節我已讀過，非常感謝提出的意見。現再寄回。有空則看看，無暇則放下。我會認真考慮你的意見的。

　　兩節分兩次寄出。怕堵塞郵箱。

　　永平

　　（附件：第18節和第19節批註讀後的意見。參看昨日信，吳注）

　　wu yongping，您好！我不是說您不必與他爭辯，而是說對於那些亂罵魯迅以成名者，大家大可不必與之爭辯。魏邦良文章很好，但恐怕白費氣力，而且反而幫助韓石山揚名。這當然也是一時心情，實則嚴肅的評駁謬論，還是需要的。至於《呼吸》，我以為頗值得一閱，記得阿壟在上面有文章說「舒蕪每一篇文章都發展了馬克思主義」（大意）。當時我一方面不免沾沾自喜，另方面也有些害怕闖禍。舒蕪上

2006-02-28　舒蕪談出川前相關事

　　舒蕪先生寄來《李大同反駁左派學者……》等網文。

Wu yongping，您好！

　　喬冠華走後，胡風還問我陳伯達如何，我說大概與胡喬木也差不多。胡風說：「那就更不必等他來談了。」

　　胡風以此問我，大概表示對我與陳伯達同為搞理論者的尊重。舒蕪上

先生：您好！

　　我的理解卻不是如此，我理解為他的意思是，胡喬木如此，陳伯達也強不到哪裏去。既談不出新東西，就沒有必要再與他談。

　　可以這樣理解嗎？

永平

wu yongping，您好！不是說他對陳尊重，是說他之所以問我對陳的看法，乃表示尊重我是搞理論的，比他更瞭解作為理論家的陳。舒蕪上

先生：

1946 年臺靜農先生去臺灣大學教書，是他自己聯繫的，還是對方主動邀請的。你離川時，臺先生已收到聘書了嗎？當時魏建功教授是與臺同時收到聘書的嗎？

後來你也有去臺大的可能，這是臺先生推薦的吧？魏先生阻撓你去，是由於黃先生的舊怨，還是與臺先生有矛盾呢？

又，你離川後，到江蘇執教，又返回故鄉，後去上海，再去廣西。如此顛沛的生活，我想提一筆。但又無法寫。需要看看這個時期你寫給胡風的信。

永平

wu yongping，您好！臺先生去臺大，大概是臺大當時中文系主任許壽裳先生約去的。我離川時，他已經收到聘書。1946 年盛夏，我母子二人從白沙到重慶等船，接著他們一大家也來重慶等船，我們先成行幾天。那一別便是最後了。至於魏先生，臺灣一光復便由教育部派往臺灣去推廣普通話，走得更早。他後來是轉移到臺大，還是兼職，我不大清楚。我也想去臺大，當然只可能找臺公進行。但魏先生說「方管此人來歷不明」云云，我只是彷彿耳聞，記不清楚誰告訴我。以臺公為人，即使他聽到，也不會轉告我。臺與魏從無芥蒂。魏先生說我來歷不明，我始終不清楚他是從左邊還是從右邊來說。他既然問過胡風知道與我相識，應該不會懷疑我是右邊，而且他自己也不會有那麼高的左派警惕性。看來，他與黃淬伯的矛盾是主要的，他是把我看作「黃淬伯的人」。他的話是否就是我去不成臺大的決定原因，現在記憶也模糊了。解放後 1950 年我第一次由南寧來京開會，他特別邀請我到他家餐敘，非常殷切鄭重。我真有些受寵若驚。1961 年我右派摘帽之後，在一個聚會上遇到他，他又一再轉移座位避我，真是所謂「割席」。幾十年人事變遷，倒也有趣。舒蕪上

先生：（主題詞：下一節）

寫到如下一段：

　　舒蕪終於買到了船票，他向尚困在白沙的師友告別。臺靜農先

生取出一幅長卷相贈，其上是他手抄的魯迅全部舊體詩。臺先生提
筆在上面加上跋語，最後一句道：「此別不知何年再得詩酒之樂，得
不同此惘惘耶？」

最後一句得之於您寫的《悼臺靜農先生》。

我想讀到全部跋語。

另外請問您這文章載於哪個刊物刊期及時間。

永平

先生：

胡風離川飛上海。此前似乎沒有寫信與你辭行。你好像也沒有到重慶去
送他。路翎是去過的，胡風在「出西土記」中對他有記述。

白沙離重慶畢竟太遠了，耗費也高，來往路費，在重慶的住宿費，等等，
是嗎？

永平

wu yongping，您好！是沒有送，太遠。舒蕪

wu yongping，您好！《新文學史料》刊期待查。臺公跋文附上。舒蕪上

跋舊錄魯迅詩卷贈方重禹

臺靜農

一九三七年七月四日，余自青島到平，寓魏建功兄處之獨後來
堂。又三日，蘆溝橋事變起，余遂困居危城，不得南歸。時建功兄
方輯魯迅師遺詩，抄寫成卷。余因過錄兩卷，此一卷抄成於八月七
日，明日敵軍進城，有所謂敵軍入城司令者，公然布告安民。又三
日，余乘車去天津，由津海道南行。回憶爾時流離道途之情，曷勝
感喟。今勝利將及一年，內戰四起，流民欲歸不得，其困苦之狀，
實倍於囊昔，此又何耶？今檢斯卷贈重禹兄，追尋往事，隨筆及之。
禹兄與余同辭國立女師學院講席，後復同寓舊院兩月有餘，次日東
歸，此別不知何年再得詩酒之樂，得不同此惘惘耶。

靜農記於白蒼山莊，一九四六年八月二日。

（長方篆文朱印：「歇腳盦」）